OVERLORD

11 矮人工匠

OVERLORD [11] The craftsman of Dwarf

丸山くがね

插畫◉so-bin

Kugane Maruyama | illustration by so-bin

Kadokawa Fantastic Novels

目錄 Contents

Prologue

貢多．費爾比德換上工作服。

工作服採用一體成型的質樸設計，用的是堅固耐用的布料。它缺乏彈性，質地粗糙，不適合當便服穿，但在坑道內的惡劣環境中卻不可或缺。翻閱安傑利西亞山脈矮人(Dwarf)的歷史，先人有段時間似乎是幾乎全裸挖礦的，所以即使穿起來再不舒服，比起那個時代還是好太多了。

接著是輕步兵會戴的那種金屬製頭盔。礦山內部有些區域溼氣重，直接戴起頭盔會滿頭大汗，悶熱無比，因此礦工們都在內側墊上厚布才戴，無一例外。

最後他將附有金屬卡的項鍊掛在脖子上，金屬卡上標記著數字5。這在他們作五休五的工作制度中，代表著最後一天。

換言之，貢多從明天開始可以享有一陣子的自由。

準備齊全後，貢多走進更衣室附近的等候室，前往每次去的地點。

貢多穿梭在幾個矮人之間，走上前去，在告示牌上尋找自己的名字。寫著貢多名字的那一排還有另外四個人名，這表示這四人與貢多同組，是這一天的同事。

在不算太寬敞的等候室裡，很容易找到熟稔的同事。看來貢多是最後一個到的。貢多還來不及趕過去，對方就先高聲打了招呼。

「喔！貢多！好久不見啦！」

「嘿！加積斯！碰到你當組長真是走運，今天請多關照啊，你們也是！」

「嘿！貢多！今天我們要好好幹活一整天！」

「嗯！今天是第五天！最後一天了，提起勁幹活吧。」

「唉～真不想工作……」

他們邊說邊走出等候室，借了鶴嘴鋤與鐵鍬等開採工具，接著領取糧食與飲料——便當與裝在保溫魔法道具裡的兩公升水。

在這裡遍尋不著矮人最喜歡的飲料——酒類。當然不可能有。沒錯，矮人有著好酒量，不會喝一點就醉。但是沒有一個上司會在可能發生危險的坑道內提供酒類給他自豪的勞工。

話雖如此——

一名矮人拿起掛在自己腰上，不同於配給品的水壺喝了一大口。

「噗哈——」

吐出的氣息含有酒精的芳香。

不只是他，貢多自己也帶了一些來。

雖然不至於帶酒，不過他帶上了裝了水與湯的水壺、五根糖棒，以及矮人壓縮餅乾等補給糧食。

坑道內悶熱，需要比伙食更多的熱量，也需要飲料，配給物資不過是最低限度罷了。那些上級當然希望能盡量削減經費。

做完了所有準備，一行人前往最後該去的地點，也就是去見管理這條國營坑道的矮人。

戴著眼鏡，看似乖僻又陰險的矮人坐在櫃臺後面，他揚起單邊眉毛看了看一行人。

他抽動幾下鼻子，不高興地看看散發些微酒味的矮人，但最後沒說什麼。他雖然身為管理官，但終究也是矮人，或許很能體會對方的心情吧。不，也可能是因為加積斯搶先說道：

「老子是加積斯，今天要開採哪裡？」

看似陰險的矮人用鼻子哼了一聲，視線從一行人身上移到手邊的地圖。一行人被櫃臺擋著看不到，不過櫃臺下應該有全開採現場的工作分配表。

「你們是８８２１區。」

「８８２１區是挖熱礦石對吧？」

熱礦石對矮人而言是極為重要的資源。

矮人是土種族，基本上都在地底生活。因此很難用煤炭或木柴等會汙染空氣的燃料取暖、燒飯或在鍛冶場鍛造金屬。

雖然的確有魔法道具可以清淨空氣，但是要有森林祭司(Druid)等等的力量才能製造出這些道具。然而遺憾的是，矮人森林祭司是很稀有的存在，因此他們無法大量製造出這類道具。

所以做為代用品，矮人使用了名為熱礦石的金屬。

這是一種特殊金屬，以極高硬度——至少在祕銀以上——的金屬加以撞擊，就會產生高溫；矮人們就是以這種奇特金屬代替煤炭等燃料。除此之外，在鐵工廠等設施或鍛冶場也會大量使用，是矮人生活中不可或缺的資源。附帶一提，木柴等燃料被視為極為珍奇的物品。

「沒錯，喏。」

扔在櫃臺上的是進入坑道的許可證。加積斯胖嘟嘟的手指超乎想像地靈巧動作，將許可證勾在項鍊上。

接著，加積斯將拿到的紙張由上到下看過一遍，然後傳給身邊的人。

最後紙張傳到了貢多手上，一如平常地，紙上畫出了通往開採地點的路線。貢多將眾多分岔點記在腦海裡，以便在遇到某些緊急狀況時能逃回來。雖說是矮人的坑道，但不能保證魔物不會出現，總是得小心為上。

「你們用第三分岔點的礦車。」

「了解。那我們走吧！」

一行人替放在第三分岔點的手推礦車上油，準備齊全了，就聽從加積斯的指示推著礦車前進。

坑道內每隔一定距離就掛著內部會自然發光的礦石做成的提燈。不過間隔距離非常遠，坑道不時陷入一片黑暗。但矮人擁有能看穿黑暗的視力，雖不至於什麼都看得一清二楚，但以提燈的間隔距離來說足夠了。

換成活在外界的人，也許會被這狹窄坑道的壓迫感逼得透不過氣。然而活在地底的矮人種族毫不在意，而且雖說狹窄，對矮人們而言卻夠寬敞了。

由於矮人的平均身高約為一百三十公分，坑道只要挖到大約一百八十公分的高度，對他們而言就算滿寬敞的。

不久，前方傳來幾陣腳步聲。

如果對方跟貢多他們同樣是礦工，應該會聽見礦車的聲音。但他們沒有聽到那種聲音，那麼對方會是什麼人？貢多等人即將與對方面對面，神情卻沒有警戒之色。如果聲音是赤腳走路的啪啪聲，他們會扔下一切掉頭就跑，但不是那種聲音，是有穿鞋的腳步聲。

他們猜得到腳步聲是什麼人發出的。

沒過多久，一支矮人集團就出現在貢多等人的視野中。

貢多等人靠到坑道旁，以免擋住了他們的路。話雖如此，礦車卻還是擺在路中間，因此認為沒擋住去路只是貢多等人心情上的問題罷了。

「——你們是這前面嗎。目前那裡沒出現什麼，不過還是當心啊。」

「嗯，謝謝老兄的關心，多謝。」

簡短打過招呼後，他們與貢多等人擦身而過。

帶頭前進的矮人是其他系統的魔法吟唱者(Magic Caster)，稱為隧道博士。

他的工作是以魔法力量鞏固坑道，加強安全性，讓岩塊不會從天頂剝落，或是挖掘後的尖銳岩石傷到礦工。

由於坑道經常有著崩塌的危險性，因此需要以某種方式做補強。一般會使用木材補強，但在矮人國不易取得木頭。而隧道博士能夠以魔法做補強。

不只如此，隧道博士還能調查附近有無水脈或高濃度氣體，讓礦工揮動鶴嘴鎬時不用擔心岩層坍方等意外。

在工作性質繁多而重要的隧道博士身後，跟著身穿簡便鎧甲的矮人戰士們。

由於隧道博士人數不算太多，因此有多達四名戰士護衛。

雙方擦身而過，他們的腳步聲漸漸遠去。

矮人都市「費傲·侏拉」與一般矮人都市相同，為了以都市為中心挖掘多條礦脈——西側基於一些原因未經開挖——而挖穿了險峻山峰的腹部，建造在地底。

矮人個性不拘小節，豪放磊落，但另一方面也是極具優秀數學頭腦的人種。以都市為心臟地帶，如無數血管般交織的坑道是經過精心計算挖掘而成的幾何學藝術。水平挖掘的較粗主幹道鋪設了礦車鐵軌，各個要地垂直挖掘的洞穴安裝了人力升降梯。而從這些通道又延伸出數不清的細小岔道。若將所有坑道連接起來，長度必定遠超過一百公里。

但正因為空間如此廣大，因此完全沒有充足人數可設置警備兵，就算只是護衛每組礦工也不夠。所以若是在開採中遭到魔物襲擊，就只能丟下一切，跑去向配置於要地的警備兵求救了。

然而遺憾的是，如同廣為世人所知，矮人的腳程很慢。想不造成任何死傷而逃出虎口，可得相當走運才行。

貢多等人在半路上停下礦車，開啟提燈型魔法道具，各人手上攜帶開採工具往岔道走去。過了不久就走到了盡頭，這裡就是他們的目的地，今天的開採現場。

加積斯俐落地做出指示後，組員沒有一句怨言，開始行動。有的用鶴嘴鎬挖土；有的在岩層裡開洞打入楔子；有的以鐵鍬撈起土石裝進籠子裡；有的把這些土石搬到礦車；又有的把礦車推到堆積場——

「那麼，開始吧。」

一聲令下，一天的工作開始了。

●

由於是重複過無數次的工作，身體因此鍛鍊出所需的肌肉，話雖如此，一到收工時間，疲憊不堪的肉體仍然渴望休息。

一行人脫掉弄髒的工作服，前往礦工專用澡堂。

這座浴池利用了國營鍛冶場的巨大鎔礦爐的熱量，雖然水只是溫的，不過正好為疲勞的身體消消暑。

貢多用桶子裝起流過導水管的淡茶色熱水，豪邁地當頭潑下。

熱水之所以帶有顏色，據說是因為含有鐵之類的成分，實際嚐嚐可以喝出一點味道。這些熱水替貢多洗去黏在身上的塵土。

鬍鬚與頭髮等等也要仔細洗乾淨，鬍鬚被塵土弄髒，對矮人們來說代表還沒長大。

「嘿，貢多！怎樣，洗完去喝一杯吧！」

坐在對面浴凳上的加積斯，一邊用擦澡巾用力洗刷身體，一邊大聲地說。

貢多當頭又澆了桶熱水沖掉摩擦出來的汙垢，然後泡進浴池裡大聲回答：

「抱歉啦！老子等會有工作要做！下次再找老子！」

「這樣啊！那真是可惜啦！我們在白酒亭喝，晚點你若是改變主意就過來吧！」

「好啊！到時候再去打擾你們！」

看來加積斯要跟其他幾個同伴講話了，貢多趁著其他人還沒找自己喝酒前說：「老子先出去了。」他出了浴池，就快步離開澡堂。

貢多擦乾身體，換上便服，一身清爽地走到櫃臺，站在看似陰險的矮人管理官面前，然後將掛在脖子上的牌子交過去。

管理官不客氣地盯著牌子看，接著把一只皮袋放到櫃臺上。

這是五天份的酬勞。由於礦工死亡率不低，基本上都是週薪制。有個說法是以前採取過日薪制，但因為有人表示這樣不能在酒館喝個過癮，所以才改成現在的制度。事實上，皮袋裡的錢雖然不少，但加積斯他們一拿到，接下來應該有一半都會花在酒錢上吧。

「……貢多到今天就滿一個月了吧，臉讓老子看看。」

「老子很好，呼吸都沒問題。」

「這要由老子來判斷，不是你。」

對方從櫃臺底下取出手持式燈具一扭，把光打在貢多臉上。

貢多一邊嫌燈光刺眼，一邊讓對方端詳自己的臉。

長期吸入粉塵會導致肺部功能日漸下降，有時會慢慢地使皮膚帶有不健康的蒼白。這種疾病稱為雪白病（Alabaster），他就是在檢查有無相關症狀。

「——哼，的確沒問題。」

「那種病呼吸會有雜音，沒有就沒事，不是嗎？」

「……唉。老子從以前就是這樣替人檢查的。與其聽肺部發出的聲音，看臉比較準，你瞧不起老子長年的經驗嗎？」

「老子不會這麼想，經驗很重要。」

「那就別在那碎嘴，對大家都沒好處。還有——貢多啊，你是不是該考慮一下在我們這邊做正職了。你如果願意，老子希望讓你當組長，因為你經驗夠。」

「抱歉，真的不行……老子接下來有一陣子不會過來，今天終於存到長期旅行所需的費用了。」

貢多之所以存錢存到被大家埋怨難約，是為了購買旅行所需的用具。

「……你又要出遠門了？」

「老子打算到幾年前放棄的都市，南方的費傲・萊佐，到那邊挖點東西回來。」

看似陰險的矮人管理官睜大雙眼。

「什麼！……不用說你也知道，那裡很危險喔！有打算跟誰一起去嗎？」

「第一個問題的答案是：老子知道。第二個問題的答案是不。」

人數越多，被某些存在發現的危險性就越高。與其被發現時一定有人犧牲，甚至全滅，他寧可一開始就選擇單獨前往，比較不容易被發現。

「……你把什麼忘在那裡了嗎？」

「並沒有，老子不是說了，老子要到那邊挖點東西回來。」

「老子不懂你要挖什麼，採礦在這裡採不就成了？」

「哼，在這裡不管再努力……雖然多搬一點是能領到一點追加津貼，但基本上酬勞是固定的，老實說賺不了大錢。」

「但也比一般工作賺得多了。」

眼前的矮人說的是事實，正因為如此，貢多才會在這裡工作，好在短期間內賺到錢。

「老子的目的需要更多錢，所以老子要去被放棄的都市坑道挖礦。不管老子在那裡挖到什麼金屬，都沒人能插嘴。」

管理官的表情扭曲。

貢多言詞雖然偏激，但也說得對。

「你要挖白鐵鋼（White Iron）？」

「對，就是那個。老子在那裡挖到什麼就是老子的，不會有人講話。」

這附近的開採所基本上全是國營，因此想弄到白鐵鋼，必須支付高額費用——正當的價格。不過，如果有人在遭到棄置的坑道挖到礦石，那礦石就是屬於他的。只是在那坑道裡不管發生什麼事，都無法接受國家的協助。

「……老子願意高價收購喔。」

這座都市鄰近的礦脈還沒發現白鐵鋼，一旦在過去都市挖到的份用完，這種金屬的價格必然大漲。

貢多知道眼前這個看似陰險的矮人提出這種建議，並非為了轉手獲利。他說這些話都是出於好意。

他大概是想介入貢多與買家之間做交涉，幫貢多賣個好價錢。然而，貢多並不是為了把礦石高價賣出——為了發財而去挖礦。

「你在說什麼啊，老子已經決定好怎麼用那些礦石了，老子要用來做研究。」

看似陰險的矮人臉上浮現暗淡神色。

「你怎麼還在說這種話……老子明白你的心情，但你還是早早認清現實，到我們這邊當組長吧，你老爸會傷心喔？」

貢多心中一瞬間燃起激烈怒火，但在怒氣現於神色之前，他就低下頭隱藏起情緒。聽說貢多的父親幫助過眼前這個矮人好幾次，所以他才會擔心恩人的孩子貢多投身不可能實現的研究。

雖是出自好意的一番話，但貢多還是無法坦然接受。

「老子有認清現實，父親的一輩子絕對沒白活！老子一定會再度復興失傳的技術，讓大家看看！」

貢多忍不下去，把怒火的餘燼連同話語一起嗆了回去，就轉身快步離開。

他之所以這樣，一方面是因為後悔不該幼稚地對擔心自己的人發怒，但更大的原因是他有一份熱情，要去做他必須做的事。

沒錯。

他這個優秀父親的劣種，就是為了這個目的而活著。

貢多緊咬嘴唇，定睛望著前方。

第一章 準備前往未知之地

Chapter 1 | Preparing for the Unknown Land

1

從帝國回來後，安茲走進耶．蘭提爾的公務室，深深坐進椅子裡。

他為魔導國新成立的冒險者工會招募了參加者，但想必還要一段時間才能知道結果，在那之前他必須整頓好接納冒險者的體制。

首先是冒險者的訓練學校，地點應該使用冒險者工會就行了。為了來自遠方的志願者，至少該蓋座宿舍比較貼心。至於教學生的人──教師就採用目前留下來的冒險者。

（包括區劃整理等問題在內，最好能跟雅兒貝德或誰商量一下……更麻煩的是……他幹麼跟我說要成為屬國啊，雅兒貝德跟迪米烏哥斯一定會很困惑……）

安茲完全搞不懂吉克尼夫在想什麼，所以也不知道該怎麼向兩名智者解釋。究竟是什麼原因，導致吉克尼夫提出那種要求？也有可能是迪米烏哥斯或誰在安茲渾然不覺之時做了些什麼。

（也許我那時應該向迪米烏哥斯問個清楚的……啊，或許我可以出個遠門，在這段期間內要他們倆想辦法……或許不行……）

唉。安茲在心中大嘆一口氣，不安與混亂讓不該存在的胃一直疼痛。而一想到兩人回來時的狀況，胃就更痛了。

安茲搖搖頭，思索在帝國獲得的重要情報，逃避將來勢必造訪的問題。

「……盧恩啊。」

ＹＧＧＤＲＡＳＩＬ的知識遍布在這個世界的各個角落，玩家的蹤跡與世界級道具的存在就是一例。

現在又追加了一項，就是據說曾經存在於鈴木悟那個世界的盧恩文字。

教國人民之所以能召喚鈴木悟那個世界的宗教中的天使，可以解釋為因為那是ＹＧＧＤＲＡＳＩＬ的魔法。

那麼盧恩又該如何解釋，為什麼會存在這種文字，它跟鈴木悟那個世界的盧恩是同一種文字嗎？還是只是形狀正巧相同的魔法文字，被自動翻譯功能翻成了「盧恩」？

（……在離這裡不遠的安傑利西亞山脈，有著矮人國度，我得仔細調查一下。看來……還是非去一趟不可吧。）

當然，安茲在回到耶．蘭提爾之前，已經問過夫路達關於盧恩的事。

不過，他只知道過去來自安傑利西亞山脈矮人國的國王，職稱是盧恩工匠；以及帝國會跟矮人國購買武器與防具。但從大約一百年前，刻有盧恩的魔法道具就再也沒輸入帝國了。

這些對安茲而言都是重要情報，但不是他真正想知道的。

（ＹＧＧＤＲＡＳＩＬ沒有盧恩工匠這種職業，如果是這個世界特有的職業，那就有可能是兩個世界融合而成的技術，必須詳加調查才行。可是，要由誰去？）

只不過是前往矮人國，問問關於盧恩的事罷了。如果對方因為關係到盧恩工匠這種職業——技術而不肯鬆口，最糟的情況下，用迷惑等手段問出情報也就是了。

只要是能使用這類精神控制系魔法的人，或是不會用這類魔法，但能擄走對方傳送到這裡的人，送誰過去應該都不是問題。只是，如果盧恩的背後有玩家牽線，屆時該如何應對？說不定對夏提雅洗腦的人就躲在那裡。

（要是能從附近再收集點情報就好了，但那是連夫路達都不知道的知識，我看沒那麼容易打聽到。）

安茲慢慢從椅子上站起來。

霎時間，在房間待命的女子也做出反應。她長了一張活潑的臉蛋，中性男孩風的短髮非常適合她。她就是今天值安茲班的女僕，名叫丹克莉曼。

安茲以手勢制止丹克莉曼，在室內慢慢踱步，反覆考慮。

他以理論計算得失，加加減減，往昔的記憶就無意間從數字的縫隙中露出臉來。在無人踏上的新土地所遭遇的危機，新發現帶來的喜悅，任務失敗時的悲嘆，這每一段記憶當中都有著同伴的容顏，隨著說過的話重回腦海。只不過是這樣，就連全滅時的回憶都成了色彩鮮明的燈火，彷彿照亮了安茲空虛的頭蓋骨。

等安茲將突如其來縈繞心頭的感傷一件件收藏在心底時，想法也已經整理好了。

（……我看這次是不入虎穴，焉得虎子了。）

公會「安茲．烏爾．恭」過去就是這樣的集團。

也許有人會罵安茲「別把沒有生命危險的遊戲與現實搞混」，但誰能保證在袖手旁觀之際，不會眼睜睜看著得到知識的機會流失，而造成自己落後對手一步？

安茲決定派人前往矮人國對盧恩文字進行調查，腦中浮現了下一個問題。

就是人選。

送誰過去最適當？

（我該問迪米烏哥斯或雅兒貝德的意見嗎。不，那樣就不能派出最有能力的人了。）

所謂有能力的人，指的就是安茲本身。

安茲無意自誇，但在目前的納薩力克地下大墳墓當中，他確定沒人在對應未知現象的魔法能力上強過自己。說得明白點，安茲隻身前往才是最有效的戰術。但如果該地有與自己敵對的玩家，這樣做就是最糟的一步棋了。

（……假如只是幾個人，我可以帶著他們逃走，所以應該帶幾個能爭取時間，讓我準備脫身的人擔任貼身侍衛，可是……）

他第一個想到的是樓層守護者們。

身為百級ＮＰＣ的他們即使碰上玩家，想必也能爭取時間讓安茲撤退。但他又不禁覺得ＮＰＣ是過去同伴們的寶貝孩子，拿來做這種事似乎不太好。

（以不死者副手為中心的高等級僕役們如何？不行，他們不像ＮＰＣ是從頭開始創建的角色，應對能力比較低。）

比起從頭創建的ＮＰＣ而言，僕役們的優點是遇到緊急狀況時可以毫不猶豫地當成棄子，但缺點是能力範圍較窄，這方面令人不安。

如果不顧感性問題，ＮＰＣ是無可挑剔的。身為玩家的安茲還沒做過實驗，不能確定是否真能復活，但ＮＰＣ們就像夏提雅一樣，肯定可以復活。

安茲再度回到椅子上坐下。

「嗯……」

他將手交疊在臉前，試著想出最佳選擇。

想了半天，還是沒有答案。

（笨人想不出好主意，是嗎？）

安茲露出帶點自嘲的笑，將視線拋向丹克莉曼。

「如果我要妳為我而死，妳願意嗎？」
「當然願意，安茲大人。只要大人一個命令，我很樂意赴死。」
她毫不猶疑地斷言。
「其他人也跟妳一樣嗎，你們不覺得這種主人很殘忍嗎？」
「我想其他人也會毫不猶疑地接受死亡的，不可能有人不選擇一死。我們是無上至尊創造出的存在，全都是為了無上至尊們而活。無論是怎樣的命令，能夠聽命行動對我們而言，都是極大的喜悅。」
「是嗎……啊，我這樣問只是出於一點好奇心，沒有特別深的用意，忘了吧。」
丹克莉曼低頭致意，安茲下定了決心。
——調動ＮＰＣ。
安茲拿出近郊地區的地圖。
這份地圖加入了亞烏菈調查的結果等資訊，內容鉅細靡遺。尤其是都武大森林內部的相關資訊，就安茲所知，沒有一份地圖寫得比這份更詳細。遺憾的是比例尺等部分還不正確，稱不上完美，但只要有這份地圖，想必能大幅減低迷路的可能性。
安茲的手指按住了耶·蘭提爾。然後手指從這裡滑向北方，直直穿過森林。到目前為止沒有任何問題，森林地表的大半部分已經納入納薩力克的支配下，即使剔除欠缺知性的魔獸等魔物，只要再支配幾種亞人類與異形類種族，統治就大功告成。推測遍布於地底的大空洞目前擱置不管，不過如果能得到好處，將來可以考慮納入支配體系。

安茲的手指到達了地圖最北端一個像倒葫蘆的湖泊。

再往北就是安傑利西亞山脈，是地圖上沒有的世界。

「未知之地嗎？」

無意間，安茲臉上浮現出笑容。

他提議過要冒險者尋求未知，若是自己能做為先鋒親赴險地，或許會成為很好的宣傳廣告。

「前往安傑利西亞山脈尋找矮人國。」

很像是電視節目的廣告詞。

安茲收起浮現臉上的笑意，認真地思考。

思考親自前往最壞的情況下可能會有玩家的地點，有什麼好處。

好處當然就是魔導國之王親臨該地，能夠顯示出誠意。

這就像公司社長親自拜訪客戶的公司一樣，以鈴木悟的經驗來說，這招很有效。

況且不像一部分的屬下把納薩力克以外的人都當成下等生物，安茲在納薩力克當中，硬要說的話算是屬於穩健派。因此做為矮人國的交涉人選，自己是個不錯——雖然絕不能說很好——的選擇。

除了安茲以外，也可以選擇潘朵拉．亞克特前往。

以知性、應對能力與其他方面來說，都是最佳人選。

只不過——

（那麼在這段期間裡，誰要來處理國務？）

不用別人來回答。

就是安茲．烏爾．恭。

絕對沒辦法。

安茲在心中大聲慘叫，一次又一次慘叫。

與其這樣，他寧可去矮人國做交涉，好像還輕鬆一點。

最重要的是，去過一次之後就能用傳送解決。所以假使對方提出什麼難搞的事，只要搬出殺手鐧「這事我想帶回公司內部討論」就搞定了。如果對方說「請你現在就決定」，設法開溜就是了。

安茲多得是技巧開溜。

（上次有艾恩扎克，但這次是以我為主，好久沒這樣上門推銷了。沒人逼我一定要做出成果，已經很輕鬆了。）

安茲用業務員鈴木悟的表情咧嘴微笑，然後改變了笑容的種類。

（再說……說不定工作會拖得久一點，帝國的屬國一事就交給迪米烏哥斯與雅兒貝德，也許他們會交出某種草案！好！這是不得已的，絕不是我有意逃避工作！）

安茲像這樣拚命替自己找藉口，接著處理下個問題。

就是要選哪些人隨行。

安茲雙臂抱胸，板起一張臉。

他很想帶雅兒貝德或迪米烏哥斯去，但他們有非常重要的事務纏身，是正在進行計畫的專案領導人。若是把他們叫回來，很有可能導致那邊的計畫出差錯。

亞烏菈與馬雷是很好的人選，尤其他們跟矮人都是人類種族，對方應該也不會有戒心。

科塞特斯有困難，雖然考慮到要前往的是寒冷的險峻山地，他算是個不錯的人選，但安茲將都武大森林等地交給他管了。換言之他也是專案領導人，安茲希望盡量讓他專心處理職務。而且他外觀異於人類，如果跟安茲一同前往，也許會徒增對方的不安。

塞巴斯也不錯。

目前他以琪雅蕾尼納為副手在耶·蘭提爾做行政助理，不過因為有潘朵拉·亞克特在，派他去應該也行；但以戰力層面來說略有不安。

高康大或威克提姆都不行。安茲又想到其他各種ＮＰＣ，但很多都不適合擔任隨行者保護安茲。

（既然如此，這次就選——亞烏菈，還有夏提雅吧。）

亞烏菈指揮的魔獸們最適合當成肉盾，碰到最糟的情況可以捨棄魔獸，與亞烏菈一起逃走便是。然後只要有個人戰鬥能力最強的夏提雅在，碰上強敵時也能成為很好的最後武器。再說安茲出於個人理由，很想用夏提雅。

考慮到對方出動大軍時的狀況，或許該讓馬雷也一同前往，但是碰上玩家時，該優先考慮的是撤退，而非殲滅敵人，所以這次不該帶他去。

「那麼……」安茲正要行動時，腦內接收到了「訊息（Message）」。

『——安茲大人。』

「唔，是安特瑪啊。」

『是的，屬下與夏提雅大人一同來到了蜥蜴人的村莊，科塞特斯大人表示想送出帶著村莊現況資料的蜥蜴人，請求大人准許開啟「傳送門（Gate）」，不知尊意如何？』

科塞特斯對於自己目前執行的政策與村莊狀況等等，常常會寫成文件呈交上來。

安茲即使看了這些報告書也想不出什麼好意見，都是過目一遍後給一句「做得好」。因此他很想說「不用再報告了」，但向上司呈報是正確的態度，在上司承擔責任時也具有重要意義。

「那就下令在規定的位置開啟『傳送門』……啊，不。我想現在應該有張開防禦魔法，一小時後——」安茲拿出時鐘，確認時間。「十三點四十六分——再行發動。我會在那個時刻解除魔法約兩分鐘。」

這棟建築物雖不到納薩力克那種程度，但還是有利用高階僕役們的MP當蓄電池，張開阻礙傳送等等的魔法力場。MP消耗量大到一天需換班好幾次，但也因此能夠阻礙到相當高階的傳送，只是想當然耳，也會妨礙到己方的傳送等等。

這是由於YGGDRASIL時代沒有的友軍攻擊效果所致。

所以為了直接傳送到此地來，必須暫時解除防禦。當然一經解除，會讓敵人也變得可以傳送過來，因此為了不受「轟炸」——YGGDRASIL時的俗稱——等攻擊，安茲都是以約定時間後短暫開放的方式應對。

『遵命，屬下就如此轉達夏提雅大人。』

「訊息」結束，安茲說了聲「好」站起來。

「……麻煩妳為我挑衣服，蜥蜴人將做為科塞特斯的使者前來，為我選一套不會丟臉的服裝。」

「是，遵命！」

安茲在丹克莉曼的眼中，看見了熊熊燃燒的火焰。

他心想「這傢伙果然也一個樣」但沒說出口。對自己的品味沒自信的男人，不適合說這種話。

安茲帶著丹克莉曼，邊走邊對暫時製造出來的不死者下命令。命令內容不用說，就是去開啟「傳送門」的本館大廳，告訴在那裡待機的不死者警備兵們蜥蜴人即將來訪之事。

派去的不死者漸漸走遠，安茲想到像這樣製造出的不死者們，能夠如何有效活用。

製造出的不死者如果能主動向安茲做報告，就能在全世界布下不死者情報網絡了；然而遺憾的是，這很難達成。安茲能夠指示不死者做事，不死者卻只能做出籠統的回答。而且像現在這樣生產的不死者多了，安茲也發現管理不易，可能因為不小心而對毫不相關的不死者下命令。

將來或許可以組成某種體系，但目前是不可能。

（將來潘朵拉．亞克特或許能代替我做這類工作，但那傢伙不變成我的形態，做出的不死者就會變得像稻草人，得先找到方法解決這問題再說。）

應該參考雅兒貝德或迪米烏哥斯等智者的意見，在不久的將來認真考慮這個問題。安茲想著這些，來到了更衣室。

房間裡還是一樣，一群女僕排隊站好，兩眼發亮地注視著安茲；值安茲班的丹克莉曼更是眼睛都充血了。

安茲一邊問亞烏菈人在哪裡，一邊讓女僕們替自己換衣服。

今天是純白的服裝。

以穿慣了暗褐色的安茲來看，還是──有夠花俏。

而且再戴上超大一條黃金項鍊等貴金屬，搞得珠光寶氣，只怕會被烏鴉整個人抓走。

最難理解的是從背後冒出來的羽毛。

安茲很想吐槽「妳們以為我是孔雀還是什麼？」，但他偷瞄女僕們一眼，只見她們表情充滿了驕傲，沒有一個人顯得擔憂。豈止如此，甚至沒有半個人抱著一點負面氛圍，大家眼神都如痴如醉，雙頰染成了玫瑰色。

就像少女面對心儀的偶像一樣。

（這樣穿真的好看嗎，對女性來說有魅力嗎……我真的很沒審美眼光耶。）

安茲心中暗自沮喪時，女僕們似乎替他換裝完畢了。

映照在鏡中的自己，看起來像連手臂底下都長了羽毛，讓安茲想起曾在ＹＧＧＤＲＡＳＩＬ看過的魔物。

（記得是叫始祖鳥吧……森林祭司使喚的恐龍裡有這種生物呢。）

雙臂一抱胸就會發出沙沙聲，很是煩人。

但如果這時候說「這套服裝不好」，女僕們會對安茲說什麼？首先她們一定會問「是哪裡不好呢，今後您比較喜歡什麼樣的服裝呢？」吧。

「好！」安茲把一切問題拋開不管。「走吧！」

●

安茲感覺到指定的時間一秒不差，在大廳中央即將開啟魔法門扉——「傳送門」。

整棟宅邸張開的魔法力場現在雖然已經解除，不過受到與夏提雅戰鬥時也用過的「延遲傳送(Delay Teleportation)」影響，沒有人影從「傳送門」出現。

「延遲傳送」不只能夠暫時阻礙他人傳送到使用者附近，使得傳送者從消失到出現產生幾秒的延遲——一般來說，阻礙者可利用這段時間拉開距離，或是準備攻擊——還會告知使用者有多少人傳送到哪個位置。

根據這項資訊，傳送過來的是一個人。

可見安特瑪不是沒跟夏提雅一起來，就是之後才會來。

「延遲傳送」終究只是延遲傳送的動作，不是加以取消。因此經過一定時間後，半圓形的黑色球體就在「延遲傳送」告知安茲的位置擴展開來。

然後蜥蜴人戰戰兢兢地走了出來。

他——應該不會錯——正要環顧周圍時，視線與坐在大廳深處簡易王座上的安茲交錯。

「安……安茲．烏爾．恭魔導王陛下，屬下斗膽面見大人。」

聽到下跪的蜥蜴人用文明人的口吻講話，安茲難掩困惑。之前那個薩留斯跟其他人有所差異，但這個蜥蜴人的講話方式也是簡潔流暢，給人駕輕就熟的感覺。

是科塞特斯教導有方嗎？

安茲漫不經心地想著這些事，不過現在有更重要的事要做。

雖然「延遲傳送」已經告知了安茲，不過他還是確認了「傳送門」沒人要接著出來，然後才命令在身旁待命的一隻死亡騎士重新啟動魔法道具。看著死亡騎士點頭後離去，安茲將目光轉向下跪的蜥蜴人。

好像算準了時機一般，一旁待命的丹克莉曼開口道：

「蜥蜴人，准你拜謁。」

跟幫安茲挑衣服時的態度截然不同。

她呈現出冷靜透澈，精明能幹的女人的氣質。

一般來說，在宮殿等地方聽到女僕這樣講話，想必很多人會感到不悅。看到女僕站在君王身邊，垂首跪拜的謁見者臉上或許還會浮現嘲笑，或是可憐魔導國人才缺缺，竟然要讓女僕擔任這種職責。

然而這個蜥蜴人接受過科塞特斯的教育，知道NPC們的地位比任何等級的僕役都要高，所以應該不會對丹克莉曼的態度有所疑問。

安茲透過丹克莉曼，要蜥蜴人站起來。

（真是麻煩，幹麼這樣多此一舉，正常講話不行嗎……這就是所謂的入境隨俗吧。）

社會人士鈴木悟的精神還有些許殘留，讓安茲．烏爾．恭無法理解這種規定，但也只能接受。

不顧安茲這些內心糾葛，蜥蜴人聽從命令迅速站起來。坦白講，安茲看不太出來蜥蜴人之間的差異，如果鱗片顏色不同，或是有著明顯特徵——烙印或一隻手臂較粗——倒還能辨識，但眼前這個蜥蜴人看起來就跟一般蜥蜴人沒兩樣。

安茲命令丹克莉曼問對方的名字。

「安茲大人准你報上名字。」

「是！謝大人！屬下是前利尾(Razor Tail)部落族長酋庫．諸諸。」

沒聽過這個名字。

是該誠實表示沒聽過，還是該裝作聽過比較好？對於這兩個選項，安茲選的是第三個選項——兩者皆非。也就是高傲地點頭，要他繼續說下去。因為安茲擔心科塞特斯以前交給自己的報告書上，搞不好提過這個名字。

安茲命令丹克莉曼問對方的來訪理由。

（麻煩死了！）

他在這裡接見子民——臣民時多半是這種感覺。

（如果不會害魔導國被瞧不起，我真想馬上開會討論，減少這種麻煩事……）

安茲在心中發牢騷時，丹克莉曼對蜥蜴人下令：

「安茲大人准你說出來訪理由。」

「是！我等村莊的支配者，湖泊統治者科塞特斯大人，有一物要交給無上至尊，納薩力克地下大墳墓的支配者，科塞特斯大人的主人安茲．烏爾．恭魔導王陛下，因此特派屬下前來。」

頭銜好長啊。安茲嚇了一跳但不表現出來，對丹克莉曼揚揚下巴。丹克莉曼走到蜥蜴人面前，接過一疊紙張。然後安茲再大費周章地從丹克莉曼手中接過紙張，這才好不容易打開文件。

裡面以科塞特斯的筆跡寫了諸多事項，文章量很大，在這裡看恐怕要花點時間。

安茲把文件恢復原樣，叫來一旁待命的死亡騎士，要他保管文件，然後才終於自己開口說話：

「辛苦了。」

「不敢！」

安茲只能說這麼一句話，但這樣就結束的話太沒意思了。

他沒從王位上站起來，直接向蜥蜴人問道：

「那麼──接下來我不以魔導王的身分，而是以科塞特斯的主人身分問你些問題。直接聽取屬下所言，能夠加深雙方的理解。」

蜥蜴人的目光有點游移，看來是直接被安茲問話，不知該怎麼應對。雖然蜥蜴人的表情不容易解讀，但安茲覺得好像是這個意思。

「放輕鬆，這是非官方談話。只要離開這裡，誰也不會記得此事，就像一場白日夢，也原諒你的任何失禮言行。」

這話與其說是告訴蜥蜴人，毋寧說是講給周圍待命的丹克莉曼與死亡騎士聽。

「話說薩留斯直到不久之前都還待在納薩力克地下大墳墓，他最近好嗎？」

「是！承蒙陛下垂青，他過得很好。還生了個健康的寶寶，小倆口似乎也鶼鰈情深。」

「喔，是嗎！我就是想孩子快出生了才讓他回去，原來已經生了啊。這樣啊，這樣啊，夫妻恩愛實在可喜。」

以前「安茲．烏爾．恭」之中也有人已婚，那人的事無意間掠過安茲的腦海。「老婆大人心情欠佳」這句話就像魔法一樣，即使中途退出遊戲大家也不會責怪。

令人懷念的回憶讓安茲臉上綻放笑容——雖然他的表情不會變——提出一個疑問：

「那麼生下來的孩子也是白色嗎？」

薩留斯的妻子就是那個白色蜥蜴人。她是極為稀有的蜥蜴人，刺激了安茲的稀有愛好魂，因此他記得很清楚。

「是的，陛下，正是如此。我也在想不管繼承哪邊血統，都能生下大有前途的孩子，不過看來是繼承了較多母親的血統，鱗片一身雪白。」

「哦——只有一——」

安茲本來要說「一隻」，趕緊閉起了嘴。這時候還是說「一個孩子」比較不會出錯。雖然無論哪種講法，他們大概都不會抱怨，但也不該因為這樣就亂講話。要是這句話有口無心的話造成科塞特斯的統治出問題，安茲可不知道怎麼跟他賠罪。

「——只有一個孩子嗎？」

「是的，陛下，就一個孩子。」

「唔嗯……這樣啊，只有一個啊。」

看來他們不像爬蟲類那麼多產，不過只要今後夫妻恩愛，說不定還會再生幾個。

安茲感覺自己內心的精品收藏家之血受到了強烈刺激。他心想不知道能不能要到一個，但拆散母子未免太可憐了。

不過，蜥蜴人好像有蓋上烙印出外旅行的風俗習慣，如果薩留斯的孩子選擇走這條路，安茲或許可以鍛鍊他成為冒險者。

安茲夢想中的冒險者工會，是各類種族隸屬的組織。品種極為稀少的蜥蜴人如果加入，也許能達到偶像明星入學般的宣傳效果。

「那麼母親與小孩的身體狀況如何，營養之類的都足夠嗎？」

「是，陛下，感謝陛下的厚愛。兩人都很健康，尤其是小孩子活力充沛，以後恐怕是個頑皮小子。」

「這樣啊，這樣啊，那真是太讓人高興了。那麼為了紀念兩人生下有前途的小孩，就讓我贈送點禮物吧。不過，即使是我也不知道蜥蜴人如何慶祝小孩誕生。我想問問你的主意，你認為送什麼好？」

送魚代替彌月蛋糕有點乏味，最好是送能保存下來的實質物品。

「是，我們沒有送禮慶祝誕生的習俗，不過……如果是薩留斯的話，獲賜武具想必會很高興。」

「武具啊……唔。」

安茲希望他能提出些太太也喜歡的物品，不過防具可以保護老公的性命，似乎也不錯。
安茲正在思索時，酋庫戰戰兢兢地開口了。
「——可否准許屬下問一個問題，魔導王陛下？」
「什麼問題？」
「陛下為何如此賞識薩留斯呢？」
我不是賞識薩留斯，是賞識他做為稀有蜥蜴人丈夫的價值。但安茲實在不便這麼說，於是勉強掰出其他說法：
「……他是個很優秀的男人，實際上，我聽說他在我們納薩力克內接受訓練，也交出了非常出色的成績。所以，對於優秀而忠誠之人，我會支付正當的報酬。」
「感謝陛下不吝回答，今後我們將更加竭誠盡忠。」
「唔嗯，千萬別忘了這份心。」
安茲高高在上地頷首，想想還有什麼其他想問的。若是真正有能力的人，想必會從他口中問出蜥蜴人村莊的狀況，與科塞特斯的資料交叉比對，找找看有沒有問題；但安茲沒那種能耐。
安茲正要開口命對方退下，忽然想起一件事：
「這事跟你們的村莊無關，不過你有聽過住在安傑利西亞山脈的矮人嗎？」

蜥蜴人村莊就位於安傑利西亞山脈的山腳下。

「是，屬下曾有耳聞。」

安茲只是隨便問問，沒想到真問到了，這大概就是所謂的戲言成真吧。安茲有些吃驚，並命令他說出知道的一切。

「屬下也只是聽人說過，實在羞愧，聽說那個種族在礦產豐富的礦山內部建立都市，使用從當地開採到的各色礦石生產出多種武具，其中好像還有用超稀有金屬打造的武具。」

「超稀有金屬？」

安茲產生喉嚨咕嘟作響的錯覺。

身為熱愛稀有道具的一名玩家，這詞彙太具有吸引力了。

「你有聽過那種金屬的名稱嗎？」

「非常抱歉，陛下，屬下沒聽說那麼多。」

安茲感到有點遺憾，同時又勸自己不該抱持無聊的期待。

以冒險者飛飛的身分行動時，安茲得到了一些關於金屬的情報，但沒聽說有金屬比精鋼更硬。況且連山銅與精鋼都被稱為超稀有金屬了，大概也就是那一類吧。

安茲雖然這麼想，卻無法抑止內心躁動的期待感。

如果是與大地共存的種族，說不定會使用連安茲都覺得格外稀有的金屬。

（假設，對，我是說假設。我是覺得不可能，但如果這個世界也有ＹＧＧＤＲＡＳＩＬ的七色礦，而且矮人有在開採呢？雖然這建立在這個世界也有七色礦的假設上，但若真是如此，就能夠測試「熱質石（Caloric Stone）」——在這個世界能否用同一種方法，讓ＹＧＧＤＲＡＳＩＬ的隱藏道具出現。）

世界級道具之一的熱質石，必須收集大量七色礦，然後將所有種類消耗掉一定數量才能到手。用一般方法很難入手，但安茲・烏爾・恭曾經成功獲得過一次。

之所以能成功，是因為長久未被玩家發現，能夠開採出七色礦之一「天國鈾」的金屬礦山，被安茲・烏爾・恭第一個發現到。

一般而言，發現了新礦山的公會，會把起初埋藏於土裡的礦石全數挖掘出來，拿到市場上賣。這是因為ＹＧＧＤＲＡＳＩＬ的礦山即使開採殆盡也會慢慢復原，變得能夠再度開採。而安茲・烏爾・恭本來也是要這麼做的。

然而他們卻運氣極佳地獲得了世界級道具。

起初當他們將少量天國鈾賣到市場上，看著價格因為稀有價值而上漲時，儲存於納薩力克地下大墳墓的七色礦起了自然反應。

安茲到現在都能立刻想起，當看到礦石儲藏庫失去了幾乎所有七色礦，只有一個道具掉在那裡時，成員之間那種難以言喻的氣氛。他還記得大家面面相覷，確定這是值得高興的一件事後，發出空虛的小聲歡呼的那一瞬間。

後來過了不久，他們用掉了熱質石之後——消耗型世界級道具可以用相同方法再度獲得——試著用同一種方法獲得第二塊，但遺憾的是由於天國鈾礦山被人搶走，計畫就這樣成為泡影。

安茲他們看著搶走礦山的公會把開採到的天國鈾高價賣出，一半是看好戲，一半是酸葡萄心理地嘲笑他們，知道對方那樣是絕對得不到世界級道具的。

安茲沉浸在回憶裡，面露邪惡的笑容，取笑那些人。

（蠢貨，就是獨占才能確保所需的份量，拿到市場上賣是絕對得不到的。還是說——）

安茲回想起布妞萌說的話。

他說「天國鈾礦山除了我們安茲．烏爾．恭發現的那一座以外，應該還有好幾座才對。說不定他們是獲得了別的礦山，為了轉移注意力才奪走我們的礦山」。

不過，他立刻又否定了自己這種說法。因為他們得知那個公會為了搶奪礦山，使用了世界級道具「永劫蛇戒（Ouroboros）」抵制了「安茲．烏爾．恭」。他們懷疑就算是為了多次獲得「熱質石」，似乎也不至於要用掉人稱二十件之一的世界級道具做障眼法。

安茲搖搖頭，擺脫過去的記憶，但還是無法完全消除浮現腦海的想法。

（……即使沒有七色礦，矮人很可能擁有各種金屬的相關知識，搞不好還有沒外流的知識喔！像是把迷惑等魔法——啊，我太心急了。不可以把想像建立在想像上。不過，除此之外還有盧恩那件事，我看還是得當成最優先事項立即行動。）

想到這裡，安茲才發現蜥蜴人在偷看他。看來一時進入自己的世界了。

「……我似乎陷入沉思了。那麼你是從誰那裡聽說矮人這些事的？」

「回陛下，是從與我同樣整合部落的任倍爾那裡聽來的。」

「哦！你說那個任倍爾啊……唔嗯，凍牙之痛（Frost Pain）該不會就是矮人打造的吧，然後由任倍爾轉讓給跟他有交情的薩留斯？」

關於劍的來歷，安茲聽薩留斯說過。不過為了更確定，也聽一下別人的說法。

「那劍是自古傳承至今的武器，不是任倍爾給他的。」

「這樣啊……」

果然跟聽說到的一樣，不過，也有可能不是所有蜥蜴人都知道。

（這個世界已經找到了幾件YGGDRASIL做不出來的武具。像他持有的，能斬裂防禦系常駐技能的武器就是一個代表……）

在這世界裡，魔法武具是鍛冶匠先打造武具，再由魔法吟唱者附加魔法而成。換言之為了打造強大武具，優秀的魔法吟唱者比優秀工匠更重要。

不過也有例外，像是關於克萊門汀持有的武器，以夫路達所知的魔法知識，似乎能夠做出相同的武器；但葛傑夫的武器就做不出來了。

照夫路達的說法，他認為葛傑夫擁有的那種魔法道具「可能」是吸收魔力而自然形成，或是以龍族魔法做成的物品。

（但是，這些都不一定正確。還有很多事是連夫路達都無法解釋清楚的。說不定矮人就能打造出這類武器。我知道自己期待過高了，可是……）

ＹＧＧＤＲＡＳＩＬ的武具——除了公會武器等一部分例外——擁有以金屬的價值與使用量再加上工匠技能，所計算出的資料量。資料量越大，能組入的電腦數據水晶就越多。因此愈稀有的金屬就能成為愈強的武具。

關鍵就在於工匠。這個世界似乎也是一樣，就是在ＹＧＧＤＲＡＳＩＬ當中，矮人這種人類種族在工藝家系職業上有獎勵。因此，在武器防具等生產職業系的玩家當中，矮人是一種受歡迎種族。

既然如此，也許他們會有夫路達所不知道的武具製作知識。

（搞不好盧恩也是其中之一。嗯……要把矮人弄到手嗎……這點子還不賴。卷軸(Scroll)方面有司書長用迪米烏哥斯帶來的材料做實驗，藥水有恩弗雷亞，魔法道具有夫路達，而武具製作則交給矮人。）

想到目前各處正在進行進一步強化納薩力克的實驗，安茲心滿意足地笑了。不過有件事必須謹記在心，就是如果六大神是玩家，納薩力克搞不好已經慢了對手六百年。

（技術開發也還要花上幾年……不，是幾十年，甚至可能是幾百年。只有蠢蛋才會疏忽大意。）

憑安茲這點程度的點子，也許別人早已在進行了。坐在領袖位子的人思考要有根據，必須捨棄目空一切的想法。

（如果有人跟我想法一樣，我看矮人還是正確答案。例如玩家拜託矮人開發技術，或是委託他們製作武具等等，然後在這個過程當中教他們盧恩文字之類……是否該問過雅兒貝德或迪米烏哥斯的意見，然後整軍待發採取行動？）

大約一小時之前，安茲還在想著由自己、夏提雅與亞烏菈三名精銳前往，然而如今矮人國的優先度提高，看來似乎得重新計議了。

先收集關於矮人國的情報，悄悄派人潛入國內，再收集情報，同時還必須用魔法觀察對方的行動。

問題是不知道要花多少時間。

假使對夏提雅洗腦的玩家潛藏在該地，給對方太多時間是很危險的行為。每一步棋都淪於被動，對手有可能在對他們有利的時機發動攻勢。為了避免這一點，由己方主動出擊才是上策。

（……看來這時候應該下個賭注，派外交團吧，我要跟矮人國建立外交關係。如果那裡有玩家對我發動攻擊，我就拿這當正當理由攻陷矮人國，再從瓦礫堆裡挖掘出知識就好。）

安茲將遇到矮人時的必辦事項排出順序，依序思考：

一、確認有無玩家存在。

二、調查盧恩文字以及其來歷。

三、查明他們的鍛冶技術，以及礦物相關的知識與實物。

大概就這樣了。

只是，安茲不認為叫他們說，他們就會說。隱藏技術是理所當然的做法，情報就是要隱藏才能成為極富價值的寶藏。

如果有人明明是YGGDRASIL玩家，卻把情報毫不保留地外流，應該要讓布妞萌來好好講他一頓。

（……還有我或許可以用國營方式進口他們的武具，稍微便宜一點賣給我國的冒險者，這應該很吸引人吧？可是這麼一來，就得與矮人保持友好關係了。我也可以讓矮人在納薩力克內像奴隸一樣幹活，但那是最終手段。如果可以，我想盡量用對艾恩扎克的那一套說詞，而且要有說服力。）

話雖如此，這都還只是如意算盤罷了。

「……蜥蜴人，任倍爾知道矮人都市在哪裡嗎？」

「知道，任倍爾跟我說過，他在矮人都市住過一陣子。」

「原來如此，你認為任倍爾能為我帶路嗎？」

蜥蜴人陷入沉思，然後歪著頭。

「非常抱歉，屬下無法回答。當然，只要是陛下的命令，我想任倍爾是會努力的。只是他從矮人都市回來之後，似乎已經過了幾個冬天，不知道還記得多少……」

「這樣啊……屆時我可以用魔法解決，不成問題。」

只要使用「竄改記憶（Control Amnesia）」或許能查到點模糊不清的印象。

安茲一邊祈禱艾恩扎克或夫路達知道些什麼，一邊准許蜥蜴人退出房間。

2

接見蜥蜴人過了兩小時後，「唉……」安茲在自己的房間暗自嘆氣。

因為他想起方才用「訊息」聯絡上夫路達與艾恩扎克的結果。

（是說為了讓他們相信是我，為什麼非得我整個人傳送過去啊！尤其是夫路達，我還以為他差不多習慣了哩。）

光是用「訊息」與他們說話，無法讓兩人相信對方是安茲，不得已他只好「傳送」到兩人的所在位置直接談話。

兩人一模一樣的道歉方式讓人懷疑他們是不是事先講好了，又懇求安茲下次盡量在緊急情況下才用「訊息」跟他們說話。艾恩扎克也就算了，夫路達那樣絕對跟安茲交給他的書有關，八成是不想花太多時間在其他事情上；但安茲行事聰明，沒有追問。

不過話說回來，「訊息」釀成的悲劇安茲也有聽說，但他無法理解兩人為何如此不相信「訊息」。話雖如此，他也只能當作本來就是這樣。再說他們這兩個幫手如果遭人欺騙，造成的損害確實比較大。所以也只能將傳送魔法使用的ＭＰ當成必要經費，死了這條心。

安茲之所以心情黯淡，也是因為聽了兩人所說的話。如果能得到重要的情報，使用「傳送」就有意義了，但很遺憾並非如此。

艾恩扎克知道安傑利西亞山脈當中似乎有矮人國，但不知道在哪裡。王國與矮人們好像沒有進行國際貿易，如果有，礦山都市里．勃魯姆拉修爾或許有進行小型交易。但就算有也關係到都市利益，照他的說法是難以置喙。

夫路達也是類似的感覺。

安茲問了他矮人國的文化與政治型態等等，但他幾乎一無所知。他知道歷史上有一座矮人都市因為力量強大的龍而蒙受巨大災害，但既不知道那座都市的名稱與地點，也不知道龍叫什麼名字，有何能力。

夫路達本身好像對這事不感興趣，所以一直沒做調查。不過，他表示今後可以詳加調查，也願意幫安茲刺探帝國的負責窗口，但安茲拒絕了。

那樣想必很花時間，而且夫路達變節一事已經曝光，由他來調查搞不好會引來麻煩問題。

到頭來，能依靠的只有蜥蜴人任倍爾了。

（差不多該對兩人發出「訊息」，將矮人的事告訴她們了吧。）

「首先是夏提雅，嗯……這就叫適才適所吧。」

真是漂亮的一句話，同時也是極為殘酷的一句話。

安茲閉起眼睛——雖然沒有眼球——沉思一分鐘。當睜開眼睛時，他發動了「訊息」魔法。

「——夏提雅．布拉德弗倫。」

『安……安茲大人！這次要在哪裡開啟『傳送門』呢？』

身為最強的樓層守護者暨唯一一名鎮守多個樓層之人，竟然一開口就問「傳送門」要開在哪裡，真讓人有點心酸，同時安茲心中也湧起罪惡感，覺得不該一直讓她做這種雜事。

「不是，這次我要派給妳一項重大任務。」

『您……您說重大任務嗎？』

「嗯，我要妳與我同行，保護我的人身安全。」

訊息那一頭產生了幾秒的沉默。

她不可能沒聽見，不知道是怎麼了。就在安茲覺得奇怪時，他聽見了夏提雅由於太過激動而怪腔怪調的聲音：

『屬下願以性命交換，完成這份重責大任！』

「唔……唔嗯。那麼我詳細跟妳說明，到我在耶．蘭提爾的房間來。」

如果不補充這一句，有時對方會跑到安茲在納薩力克地下大墳墓的房間去，應該說其實只發生過一次。當時安茲發出「訊息」要娜貝拉爾來房間，她卻遲遲沒出現，安茲不知道她是怎麼了，再用魔法一看，發現原來她在納薩力克內的安茲房間等著。

安茲做了反省，覺得那完全是自己下令的方式不對，所以不能再重蹈覆轍。

『是！屬下立刻前往！』

「還有，妳現在負責的納薩力克地下大墳墓的監視任務，交給馬雷負責。有什麼事要傳達給馬雷的，等我派他過去時，妳再向他說明。考慮到這事需要的時間……妳就在方便時過來吧。我沒有事要離開這個房間，就等妳來。」

『是！我夏提雅．布拉德弗倫，立刻遵照吩咐開始行動！』

「傳達交接事宜是很重要的，可別因為怕讓我等，就三言兩語草草了事喔！我會命令馬雷前往妳的房間死蠟玄室。」

『屬下明白了！在他過來之前，屬下會先將交接事宜寫在紙上！』

「還有這不用我說，記得把戒指交給馬雷喔。」

『這是當然！屬下很明白這枚戒指只是一時借用！』

應該說安茲這麼命令，是因為把戒指帶出納薩力克外非常危險。反過來說，只要這個跟安茲．烏爾．恭之杖沒被奪走，就能爭取到足夠時間召回所有守護者。為此，除了安茲藏在身上的戒指，以及納薩力克內持有者的那一份之外，其他戒指都藏在寶物殿的黃金之中。

安茲之所以明知危險仍然帶著戒指，是因為如果沒有一個人帶著，當入口遭人封鎖時，會不得其門而入。

「很好，那就開始準備吧。」

『是！那麼屬下前往安茲大人的房間時，需要攜帶什麼呢？』

「問得好，不過妳不用帶任何東西過來。我會當場跟妳說明要做什麼，之後再給妳時間準備。」

『屬下明白了！』

自從下令以來，夏提雅始終充滿熱忱的回答，隨著魔法的解除消失。

安茲接著對馬雷發出「訊息」。講的內容跟剛才大同小異，只是要他代替夏提雅保護納薩力克地下大墳墓罷了。

聽了馬雷微弱但堅定的回答，安茲切斷了「訊息」。

最後他對亞烏菈發出「訊息」。

「亞烏菈，是我。」

『是，安茲大人！有何吩咐！』

「嗯，我要妳等會與我同行，前往矮人國。」

『遵命！那麼我該怎麼做呢？』

「首先我希望妳到我在耶．蘭提爾的房間來，然後在這裡等夏提雅過來。」

『您說夏提雅嗎？』

她的大聲怪叫，讓安茲感謝自己明明沒有鼓膜卻能聽見聲音的神奇耳朵。

「亞烏菈啊，放低音量。」

『真……真是抱歉！安茲大人！』

就說要妳放低音量了。安茲心裡想著，但沒說出口。
『呃，我們是要去毀滅矮人國嗎？』
「不是，妳怎麼想到那麼危險的方面去了。我打算一開始先以友好態度行事。」
『啊，原來如此！您是在想友好態度不管用時的情形對吧？』
「亞烏菈啊，妳的——」
『安茲大人，我到了！』
「什麼？妳該不會已經到我房間門口了吧？」
『是的，沒錯！』
聽到這聲音的同時，有人敲了敲門。
看著一旁待命的丹克莉曼往房門走去的背影，安茲再度苦笑。
「安茲大人，亞烏菈大人請求准許入室。」
安茲以手做出許可後，丹克莉曼從門前退開一步。
『「打擾了！安茲大人。」』
亞烏菈的聲音就像雙聲道一樣響起。
安茲也對走進房裡的黑暗精靈（Dark Elf）女孩打招呼。
「好，那麼到那邊說話吧。」安茲指指能面對面坐下的沙發，然後視線朝向丹克莉曼。

「給亞烏菈準備點飲料。」

「遵命，安茲大人。現在立刻能準備的有蘋果汁、柳橙汁、檸檬蘇打、紅茶與咖啡。」

在亞烏菈的要求下，丹克莉曼把蘋果汁放在兩人沙發之間的桌上。安茲一邊叫她喝，一邊開口說：

「首先，關於剛才妳問我是否要毀滅矮人國，我先告訴妳。我帶夏提雅去的確是重視戰鬥力，但這不是主要理由。」

「咦？」

亞烏菈大吃一驚，瞪大雙眼。看她這個反應，就知道她把夏提雅的用途想得多狹窄。然而——安茲無法阻止自己臉上浮現笑容。

他想起了泡泡茶壺與佩羅羅奇諾的關係。

每次一有事，泡泡茶壺就會問安茲：「那個笨弟弟有沒有給你添麻煩？」這時安茲若回答：「他沒給我添任何麻煩啊。」她就會做出跟剛才亞烏菈一樣的反應：「不可能吧！」

安茲覺得兩人的關係如今仍活在亞烏菈與夏提雅之間，按捺不住心中的喜悅。回憶如同細雪般飄落，胸中逐漸變得幸福洋溢。喜悅之情繼續累積，幾乎化為高亢笑聲表現出來——

但在前一刻受到了壓抑。

「——該死。」

快樂的瞬間遭到自己的情感抑制功能阻撓，安茲小聲咒罵了一句。這項能力明明給了他許多好處，一有不便卻又嫌礙事，安茲也知道這樣太任性了。即使如此，與過去同伴們的回憶遭到阻撓的不快感，仍然無法輕易撫平。

「那……那個……安茲大人，您怎麼了嗎？」

不過，聽到小女孩怯怯地詢問的聲音，不快感也一口氣減弱。自己不該把負面情緒表現出來，讓小孩子都注意到。安茲吸進一大口氣，然後對亞烏菈笑笑。

「不，抱歉，沒什麼。回到剛才的話題，我這次帶夏提雅去，是為了檢查她的適性。夏提雅是做為最強的樓層守護者而誕生，那時候，如果她採用了正確的戰術，就連我想必都贏不了她。」

「沒那種事——」

「——不，事實就是如此。如果我是夏提雅，從一開始我就會做出勇者之魂。然後趁分身戰鬥時做好迎戰準備，在魔力允許的狀況下使用攻擊魔法，再來是特殊技能。最後我會以某些手段發動血之狂亂，在攻擊力增強的狀態下以滴管長槍進行近身戰。」安茲彷彿傷腦筋地笑了。「如果她以這種方式進攻，我早就毫不猶豫地撤退了。」

就玩家技能除外的戰鬥能力而論，安茲在全玩家當中如果屬於中上級，夏提雅的職業組合與裝備選擇算是上級的下段班。假若她的裝備是最佳選擇——統一為神器級道具——應該能達到上中程度。若是再視對手改變裝備品，甚至可能逼近上級的上段班。

「然而，這種最強的評價，會妨礙夏提雅的成長。」

「咦？」

「夏提雅的有效運用方法是削減對手的資源，所以當成箭使用最為正確。射出這支箭，然後讓她在敵陣裡大開殺戒。但是——這樣真的對嗎？也許從夏提雅的個人能力來說，這是能夠導出的最佳用途，但真的是最好的答案嗎？」

「這我不太清楚……不過，如果安茲大人覺得該這麼做，我覺得那就是正確的。」

以談話內容的發展來說，她這樣說會讓安茲很傷腦筋。對於剛才的問題，安茲的答案是「不對」，所以她應該回答得讓安茲說出哪裡不對，才是社會人士的正確反應。話雖如此，小孩子還是坦率點，比較有小孩子的樣子。

「這……這樣啊。我是覺得應該不對，剛才我所說的最佳用途，不過是從夏提雅的能力導出的結論。對於累積了經驗的夏提雅來說，或許不能說是最好的答案。」

安茲做為戰士的能力有所成長。不對，更正確來說，應該是變得能更完善地運用能力。就像這樣，即使體能沒有增長，其他不同部分也能有所長進。

不同於只有電腦數據的時候，現在的NPC們有心靈，以及自主思考的大腦。既然如此，夏提雅也是一樣的。明天的夏提雅應該會有所成長，不再是今天的夏提雅。

「不是光重複同一件事，而應該讓她嘗試更多樣化的活動，以期有所成長……失敗嘛，好吧，或許在所難免。當然我並不希望她失敗，不過如果怕失敗，讓身邊的人幫忙補救就行了。所以我才會叫亞烏菈妳來。」

安茲是覺得亞烏菈跟夏提雅的交情比馬雷好，而且應該能好好管住她，所以才選了雙胞胎中的姊姊。

這時原本一語不發地聽安茲講話的亞烏菈，堅定地點頭了。

「……不過，拿多累積經驗當藉口，讓她做大幅偏離原本合約內容的事務，以一個公司——組織來說是錯的。」

「咦，什麼意思？」

「——打個比方罷了，總之我的意思是，逼夏提雅做她不想做的事，是不可原諒的。」

「聽從安茲大人的決定，才是我們該做的事啊！」

「……如果我讓夏提雅做的事，跟佩羅羅奇諾桑想讓她做的事不一樣，妳不覺得我這樣錯了嗎？如果我的命令跟泡泡茶壺桑的想法有所落差，亞烏菈聽從我的命令時會是什麼心情？」

「嗚！這個嘛……」

亞烏菈戰戰兢兢地低垂目光，大概是在安茲面前不敢說「我會很困擾」吧。

「無妨，別放在心上，我只是想表達我的意思。我要讓夏提雅挑戰各種事情，在過程中確認她的成長，這就是我這次選擇夏提雅的理由。」

「原來如此！不愧是安茲大人，竟然有這麼深遠的目的！」

上級為了讓屬下成長，必須讓他們接受挑戰。

安茲來到這個世界之後看的商管書裡，就有提到這項上司須知。

迄今安茲沒能給夏提雅機會成長，是因為之前行動都有風險，而且也沒多餘時間。不過這次的話……不對，只有這次這個機會了。

「剩下的部分等夏提雅來了再講吧，免得多說一遍。」

安茲話音甫落，正好有人敲門，丹克莉曼去確認來者何人。

「是夏提雅大人。」

看來期盼已久的人物到了，安茲命令丹克莉曼讓夏提雅進房間。房門打開，一個人走進房間裡。

「夏提雅．布拉德弗倫在此候命！」

安茲正要說「來得好」，一看夏提雅的裝扮，整個凍住了。他重複眨了幾下眼睛，然後問她：

「妳……妳怎麼全副武裝？」

她穿著全身鎧(Full Plate)，連滴管長槍都拿在手上。

「回大人！這是為了保護大人安全所做的準備！屬下將會殲滅所有反抗安茲大人的敵人！」

看到夏提雅鼻孔張大，杏眼圓睜，安茲以視線向亞烏菈求援。夏提雅的想法……好吧，或許可以說沒錯。

「唉，妳也太急躁了吧，為什麼不先聽安茲大人怎麼說再行動啊。」

被亞烏菈一唸，夏提雅嘟起了嘴唇。趁著兩人還沒開始吵嘴，安茲用手心對著她們，要她們注意自己。

「夏提雅，妳的想法的確沒錯。不過這次情況有點不同，原諒我講得不夠清楚。」

安茲趕緊告訴夏提雅，這次的目的基本上是去與矮人國建立友好關係。

夏提雅聽完，表情中帶有困惑之色。

「這……這樣選我真的好嗎？」

「——我選妳有幾個理由，保護我也是其中之一。不過，最大的理由不是這個，是要讓妳累積經驗。如果因為妳有血之狂亂就認為妳做不來這件事，那我就太武斷了。讓妳試試，說不定會發現其實妳很擅長做這種工作。」

夏提雅睜大了雙眼。

「屬下明白了，安茲大人！屬下一定會做出不讓大人後悔的結果！」

「……嗯，那麼夏提雅，這件事妳要接受亞烏菈的指揮。妳必須將亞烏菈視為長官，聽從她的命令行動。」

「遵命！」

夏提雅低頭領命。

安茲是覺得她有點太激動了，但總比口氣缺乏幹勁要好。不過要是變成無頭蒼蠅也很傷腦筋。

「好了，我欣賞妳的熱忱，但差不多該冷靜下來了，夏提雅……那麼來考慮一下隨行的人選吧，妳覺得帶誰去好？」

「安茲大人——屬下可以提一件事嗎？」

來自意外方向的聲音讓安茲吃了一驚，但他佯裝冷靜地將視線投向丹克莉曼。

「怎麼了，有什麼問題嗎？」

「是的，竊以為安茲大人在前往矮人國時，可以帶我們幾名女僕做為侍女同行。自古以來居高位者，總是會帶幾個人打理身邊大小事。安茲大人前往矮人國之時，若是不帶侍女，屬下擔心會引來對方的侮慢。」

「原來如此……這話確實有道理。」

就安茲偷看到的來說，吉克尼夫有好幾輛馬車，車上也有身穿華服的幾名女子，那些大概就是為他打理身邊事務的下人吧。要是吉克尼夫願意在納薩力克住一晚，就能查得更詳細了，只可惜沒能留住他。

不，真要說起來，讓特地自遠方而來的客人不住一晚就走，實在有失禮數。雖然是因為安茲不管怎麼請吉克尼夫留宿，他都堅決婉拒；但也許想辦法讓他改變心意才符合禮儀規範。

假若那時候兩邊建立起交情，說不定在競技場就不會提什麼屬國的事了。

（喔，我想太遠了……丹克莉曼說的確實很對，可是……）

安茲想起她的個人資料，四十一名一般女僕雖然外貌各有不同，但內部資料與裝備都是一樣的。

人造人這種異形類種族沒有任何特別優秀之處，而且因為都是一級，所以非常弱。雖然能力值來說比一級的人類種族強，但兩者一打起來，人造人的勝率大概也就60％吧。

女僕裝等等是裝備品，還算有防禦力，但也只是高階程度。對這個世界的對手而言算硬，對YGGDRASIL玩家來說卻跟紙一樣薄。

說得明白點，安茲無法帶著她們前往幾乎未知的矮人國，而且是可能有玩家伺機而動的敵區。

「但是呢……很遺憾，我無法這麼做。如果說我需要隨從——夏提雅，能否讓妳手下的吸血鬼新娘們同行？」

「大人不用問，納薩力克的所有人都是安茲大人的下屬，您只需一句命令就夠了。」

「是嗎？——丹克莉曼，妳的提議很合理，只是有一個問題。在我前往未知之地時，考慮到妳們這些弱女子的生命安全，會讓我放不下心。」

「我們有心理準備面對危險！」

安茲稍微舉起手來，叫丹克莉曼不要激動。

「妳——妳們為我盡忠的態度，讓我很高興。所以等我到了矮人國，確定那裡安全無虞，再用傳送叫妳們過來吧。在那之前就把工作交給吸血鬼新娘們，如何？」

丹克莉曼嘴巴一張一合了幾次，但終究沒說什麼，就低頭領命了。安茲希望她不是服從命令，而是衷心接受，但看來有點難。

安茲將視線從丹克莉曼身上移開，他無法再說什麼說服她，而無論她說什麼，安茲也不打算改變心意。

一級ＮＰＣ的復活費用很便宜，但問題不在這裡。

沒人會想帶朋友的子女到可能有危險的地方。

「那麼夏提雅，我要讓吸血鬼新娘——這樣吧，讓大約六名同行。另外再召集約三十騎的隨從，其中五隻用我最近召喚的魔物半藏。」

三十這個數字毫無根據，安茲只是覺得好像有這個數字就夠了，說不定是玩家組隊時的人數閃過了腦海。

「湊齊成員時，還要與科塞特斯聯絡。這樣吧，我一個人先去跟他談妥。妳們倆用夏提雅的『傳送門』召集到成員後就到蜥蜴人村莊來。之後我們再北上尋找矮人國，這個計畫如何？」

「遵命！」

「是，屬下會照辦。」

兩名守護者都回以贊成與同意的話語，沒有安茲期待的那種更好的點子。安茲並不覺得兩人只會唯唯諾諾，但她們對自己的提議都只說「是」，會讓他有點不安，因為安茲對自己的想法並沒有自信。

「那麼關於隨從，妳們有什麼提議嗎？」

「用我的魔獸們——」

「用我的不死者們——」

兩人同時出聲，接著雙方開始互瞪。眼看著兩人就要吵起來了，但夏提雅卻先別開了視線。

「妳請吧。」

「……怎麼啦，吃錯藥了？」

「因為這次大人命我將妳當長官，聽妳的命令。」

「……感覺好噁心喔。」

夏提雅的眉頭動了一下，但她沒說什麼。

「這樣的話，就妳的不死者二十五隻，騎我的魔獸怎麼樣？」

「我是沒異議，不過——」夏提雅的視線朝向安茲。「——這樣會超過安茲大人所說的數字，大人允許嗎？」

「無妨。」

「那麼就如此進行吧。」

看兩人之間似乎達成了協議，安茲插嘴道：

「那麼妳們倆都開始行動吧，我希望在兩小時內選出成員，並做好準備。不要認為只要使用傳送系魔法就能隨時回納薩力克，要假設一旦離開就暫時回不來，以此做好萬全準備。尤其是亞烏菈是活人，特別需要注意。那麼解散吧，我還有很多事要交代潘朵拉・亞克特。」

還要用「訊息」跟雅兒貝德聯絡才行。安茲將這一條寫進心中的筆記本。

●

「終於，終於等到這一刻了！」

稍微遠離了無上至尊的房間後，夏提雅走到聽不見聲音的距離，握緊拳頭大吼。

「終於有機會補償那時的失敗，讓眾人知道我夏提雅．布拉德弗倫是有用的存在！多漫長的一段日子啊……」

夏提雅的眼光飄向遠方。

亞烏菈知道在她平常不用的講話口吻中，蘊藏了多強烈的感情。夏提雅已經為那時的失敗受了罰，安茲大人也在王座之廳寬宏大量地說過那不算失敗。但她還是很想洗刷那時候的過錯，亞烏菈同樣身為樓層守護者，十分能體會她的心情。就是——感到很不安。

「真的是等好久了……我一直都只派到單純的工作，或是誰都能做的工作。可是……可是……」

「啊——不過安茲大人命令夏提雅做的工作，我覺得都很重要啊。」

「的確如妳所說，可是，工作是有輕重之分的。」

「我覺得保護納薩力克是非常重要的工作啊。第一個迎擊入侵者的職責，應該只會派給值得信賴的守護者，超過其他任何工作吧？」

「嗚！」夏提雅語塞。

然後她忸忸怩怩地把雙手的手指湊在一起又分開。

「安茲大人是這樣想的嗎？」

「嗯～或許吧，因為安茲大人說過夏提雅實力出眾啊。」

夏提雅露出了滿面笑容，她這反應讓亞烏菈心裡鬆了口氣。因為她覺得要是讓夏提雅那樣煩惱下去，這傢伙鐵定會白忙一場，然後給安茲大人惹麻煩。如果事情變成那樣，亞烏菈可不知道該如何向安茲大人謝罪，而且夏提雅受到大人那樣關心，這樣太可憐了。

「可是，在那個人類都市，迪米烏哥斯就只叮嚀我一個人呀，他是覺得我笨。他這個納薩力克最高水準的智囊都這麼想了，表示其他人……尤其是比迪米烏哥斯更有智慧的安茲大人也很可能這麼想，對吧？」

「這很難說吧。正因為比迪米烏哥斯聰明，才有可能不這麼看夏提雅，不是嗎？」

夏提雅一聽「噢……」心醉地嘆了口氣。

「不愧是安茲大人……」

「…………唉。」

亞烏菈被弄得有點累，但她是看夏提雅就快失去從容，覺得直話直說也不會有太大效果。沒白費她旁敲側擊地鼓勵一番。

「可是，這也就是說其他人都跟迪米烏哥斯有相同想法呀。」

「……這我沒辦法否定。」

應該說絕對是這樣。夏提雅一聽，瞪大雙眼的瞬間，亞烏菈搶先說道：

「安茲大人說過要讓夏提雅妳接觸各種經驗以檢查適性，對吧。所以我是覺得全力以赴沒什麼不好，但在那之前如果先預習一下，安茲大人與其他人應該會覺得妳很棒喔？」

「行動之前先預習？」

「對啊，妳看，像這次可是有納薩力克最優秀的大人同行喔！應該可以從安茲大人的作為中學到很多吧？」

「的確！……可是，我該怎麼做呢？」

「夏提雅～這也是學習的一部分喔。」

「說！說得也是呢！」

其實亞烏菈是一時想不到，才會索性扔給她自己去想，但又不知道她行不行，稍稍感到不安。然而都已經扔給她了，亞烏菈也不能再說什麼。

（拜託妳做點正常的事喔……）

亞烏菈向身為無上至尊，又被她奉為神明的泡泡茶壺祈禱。

（泡泡茶壺大人，請您保佑御弟佩羅羅奇諾大人所創造的夏提雅！）

3

安茲使用「傳送門」移動到蜥蜴人的村莊。

幾隻半藏為了保護安茲而跟來。五隻半藏當中，只有一隻右臂綁著紅布。

紅布並未灌注什麼魔法，純粹代表他是五隻半藏中的領隊。

安茲只是臨時想到這樣或許比較好管理，然而領隊卻喜不自勝，一眼就能看出蒙面的臉笑逐顏開。

老實說，安茲甚至開始覺得只是給他一塊布有點過意不去了。

受到這些僕役保護的安茲，出現在能夠正面注視自己雕像的位置。

他指定這裡為傳送地點，因此這尊雕像已經看過好幾次了，但還是無法不感到難為情。

在鈴木悟的世界偶爾可以看到創業者的雕像，但那些人還在世就打造自己的雕像，不會覺得難為情嗎？

而更令安茲困惑的，是臉龐一部分的造形異於本尊，他猜想大概是被美化了。

（顴骨長成那樣比較帥嗎，真搞不懂耶，這是誰的審美觀？）

安茲漫不經心地想著這些事，將視線移向叩拜的科塞特斯與蜥蜴人。

扮演上級人士角色的經驗值累積多了，已經習慣了叩拜。但鈴木悟只是個社會人士，不喜歡這種舉動。然而安茲知道這是他們表現忠義的姿勢，無法出言阻止。

「——抬起頭來。」

安茲心情複雜地做出許可，兩人才好像活了過來，抬起了臉。

「安茲大人，誠心感謝大人特地駕臨。」

安茲指示跪著的科塞特斯站起來。

「嗯，工作辛苦了。村莊的報告書我收到了，大略看了一下，沒有問題，實在可喜。你表現得很好，值得讚賞。」

「謝大人！這都要感謝安茲大人威澤四方。」

我沒做什麼啊。安茲一邊這樣想，一邊接受科塞特斯的場面話。因為他憑經驗知道現在多嘴只會導致「不不」「不不不」「不不不不」的結果。

「……話雖如此，對於你的卓越表現，我必須給予獎賞。」

回想起來，自己對雅兒貝德與馬雷賜予了安茲．烏爾．恭之戒，亞烏菈是泡泡茶壺錄音的手錶，夏提雅是佩羅羅奇諾以前使用的魔物圖鑑，迪米烏哥斯則是——烏爾貝特製作的惡魔塑像。

安茲也給了科塞特斯這些蜥蜴人的性命，但差不多該給點像樣的獎賞了。

「雖然你說不用，但賞罰分明乃是世間常理，不給獎賞也就不該處罰……好了，科塞特斯，你要什麼？」

「不……不了，安茲大人。屬下已有幸侍奉安茲大人，不需要其他獎賞。」

如果他像索琉香一樣要求「純潔無瑕的人類」是很令人傷腦筋，但這樣回答也很讓安茲困擾。

就好像有些女人，問她「等一下要吃什麼？」明明回答「都可以」，之後卻又說「其實我原本想吃義大利菜」，公會曾經有人說過這種女人最麻煩了。安茲也同意這種說法，老實說出想要什麼，對大家都方便。

「……科塞特斯啊，你要知道，無欲無求有時比欲望深重更不可原諒。我命你一週內告訴我想要什麼，前提是必須是物品，明白嗎？」

科塞特斯表示出不知如何是好的態度，但安茲視若無睹，再次問他明白了沒。

「如果這是安茲大人的命令的話。」

「嗯，這是命令。好了，那麼科塞特斯，我想完成來到這座村莊的目的，我要跟任倍爾說話。」

「是！屬下已傳喚他來了。請儘管問，安茲大人。」

科塞特斯動了起來，占據了安茲的斜後方位置，然後對下跪的蜥蜴人出聲道：

「任倍爾，回答安茲大人的問題，准你直接答話。」

任倍爾抬起頭來說「是」，但語氣中混雜著困惑。

「那麼我開門見山地說了，我要去矮人國，想叫你帶路，你能帶我到達該地嗎？」

蜥蜴人的眼睛感覺似乎瞇細了。

安茲不太熟悉蜥蜴人的表情，不知道他這個表情是什麼意思，但覺得似乎不是什麼友善反應。

「非常抱歉，陛下。請問您是基於什麼樣的想法，要前往矮人國呢？」

話一說完，安茲身後響起了嘎茲嘎茲的威嚇聲。

「……任倍爾，憑你也敢質疑安茲大人的心中想法，實在萬分無禮。問你什麼，你誠實回答也就是了。」

科塞特斯的語氣跟平常無異，但其中散發著明確的不快感。

安茲聽到背後——視野不及之處傳來的那種不悅的聲音，真想縮成一團。

連沒被針對的安茲都這樣了，任倍爾卻保持沉默。他偷偷觀察安茲的反應，視線沒有分毫移動。

在令人難受的寂靜之中——只聽得到科塞特斯的威嚇聲——緊張感支配著空間。時間應該沒過多久，不過安茲一察覺到科塞特斯將要採取行動的氣息，就舉起手，擋住他的去路。放任他繼續下去會有危險。

「無妨，科塞特斯，任倍爾沒做任何失禮的事。」

「可是，安茲大人——」

「真的沒關係。話說回來，我有點難過喔，任倍爾，難過你為何這樣誤會我。」

想到自己對這個村莊做了什麼，任倍爾會有這種反應其實很合理啦。安茲雖這樣想，但隻字不提。聽從安茲的決定，隸屬於納薩力克地下大墳墓之人的所作所為，全都是對的。如果不在部下面前表現出這種態度，會害他們擔心，而影響到今後的行動。

「任倍爾啊，我不是去傷害矮人們的。我這趟是為了與矮人們建立友好關係。」

「這是真話嗎？」

「你——」

安茲將臉轉向科塞特斯。

「科塞特斯，我很高興你一片忠心，但我應該已經說過無所謂了。無論任倍爾在這裡說什麼，你都不要介意，忘了吧。」

「是！」

安茲不會說什麼不分上下，公司老闆所謂的「不分上下」絕對都是陷阱。
安茲再度將視線朝向任倍爾。
「當然是真的，任倍爾，我願用我的名字發誓。我想與矮人們建立友好關係，但不用說，視對方採取的態度，也有可能點燃戰火。這是不得已的，你能接受嗎？」
「那是當然，合情合理，強者當然總是對的。但是，該怎麼說，我還是盡量不想恩將仇報啦。」
任倍爾講到這裡頓了一頓，靜靜吸了口氣。安茲想起了戰士們在轉守為攻時使用的呼吸法。
「還有啊，如果我一帶你過去，你就動手想毀滅他們，那不好意思，我可會站在他們那一邊喔。」
背後響起了小小的喀嚓一聲，於是安茲只對身後說了句「無妨」。
不用確認也知道，那必定是科塞特斯將手放在武器握柄上的聲音。
安茲一邊覺得傷腦筋，一邊用傲慢的態度睥睨著任倍爾。反覆練習的成果似乎發揮了功效，任倍爾緊張地繃緊全身。
「無所謂，到時候我可以連你一起解決……不過你可真勇敢啊，你不覺得如果你叛變，我會把所有蜥蜴人連這座村莊一起剷除嗎？」

「……身為大王不會做這種事吧？」

看到任倍爾目不轉睛地觀察自己，安茲手抵著下巴告訴他：

「你似乎誤會了什麼，我做事會考慮利與弊。我不認為區區一人造反會毀掉母體組織，但如果今後這種叛變行為一再發生，讓我認為諸如此類的壞處超過好處，我可是會當機立斷喔！你該不會以為我是個沒大腦的軟心腸吧？」

任倍爾的表情有了改變。

但安茲不太明白他露出的是什麼表情。

身為不死者的自己這樣說或許很怪，但他覺得蜥蜴人也很奸詐。

他哪裡知道其他種族的表情代表啥意思，自己不過是個不死者，只是擁有人類鈴木悟的經驗底子罷了。

看任倍爾不肯開口，不得已，安茲繼續說道：

「噢，放心吧。就算你背叛我，我也不會毀掉這座村莊的。畢竟不是群起造反，況且從你的個性與經歷來想，有這種反應可以說很自然。過去的同伴——恩人嗎？我明白你會選他們。不過，我再說一次，我並不打算毫無理由地毀滅矮人國。」

無論有沒有玩家在，安茲都不願二話不說就開啟戰端。

以目前來說，他們與鄰近諸國的關係並不好。

表面上看似最為友好的國家，怎麼會提出要成為屬國？這下要是跟矮人國陷入交戰狀態，魔導國就完全成了惡霸了。

所以安茲想盡可能與矮人國締結友好條約，藉此昭告鄰近諸國：魔導國是能正常簽訂條約的國家。這麼一來，也有正當理由可以牽制不知身在何處的玩家們。

假設玩家們對魔導國懷有戒心，他們會採取何種行動？

最有可能的是一口咬定魔導國為罪惡之邦，在名為正義的大義名分之下，試圖毀滅我國。不過，如果他們聽說魔導國跟矮人國正常締結了友好條約，事情會變成怎樣？

也許有人會認定魔導國是強迫矮人國締結條約，來個砲艦外交。但至少看起來，締結的條約並非蠻不講理。

比方說將來，如果出現了想與魔導國一戰的玩家，該名玩家必定會與同等級的存在——有可能是其他玩家——聯手出擊。但是在他請求協助的對象當中，或許有人會認為魔導國是個正常國家。不敢參戰的人，也或許會拿魔導國與矮人國的條約為藉口回絕。

也許這種想法太自以為是了，但是當對手步調尚未統一時，假如硬是開戰，對方落敗時或許有人會說「所以我就說不想打了嘛」在內部引爆炸彈也說不定。

這正是安茲製造正當理由的目的。

安茲怕的是玩家小隊，不是一個玩家。

的確，持有世界級道具的玩家很可怕，以世界冠軍為代表的最強職業的玩家也很可怕。但一個玩家只要拿不出「二十」，納薩力克地下大墳墓就絕不會敗北。

「所以你大可放心。」

「──我明白了。」

「嗯，那太好了。那麼任倍爾，這事可以麻煩你吧？」

「了解，陛下。我會帶您到我住過一陣子的矮人洞窟街。」

安茲高傲地頷首，視線轉向薩留斯。

「好，那麼再來是薩留斯。聽說你的小孩出生了，真是可喜可賀。母子說是都很健康？」

薩留斯神情緊張地──大概──回答：

「是，陛下。兩人都很健康，小孩就快會走路了。」

「好快啊！」

安茲雖然這麼說，不過根據調查，這個世界的人類小孩無論是學爬還是走路，似乎都比鈴木悟那個世界的小孩早。但他也只是用塔其・米跟他說的知識推斷罷了。

「是這樣嗎，屬下覺得算是普通……」

「啊，啊。也是，我一時想成人類了。小孩……嗯。我現在正在召集各類種族的人，有意建立一個所有人能相親相愛的國家。如果我說做為其中一環，我要你們夫妻到我統治的人類國度生活，你會欣然接受嗎？」

「只要陛下如此命令，屬下不敢有異議。」

「不要這樣說話。」

也許他沒那個意思，但感覺聽起來好酸。

之前艾恩扎克也是這樣回答呢。安茲邊想邊接著說：

「我是想問你有何感想。你曾經成為旅行者離開蜥蜴人部落，對吧。換言之，你應該擁有與一般蜥蜴人不同的思維。所以我想問你，當你目睹逐漸改變的世界時，你對事物有何看法與感覺。」

「屬下成為旅行者是因為覺得不能這樣下去，只不過是情勢所逼才採取行動。」

「就算是這樣，你見識過世界，視野想必很遼闊。我希望你與一般蜥蜴人做比較，想想蜥蜴人如果去了人類國度的情形。如何？」

「是……」薩留斯思索片刻，然後再度開口：「以我個人的看法來說，我不會想去大都市。我實在不放心帶妻小前往那種地方，即使說是陛下的國家，變化太大還是……有點困難。」

破壞原有的環境，在新環境活下去，會讓人滿心不安。希望能盡量留在原本的環境不走，應該是人之常情。尤其是像薩留斯這樣，一家人的人生都得由自己這個男人來扛，更是如此。

也許有人會說這種人生太消極，不過安茲覺得不能看情況進入守勢的人才叫脆弱。ＰＫ如此，ＰＫＫ也是如此。

「原來如此，那麼……今後誕生的孩子們也許能習慣，親近新環境嗎？」

「陛下的意思是要帶孩子們離開嗎？」

安茲聽出了一點責難的口吻。

他大概是以為安茲要拆散親子，強行帶走小孩吧。

「不要胡亂猜測，我要建立各類種族能共同生存的國度，首先是人類小孩、蜥蜴人小孩與哥布林小孩——我只是在想如果能打造一個空間，讓這些孩子能手拉手玩在一塊該有多好……不過話說回來，你們不要把自己封閉在湖泊這個小小世界裡，必須放眼更大的世界才行。」

兩個蜥蜴人似乎顯得神情複雜。

「陛下是指……應該出現更多旅行者嗎？」

「並沒有蜥蜴人部落所說的旅行者那麼了不起，我只是提議你們可以用更輕鬆的心態增廣見聞……我不太清楚，不過所謂的父母親不都希望小孩能增廣見聞嗎？」

薩留斯露出了怪表情。

「……這問題實在沒那麼單純，我們會希望孩子能在這安全，食物不虞匱乏的村莊活下去，但我想陛下的意思，是說時代已經變了吧。」

他那百感交雜的語氣，大概就是做父母的心情吧。換成自己的立場來想，就像安茲也希望NPC們能過得幸福。這麼想來，就對薩留斯產生了一點親近感。

「我明白你的困惑，變化對於那些腦袋僵化的人而言，都是難以追隨的。變化得越快，老人們就越喜歡找藉口排斥。」

安茲聳聳肩膀這樣說，任倍爾與薩留斯似乎都笑了。

「陛下所言甚是。」薩留斯說。「我們那些老人真的就像陛下說的一樣，到現在偶爾還會叨唸幾句。」

「也就是說薩留斯也是那些糟老頭之一了。」

薩留斯一臉不高興地看向任倍爾，這次安茲倒是看出來了。

「有了孩子的父母啊——說得對，就是這麼回事。」

安茲目光慈祥地看看站在身旁的科塞特斯。

「好了，只有這件事我得說清楚。科塞特斯，我要給你敕命。」

「是！」

「就算任倍爾真的選擇與我為敵，你也絕不可傷害這座村莊裡任倍爾的任何熟人。」

「遵命，大人！」

看到科塞特斯深深低頭領命，安茲滿意地點頭，定睛注視任倍爾。

「然後是任倍爾，我想盡可能了解你所知道的事。你是在哪裡遇見矮人的，過了什麼樣的生活，還有帶什麼禮物過去能取悅他們？諸如此類，你想起什麼統統告訴我。」

「瞭啦，陛下。」

「注意你的講──」

「無妨，科塞特斯。如果這是正式場合，我會砍了他的頭，不過──」安茲裝模作樣地環顧周圍。「現在並非正式場合，所以這點小事，就笑著原諒他吧，我認為這點肚量我還是有的。」

說完，安茲輕聲笑了笑，科塞特斯好像很困擾地叫了起來：

「安……安茲大人……」

安茲以手制止科塞特斯說下去，接著以冰冷透澈的眼神看向任倍爾。他用鏡子當對手，練習過這個角度好幾次了。

「不過呢，任倍爾，只有這點你可別忘了喔。你的講話方式令科塞特斯蒙羞，使得他對我抱有罪惡感。」

任倍爾身體顫抖了一下，想必是因為恐懼。

（……不會是臨陣興奮吧？）

「……請陛下恕罪，屬下太得意忘形了。」

「——無妨，你得感謝這座村莊的管理者科塞特斯，我不會對你們怎麼樣的……講了些閒話了，你可以開始談矮人了嗎？」

「在那之前，安茲大人，您不妨先坐下來吧？」

科塞特斯的提議讓安茲大為困惑。

安茲的身體不會感到疲勞，所以不坐椅子也沒關係。但部下好意建議，冷漠拒絕似乎也不太好。

「說得也是，那我就坐吧。科塞特斯，不用準備什麼高級椅子，給我搬把可以坐的東西來吧。」

「是！那麼屬下失禮了。」

科塞特斯雙手雙膝著地。

過去的記憶，讓夏提雅的幻像出現在科塞特斯之上。

「……不用問我也知道，但為以防萬一，還是問一下吧。你這是做什麼？」

「屬下聽聞日前夏提雅曾做過這樣的舉動，因此加以效法……」

「那是為了處罰她，你不用這麼做。」

「但屬下所管理的蜥蜴人對安茲大人出言不遜——」

「別再讓我重複一遍，我應該說過我不介意了，你沒聽見嗎？」

「絕無此事，只是——」

安茲一邊嫌麻煩一邊想說服科塞特斯，但他實在太頑固了。安茲明明是不死者，不可能感覺到累，心情卻開始疲憊起來。最後安茲懶得講了，興致缺缺地說道：

「……啊——也罷。那麼我要坐了，科塞特斯。」

「大人請！」

科塞特斯回得幹勁十足。

想到要在眾目睽睽的狀況下坐下去，就非常——一點點難為情罷了。只是越是猶豫，別人就會覺得越奇怪。自己要像理所當然似的，以一位至高君主的身分坐在家臣背上才行。

安茲坐了下去，老實說坐起來很不舒服，老實說東凹一塊西凸一塊的，老實說好冰。豈止如此，莫名有幹勁的科塞特斯呼出的氣息，比平常更白濛濛地四處瀰漫，簡直像在乾冰上灑水似的，從安茲的腳下沿著地面流去。感覺就像想表現出莊嚴感卻搞得很廉價，讓安茲如坐針氈。

「感覺如何，安茲大人？」
糟透了。安茲實在不能這樣說。
他是有一絲好奇心，想知道如果真的說出口會怎樣，但又怕看到科塞特斯的反應。
「唔嗯，挺不錯的……」
安茲講到一半，開始認真覺得這樣有點變態。但除此之外還能怎麼說？
「那麼屬下與夏提雅，哪一個比較好呢？」
「…………」
安茲真的無言了，這要怎麼回答才對？
「咦……你……你為什麼想知道？」
「回大人！為了將來願意坐在屬下背上之人，竊以為有必要做點訓練。」
「………………咦？」
什麼意思？
科塞特斯的種族在繁衍後代還是怎樣的時候，會讓母的騎在背上嗎；還是說他有被虐的性癖好？
（建御雷桑——！）
不，那個人正常多了。雖然那人很喜歡戰鬥，但不會給人添麻煩，可以說是個好人。

既然如此，為什麼科塞特斯會是這樣？安茲就像不想知道，卻不慎知道了他的性癖好，受到強烈打擊。

「這……這樣啊，那很好。」

安茲也不明白哪裡好了。

「是！那麼大人覺得如何呢？」

「雖然有點凹凹凸凸的，不過嘛，還不至於不能坐。就這方面來說，夏提雅坐起來比較舒適。」

「這樣啊……」

「呃！不，不過呢，你有你的優點。那個，怎麼說呢？冰冰的……對，冰冰涼涼的，最適合夏天坐了。」

安茲不懂自己為什麼要這麼拚命安慰科塞特斯。

「原來如此！不過……嗯……」

看科塞特斯好像開始陷入沉思，安茲抓準機會，對兩名蜥蜴人說道：

「好……好了！不用這樣偷看我，來吧，任倍爾，聽聽你怎麼說。」

「啊，是。」

把之後任倍爾所說的話統整一下，就是他當時登山尋找矮人們，在山中徬徨了約一個月還是沒找到，就在他覺得沒希望了，正要放棄時，碰巧遇到了偶然來到地表探索的矮人。後來又發生了很多事，總之任倍爾博得了信賴，被帶去了他們的都市。

所謂的發生很多事，好像是起初任倍爾因為外貌的關係不被信任，後來推心置腹地談過話後，才勉強得到了信賴。

於是他在矮人城鎮學習了各種武術，住在那裡，到了對自己有自信後才辭別，回到了蜥蜴人的村莊來。

其中最重要的一點，是任倍爾能否帶安茲等人前往矮人都市。

對於這點任倍爾雖略有難色，但回答是大概可以。

矮人都市是地底都市，必須先經過洞窟才能抵達，因此任倍爾說只要山峰地形沒變，就一定能帶路。

聽到這番話時，安茲想起以前在YGGDRASIL看過的地底都市，不禁有些興奮。

最後安茲問到從這裡到矮人都市有多少距離。

答案是：沿著他從矮人國回來的路線走，需要走一週的山路，這樣將會抵達湖泊北端。以不擅長走陸地的蜥蜴人的腳程需要一週，換算成直線距離，大概可以預估有一百公里。

遺憾的是現在只能靠任倍爾的記憶，無法用地圖規劃出最短路線。

看來得有走錯幾次路的心理準備了。

安茲無意間想起在YGGDRASIL的冒險，露出滿面笑容。

「……有幫上陛下的忙嗎？」

「當然，這種好似用提燈微光照亮黑暗前進的旅途，我並不討厭，可說令人興奮雀躍。」

蜥蜴人似乎以為他在開玩笑，發出輕微的笑聲。

安茲也無意糾正他們，不知道YGGDRASIL時代的人，大概很難體會這種喜悅。

「那麼就由任倍爾擔任引路人，先以獲得的情報做好出發準備吧。亞烏菈與夏提雅很快就會帶著隨從過來，你也開始做準備吧。」

「了解，陛下。」

安茲高傲地頷首，從科塞特斯背上站起來。

下方傳來有些遺憾的聲音，就當作沒聽見了。

第二章 尋找矮人國

Chapter 2 | In Pursuit of the Land of Dwarves

亞烏菈與夏提雅揀選的一群魔物，集合在蜥蜴人村莊附近的岸邊。

有直屬夏提雅的各種八十級不死者總計二十五隻，亞烏菈挑選的魔獸三十隻，以及負責打理安茲、夏提雅與亞烏菈身邊事宜的吸血鬼新娘六隻。此外，還有安茲一開始帶來的半藏五隻。

另外有五頭長毛象般的魔獸，是用金幣召喚來搬運行李的。這種魔獸身體左右兩側裝了放行李的竹簍，在YGGDRASIL也常用到。

由於牠們只有四十級左右，在這一行人當中算弱的。但運貨用魔獸可不是虛有其表，牠們擁有對冰與火的抗性，無論是冰雪地帶還是熔岩滾燙的火山口附近，都能行動無礙。而最重要的是，這種魔獸雖然外觀笨重，移動速度卻很快，而且優點是長期斷食也不受影響。

安茲——讓科塞特斯在背後待命，把任倍爾叫來。

「有何吩咐，陛下！」

任倍爾離開薩留斯與蔻兒修等安茲記得名字的蜥蜴人群，走了過來。安茲的視線移向蔻兒修臂彎裡的白色小蜥蜴人。

也許是感覺到了安茲的狩獵稀有魂，蔻兒修好像要保護小孩般動了動。

（我又不會跟妳搶……）

安茲一邊感到有些寂寞，一邊將三個道具交給任倍爾。

「收下吧，這是不需飲食與睡眠的戒指，而這一個是抗寒的戒指。還有借你『飛行』的項鍊，我會教你怎麼用，滑落山坡時就用吧。」

「謝謝陛下。」

這樣YGGDRASIL時代一般的登山基本道具就都交給他了。再來如果遇到山脈特有的區域效果等等，再隨時做對策即可。

「抱歉打斷你做準備，我的事解決了，你可以回去了。」

任倍爾低頭致意，就回去了。

「科塞特斯，小孩子可真是好奇心旺盛啊。」

孩子們保持著不遠不近的距離，用閃閃發亮——應該吧，一定是——的眼神看著安茲等人。

（嗯——就算帶去人類都市，小孩子的話應該會慢慢習慣吧。不對，反過來把人類小孩帶來如何，可以在這附近做個營地，帶一些小孩來，然後把蜥蜴人小孩也帶過來。）

安茲想像著人類、蜥蜴人與哥布林小孩一起遊玩的光景，還有亞烏菈與馬雷等黑暗精靈小孩。順便把夏提雅也加進去。

把夏提雅加進去，是因為安茲看到她在魔獸與不死者身邊跟亞烏菈一起做準備，沒什麼其他理由。

（真是一幅美好的光景，跟雅兒貝德或迪米烏哥斯提提看吧。）

「大人不喜歡，屬下立刻命他們散去，如何？」

「我不是這個意思……你覺得即使種族不同，孩子們是否也能很快玩在一起呢，人類小孩與蜥蜴人小孩能攜手並進嗎？」

「屬下不清楚，不過只要安茲大人有意，他們一定會攜手並進的。」

（……跟意志或命令無關，我是在問不同種族之間能不能攜手並進，不過也許身為君王的我，不能提出這種點子吧。）

安茲的想法很可能變成絕對性命令，所以很多事令他害怕。

「……這樣啊。那麼差不多該出發了——亞烏菈，夏提雅！準備齊全了嗎？」

安茲對兩人出聲道，立刻得到了回應：

「是！萬無一失！」

「屬下也準備好了呀，按照安茲大人的心意，隨時可以出發。」

「任倍爾！」
「沒有問題！」
「好！那就出發吧！」
「安茲大人，一路請小心！一有狀況，屬下可立刻出兵。」
科塞特斯說的沒錯，如果該地有抱持敵意的玩家，最後也許會動兵，演變成全面戰爭。
不過——
「——最終來說或許有這個可能性，不過，這次的主要用意是武裝偵察。如果那裡有強者，我會在收集情報後以撤退為優先，之後才有機會用到你。期待你的活躍表現喔！」
「遵命！」

●

沿著湖泊北上，然後照著任倍爾的記憶登山，就是這次的路線。
騎著魔獸的不死者們走在前面，高舉著魔導國的旗幟。
湖泊周遭具有知性的存在，都成了科塞特斯的屬下。只要舉著這面旗幟，就不用擔心遭到襲擊。話雖如此，終歸只有能理解支配兩個字的意思——具有知性的存在才是如此；這樣做對知性較低的野獸等存在不但不具意義，反而還可能提高遇襲的可能性。不過，不管是哪座森林，都不可能有安茲一行人對付不來的魔物。

夏提雅好像巴不得遇到魯莽之輩，嚴格監視著四面八方，但結果遠遠也沒看到半隻魔物，就這樣到達了湖泊最北端。

沿著流入湖泊，既寬且淺的河川移動視線，就看到安傑利西亞山脈的高山峻嶺連綿不絕。在這雲淡風輕的季節，浮現於湛藍天空中的山嶺威儀，令安茲有所感觸。

這時任倍爾來到安茲身邊站定，講出了提議：

「接下來可以由我帶頭前進嗎？我想邊看風景邊前進，刺激腦子。」

安茲自然不會有異議。

「可以，就由你帶頭吧。不過不要一個人前進，身邊要配置我的部下。如果有什麼人襲擊你，你就用我的部下當肉盾，回到後面來。在這一行人當中，你可是相當有價值的。」

「謝謝陛下。」

任倍爾對背負自己前進的魔獸以言語下令——說成請求比較正確——魔獸就照他的指示開始前進。由於他沒有騎過動物，因此騎在亞烏菈馴服的魔獸背上，不是用技術，而是以言語操縱牠。

上了山後，一行人的速度變得與在湖畔奔馳時完全不同。

走得非常慢。

起初只是沿著河川北上，但自從繞過瀑布開始爬山後，速度就更慢了。

雖然任倍爾拚命試著回想，但畢竟只是幾年前走過一次，而且只沿著這條路回來過，現在倒過來走似乎步步維艱。再加上標高還很低，高大樹林遮住了視野也是一大原因。

即使山脈地形沒變，樹木卻是會成長的。

任倍爾一面拚命修正與記憶的差異，一面前進。

雖然幾乎所有人都不需要休息，但少數會感到疲勞的人當中偏偏包括了任倍爾，因此途中穿插了幾次休息，一行人就這樣默默爬上山嶺。

遠方偶爾會看到像是魔物的身影，不過也許是他們人多，或是魔物肚子不餓，似乎不打算過來這邊。如果是未知的魔物，安茲很想抓起來看看，不過這次就先放棄。

他的目的是抵達矮人王國。

安茲很清楚，一次想完成好幾個目的，可能變成每個都做不好。

雖然有點遺憾，但安茲選擇趕路。

遇到了林木線，高大的樹木慢慢為低矮樹木取而代之時，太陽也逐漸下山了。

藍天染成了橙紅色，夜幕跟著低垂。而星海為巨大山脈遮蔽的景觀只能以壯闊形容，想到這片景緻也不過是這世界的一小部分，就感覺為大自然的雄偉所震懾。

安茲震動著鼻腔，嗅嗅流入體內的新鮮空氣中包含的芬芳。
這是怎麼辦到的——反過來說能聞到味道，為什麼吃不出食物的滋味——安茲將這些疑問趕到腦海角落，吸取在耶．蘭提爾近郊或納薩力克聞不到的空氣。
在ＹＧＧＤＲＡＳＩＬ也絕對感受不到這種大自然的宏偉。
做為飛飛冒險中得到的經驗彷彿又追加了一頁，心靈的充實感令安茲心滿意足。說真的，就算之後沒能發現矮人國而撤退，他好像也不在意了。
（這就是……這才是冒險者應該看到的風景，不是嗎？）
安茲露出微笑，轉頭說道：
「好了，在這裡過一晚吧。」
夏提雅回了聲「是」後，直接向安茲提出疑問：
「那麼安茲大人，是否要暫且回到納薩力克地下大墳墓？」
的確，在這裡設置個東西當記號，傳送到安全場所過一晚是個好主意，但安茲不太想這麼做。不是基於好處與壞處，而是情感方面的理由。
「不用，就在這裡過夜吧。」
「可是，怎麼好讓安茲大人在這樣的地方過夜……」
舉目環視盡是岩石土地，從山上吹來的冷風急速剝奪體溫——雖然安茲擁有對冰的完全抗性，不受任何影響。對於沒有做抗寒對策的人而言——而且沒有穿厚實毛皮的人而言，感覺想必就像尖針扎在身上。也許是因為鑲嵌於禿山地表的殘雪寒氣，被風運送了過來。

大自然的雄偉讓安茲笑意更深了。

ＹＧＧＤＲＡＳＩＬ有個公會揭櫫的理念，就是化未知為已知，他們一定也是以這種心情踏上各種旅程吧。

那個公會大本營看起來簡陋不堪，公會戰也一直很弱，但卻老愛往前人未踏之地跑，安茲當時不太能理解他們的想法，不過現在一目睹如此壯闊的世界，就似乎能稍微體會他們的心情了。

在當飛飛時也有過這種感覺，從一切束縛中得到解放，在世界各地旅行，真是——

「——安茲大人？」

無意間浮現的思緒頓時四散，不知去了哪裡。

「怎麼了，夏提雅？」

「呃，沒有，抱歉打擾了安茲大人思考。」

「啊，沒關係，妳別在意，我沒在想什麼特別重要的事。」

「是這樣嗎，那就好……」

「所以剛才講到哪裡？喔，在這裡過夜的問題對吧。」

「是的，安茲大人表示要在此地逗留，屬下卻沒準備帳篷，真是萬分抱歉。屬下立刻從納薩力克搬來，可否准許使用『傳送門』？」

「沒那個必要，與其說是忘了帶帳篷，不如說是不需要，所以我沒列在準備清單裡……妳知道馬雷能用魔法做出住宿設施嗎？」

夏提雅點頭說知道。

「這樣啊，那麼我要妳知道，我也能做出一樣的事。雖然也可以用綠祕密住宅等魔法道具代用，不過那個的空間對這個人數來說有點窄。妳看著。」

安茲找了個適當的場所，他需要的是有傾斜沒關係，但沒有巨大岩石等物體的開闊地形。

安茲很快就找到了最適合的場所，發動魔法。選擇的是第十位階魔法。

「『創造要塞（Create Fortress）』。」

魔法發動，剛才還空無一物的場所，出現一座高達三十公尺以上的厚重巨塔，巍巍黑影就像要咬住星空。

雙開門做得厚厚敦敦，感覺就連衝車的攻擊都能彈回。為了不讓想攀牆入侵的人越雷池一步，壁面突出了無數尖刺。最高樓層設置了睥睨四方的惡魔雕像。抬頭仰望，會感受到當頭壓下的沉重壓迫感。

這座厚重質感足以威懾他人，有如要塞一般的高塔，正適合以拔地參天來形容。

「那麼我們走吧。」

安茲走在一行人前面，站到門前，鋼鐵門扉就自動開啟了。接著安茲站在原地，讓其他人先進去。在YGGDRASIL當中，只要是同隊的人，用觸碰的方式就能輕易打開這扇門。反過來說，其他人就只能採取破壞等手段。那麼在這個世界，門扉會如何判斷？

安茲留下兩隻不死者，命令他們門關上後就打開，然後關起了門。

他等了一會，但門沒有要打開的樣子。

「……這扇門只有我能開嗎。亞烏菈，妳摸摸看這扇門。」

亞烏菈回了聲「是」之後摸摸看，但門還是沒開。

看來真的只有安茲打得開，安茲內心偷偷皺起眉頭。友軍攻擊也是，這些問題實在很麻煩。如果這個世界有其他玩家，這一點小小的變化搞不好會害一些人波及同伴──一個弄不好甚至殺死對方。

（雖說已經過了將近一年的時間……但使用力量時還是得多注意才行呢。要是把別人捲進了範圍攻擊，那可是慘不忍睹。我應該提醒高等級的人多注意嗎，尤其是馬雷。可是如果他們已經有在注意，我太囉嗦反而會惹人嫌的……有意無意地提一下看看好了。）

提醒別人意外地是件難事，安茲在社會生活中，學到單純責罵並不管用。

心情變得有點沉重的同時，做完實驗的安茲打開門，把外頭待命的不死者也放進來。然後確定所有人都進了寬敞的入口大廳後，把門關上，領著大家邁步前行。

走進大門內，對面還有一扇雙開門，進去之後是一條通道，然後盡頭又是一扇雙開門。通道本身點亮了魔法燈光，走起來很順。

盡頭門扉一開啟的瞬間，眩目的亮光照了進來。

那是一間圓形的大廳，地板潔白，天花板高聳。中央有座螺旋梯通往樓上。

「好了……今天就在這裡過夜。需要休息的人休息，不需要的人……枯站在那裡會讓人心神不寧，就各自進房間裡待命吧。」

安茲指著房間的門扉，總共有十扇房門。附帶一提，這個空間內部經過擴張，比外面看起來寬敞。

「樓上……二樓跟三樓也有相同的房間，都可以用。亞烏菈、夏提雅、任倍爾，你們三個留下來。根據來到這裡的路線，談談今後的計畫好了。這樣吧，你們到那邊那張沙發集合。那麼大家各自做自己的事吧。」

「安茲大人，吸血鬼新娘們該如何安排呢？」

「唔嗯……」

安茲一時無法回答夏提雅的問題。老實說，安茲只是因為想騙過丹克莉曼，才會帶她們來，在不在根本沒差。安茲想了一想，指示她們「我之後再下令，先去房間待命」，把整件事扔給以後的自己。

然後安茲走向沙發坐下。他對剛才那三人做出許可，確定他們都坐下了，才開始討論。

「好，首先把今天一整天的路線劃出來吧。來，亞烏菈，麻煩妳了。」

「是，安茲大人。」

亞烏菈攤開畫紙，參考一手拿著的筆記，開始流暢地劃出地圖。

「精準距離等細節我沒有自信，不過我想大約就是這樣。」

「嗯，謝謝妳，亞烏菈。」

雖然只是粗略的地圖，不過距離等細節今後再從空中調查即可。

「那麼，我想任倍爾累了，不過不好意思，要讓你吃點苦了。」

「……請問您是什麼意思呢，陛下？」

看到任倍爾稍微提高了警戒，安茲溫柔地對他微笑。

「我要看看你的記憶。」

「什……什麼意思？」

「……講得有點太像反派了。我能夠使用竄改對方記憶的魔法，並且開發出使用這種魔法查閱對手記憶的方法。坦白說，這種魔法需要消耗龐大魔力，我盡可能不想用，但光靠你一個人的模糊記憶，不免有點擔心。」

「這……這樣做不會有後遺症什麼的嗎？」

「不要緊，我讓一名神官提供協助，這方面已經達到老手級了。只要不做奇怪的竄改，就不會有任何問題。實際上，我對我的一名女僕也做過相同實驗，並沒有發生任何問題。」

「您是說希絲對吧？」

「沒錯，亞烏菈。話雖如此，這項能力並非萬能。像是本人遺忘的記憶只能看到模糊影像，其他還有許多難以運用之處，但我在想也許這種魔法不是在查閱腦中記憶，而是存取更根源性的紀錄——」安茲發現自己扯太遠了，聳聳肩。「哎，沒什麼，總之我要查閱你的記憶。」

「原來如此……為了保險起見，請讓我再問一次就好。真的不會有問題嗎？」

「我能體會你的擔憂，放心，任倍爾。我以我的名字發誓，絕不會改寫你的記憶。」

「那麼……我該做些什麼呢？」

「嗯，你放輕鬆坐著就好。這種魔法並不會讓你身體感到不適，只是，在用魔法之前，我想知道一些細節。首先是在幾年前的幾日幾點，有什麼事情留在你的記憶裡。」

聽任倍爾細細說來後，安茲發動了魔法。

安茲累積過使用這種魔法的經驗，對自己的能力有專家級的自信；即使如此，這種魔法還是相當難用。
由於一旦操作了記憶，內容就會受到取代，一個弄不好會搞得無法收拾，就好像在完全沒備份的狀態下更動電腦系統。當成廢人製造魔法或許很好用。
而最大的問題是要消耗太多魔力，使這種魔法更加難以運用。
只不過是追溯了一點點任倍爾的記憶，安茲就感到自己的魔力急速減少。
安茲本來想先找到目標記憶，然後從那裡慢慢尋找，但看來魔力在那之前就要耗光了。讓這種魔法更難運用的一個問題，就是等到隔天魔力恢復了，想再調查一次，卻得跟昨天一樣重新追溯記憶。
情況就是這樣，所以如果要收集情報，用其他魔法絕對更有效率。
安茲在腦中發牢騷時，山脈的景色浮現出來了。看來總算抵達了目標記憶，但魔力果然快耗光了。
（查閱以前的記憶最費事了，如果是這幾天的記憶，還有辦法查……）
果不其然，看到的幾乎都是些朦朧不明的影像。矮人的長相也是，看是看到了，但可能是因為任倍爾認不出來，每張臉都一個樣，看不出有哪裡不同。每個人都長了滿臉的大鬍子，只留下粗聲粗氣地怒罵或是喝酒的印象。
（這下沒轍了。用神官做實驗的結果雖然成功活用在希絲身上，但還是覺得用得不順手……操作記憶這種纖細的東西不允許失敗，也許我該再拿那個神官試一試。雖然他整個已經顛倒錯亂，連話都答不上來了……為了做重組實驗，早知道我應該以幾年為單位做竄改的。真不該進行記憶歸零的實驗啊。）

如果耶·蘭提爾出現了被判死刑的重刑犯，就帶來做實驗好了。安茲邊想邊解除魔法。

「如何，任倍爾，沒怎樣對吧？」

「咦？好像沒怎樣，又好像哪裡怪怪的……」

安茲微微一笑。

「我只是看了你的記憶，沒做任何改寫，你覺得怪怪的反而不合理喔！我想應該是偽藥(Placebo)效應吧，很快就會好了。」

任倍爾甩了幾次頭，安茲不去注意，看著地圖。

雖然看過了記憶，但還是搞不太清楚。

追根究柢，都怪山間模糊的景象中沒有能當成標記的物體。而且躲避魔物的記憶等等太鮮明了。

老實說，雖然魔力明天就會恢復，但龐大魔力消耗得一點都不划算。

「好了，之後就還是照當初預定，讓任倍爾帶我們北上吧。我看了他的記憶，說不定也能幫上一點忙。」

想不到其他點子了。

即使派出斥候，頂多也只能解決掉前方出現的魔物，沒有意義。

「那麼解散吧，你們各自好好……雖然除了任倍爾以外應該都不用休息，但還是為明天出發做準備吧。」

●

目送主人前往房間，亞烏菈問坐在身旁的夏提雅：

「妳要用安茲大人右邊的房間，還是左邊？」

亞烏菈藉由魔法道具的效果，夏提雅則是因為身為不死者，不用睡眠，所以不需要房間。但主人分配給自己的房間，不使用也很失禮。不過為了護衛，最好避免使用離得太遠的房間。

「嗯——哪邊都一樣，都可以呀。」

「哎，是沒錯啦……咦，妳在幹麼啊？」

心不在焉的回答讓亞烏菈覺得奇怪，往身旁一看，夏提雅正在做筆記。

「……安茲大人是這麼說的，句點。我在抄筆記呀，以免忘了安茲大人的金玉良言。」

「哦～真了不起，我看看？」

亞烏菈從旁探頭一看，僵住了。筆記本上寫得密密麻麻，毫無空白到了異常的地步。

怎麼會有這麼多東西可以寫？隨便一看，夏提雅把主人講的每字每句，以及採取的所有行動一字不漏地寫了下來。

（這樣……對嗎？把無上至尊的金言玉語仔細留存下來是很好，可是夏提雅寫這些，不是為了那種目的吧……）

夏提雅該做的筆記，應該是從自己主人的睿智中掌握要點，融會貫通的方法才對。她這樣讓亞烏菈有點不安。

「呃，我說啊。我覺得做筆記是很棒的一件事，可是不能本末倒置吧？」

夏提雅一臉不解地盯著亞烏菈看。

「聽好嘍！做筆記會讓妳以為自己有好好做事，可是妳真正該做的是寫下重點，然後在遇到相同狀況時自己也做得來，對吧。像現在這種做筆記的方式，真的沒問題嗎？」

「我覺得沒問題呀……」

「那就好，不過為了保險起見，回到房間後重看一遍，想想安茲大人那時候是怎麼想的，然後換成妳自己試著融會貫通，應該比較好吧？」

「真是如此嗎？」

「真是如此。」

亞烏菈斬釘截鐵地說完後，忽然不明白自己為什麼要跟夏提雅說這些。但她又產生一種心情，覺得自己指導她是理所當然的。

（唉，真是，不知道為什麼，但就覺得我好像多了個笨妹妹……雖然這樣說是冒犯了，但泡泡茶壺大人是否也有過這種心情呢？）

●

在格外眩目的朝陽下，一行人做好出發準備。並沒有特別做什麼，就只是走出魔法做成的高塔，排好隊伍罷了。比起當飛飛時的旅途，安茲不由得感到枯燥。

然後一行人再度開始探索，然而一路移動到當天傍晚，都沒發現到任何蛛絲馬跡。

太陽消失在山脈斜坡後方時，安茲瞇細了眼。

騎乘魔獸的一行人，至今移動了一百公里的距離──應該已經超過了安茲推測到都市的距離。然而還是一無所獲，也就表示接下來必須進行地毯式搜尋，總之就是要開始做花時間的工作了。

這天一行人也是用安茲的魔法休息，然後到了隔天。自出發以來已經第三天了。

任倍爾忽然怪叫一聲：
「就是這裡！我知道這裡！」
四下已經沒有樹木的影子，只有岩石嶙峋的山地，任倍爾的聲音在這當中大聲響起。
「陛下！應該不遠了！」
「是嗎！那麼所有人行動時多加注意！」聽從安茲的命令，所有人整齊地排好隊。「那麼任倍爾，麻煩你了。」
「請交給我吧！」
跟隨任倍爾的前導，一行人往前進。
不久，就看到前方有處洞窟，或者該說是開在山上的裂縫。
安茲覺得那確實很像在任倍爾記憶裡看到的地形，但他覺得好像應該再大一點；不過看任倍爾高興的模樣，應該不會有錯。
比起只是窺視了記憶的安茲，任倍爾本人的記憶應該更為正確。
安茲一面拉平長袍的凌亂處，一面命令亞烏菈。
照事前決定好的那樣，亞烏菈帶著魔獸，跑向裂縫。
「矮人王國！此地南方建立的新國家，安茲·烏爾·恭魔導國國君，安茲·烏爾·恭陛下駕到！快派人帶路！」

擔任前導的亞烏菈，聲音似乎在裂縫中嗡嗡迴盪。
但沒人回答。
亞烏菈以眼神詢問安茲該怎麼做，於是安茲指示她再喊一次。
亞烏菈又吼了一次。
但還是沒人回答，等了一下，好像也沒人要出來。
任倍爾說過這裡的入口配置了警備兵防人入侵，如果是這樣，對方一定會聽到亞烏菈的聲音。
難道說矮人不喜歡接觸黑暗精靈？
安茲先指示亞烏菈回來，同時把任倍爾叫來。
「換你了，你去叫他們。」
安茲替任倍爾施加了幾種強化魔法，雖然這樣也不能保證絕對安全，但有與沒有的危險度可是差很多。
任倍爾靠近洞窟，大聲呼叫，還是沒人回答。
「……半藏。」
「御前伺候。」
從身旁待命的夏提雅的影子裡，一名忍者像滲入空氣般迅速現身。半藏領隊身後還有其他半藏排隊站好。

「——我要你們入侵內部，確認狀況。不要引人注目。」

「屬下明白了，那麼要調查到什麼程度呢？聽聞矮人都市是坑道都市，若要調查網狀分布的所有坑道，需要花點時間。」

「最低限度就可以了，只要調查都市的中心地帶，都市功能的核心區即可，坑道內部之後再另行調查。」

「遵命。」

半藏們由領隊在前，迅速奔去。那種留下影子的奔跑方式，是忍者系高階魔物特有的動作。

安茲指示任倍爾回來，同時讓他到成員中間——安全的位置待命。因為在與矮人交涉時，他會非常有用。

「——夏提雅，別怠忽警戒。」

「是！」

夏提雅使用特殊技能，瞬間就整頓好了全幅武裝，小心謹慎地注意四下。

夏提雅是納薩力克的最強守護者，只要她進入臨戰態勢，不管對手如何厲害，都無法冷不防來個即死連續技。話雖如此，在玩家戰當中，經驗是很重要的要素。夏提雅缺乏這方面的經驗，全丟給她負責太危險了。

就這層意義來說，經驗極端豐富的安茲必須示範給她看。

安茲也一樣不敢大意，對周圍提高警戒，不久半藏回來了。安茲沒想到會這麼久，或許表示距離真的很遠。

半藏們在安茲跟前排好隊，單膝跪下。當然，是由領隊代表其他人開口。

「——安茲大人，我們發現了矮人都市的住宅區，進行了搜索，但人跡杳然。」

「——發生了什麼事？」

「我們沒有徹底調查，不過並未發現屍體，房屋內也沒有任何家具或打鬥過的痕跡。」

「或許應該認為矮人們出於某種理由，而主動放棄了這座都市。」

安茲轉向任倍爾，他看起來很驚訝。雖然只相處了短暫時間，不過安茲已稍微了解任倍爾的個性，想必不是演戲。

「——好，帶我到住宅區。」

「是！」

由半藏帶路，安茲邁開腳步。當然，接下來要前往的是未知的土地，他不會大意。夏提雅、亞烏菈與任倍爾不用說，他也讓高等級不死者與魔獸們同行。

留在外面的只有低等級吸血鬼新娘們，以及長毛象型的魔獸。

這麼做主要是當成誘餌，如果未知的存在，而且是有敵意之人在監視他們，想削減安茲等人的戰力，一定會從能夠確實打倒的人下手。況且假使對方知道一行人有搬運物資，考慮到能從中獲得的情報等等，必定會發動襲擊，這是基本中的基本。

為此，安茲不只要留下她們，還在附近埋下一隻半藏。

不是為了救她們。

是為了監視對手，盡可能獲得來襲者的情資。如果還能得知對手的撤退地點——大本營之類的情報，那就再好不過了。

迄今旅途中安茲一次也沒回納薩力克，也是為了不讓對手知道他們能用「傳送門」無限恢復戰力，讓對手誤以為從較弱的部分削減戰力能得到好處。

（假若對手出現她們還能沒事，那就好了。）

安茲並不希望讓她們送死，不過為了獲得敵人的情資，失去在某種程度上能自動出現的魔物也不足惜。

也許自己這樣很殘酷。安茲一邊想，一邊往洞窟裡前進。

外頭的亮光照不到洞窟內，很快裡面就變得一片黑暗。不過對擁有夜視能力的安茲而言不成問題。夏提雅、亞烏菈、其他不死者與魔獸們也一樣。他們這個等級的人，沒有一個會受單純黑暗影響視野。

任倍爾讓一隻不死者像抱公主一樣帶著走。

鐘乳石與石筍等等清除得乾乾淨淨，地面經過整平，適於行走，全是因為此地是矮人的都市。

一行人讓半藏帶路前進，途中有好幾條分歧，不過半藏說它們全是很短的死路。想必是用來讓入侵者迷路，以爭取時間或趕跑敵人。

安茲擁有這種時候可以使用的魔法，但半藏沒有，應該是把所有路線調查了一遍，難怪會花時間了。

安茲正做如此想時，半藏轉過頭來。

「安茲大人，再走一會就是住宅區了。」

「是嗎……前方看得到朦朧的燈光，半藏，你不是說沒發現矮人嗎？」

「是，沒有發現，這個亮光是類似水晶的礦石發出的光。」

坑道前方是個廣大的開闊空間。

安茲尋找光源，四處掃視，看到支撐天頂的好幾根天然粗石柱，以及天頂等地方長出了像是水晶的礦石，如同半藏所說的發出微光。

其他——就安茲視野所及，沒有人工的光源。

半藏說這裡是住宅區，的確沒錯，構造就像座都市。可以看到一大排跟盒子一樣乏味的建築物——應該是二層樓構造。

也許是因為住在這裡的種族身高不高，房屋比人類社會的建築物矮了一截。即使如此，還是比安茲的身高要高，使得視線被建築物遮蔽，掌握不了都市的大小。只能看出建築物似乎相當多，讓人數都懶得數。

「唔……」

安茲看著這樣的都市，心裡感覺懷抱的願望之火被水滋一聲澆熄了。

實在太寒酸了。

聽到矮人都市時想像的那種輝煌、纖細又厚重的印象，在這裡完全找不到。這裡沒有YGGDRASIL的氛圍——玩家的氣息。

安茲移步前進，走近一棟建築物，推開屋門。

正如半藏所說，空虛無物的空間鋪展開來。

就安茲從門口所見，屋裡沒有任何家具，只有固定住的架子等搬不走的物品。地板積了一層白白的灰塵，看似很久沒人進來了。

「——任倍爾！叫叫看有沒有人。」

聽從安茲的命令，任倍爾呼叫了照顧過他的矮人名字。

在洞窟裡，聲音會無邊無際地擴散，而沒有回音，大概是因為這裡空間夠廣。

任倍爾叫了幾聲，但還是沒人現身。

「——半藏，搜索這座都市以外的坑道，看看有無任何線索，我要你找出這座都市遭到放棄的理由。不過坑道有多深多長無法估計，如果覺得太深就收手吧。」

「是！」

讓在場所有人分頭尋找應該比較快，但在這無法理解的狀況下，安茲沒魯莽到做那種選擇。他命令眾人集合起來稍做調查，讓其他人在背後待命，自己把建築物的每扇門一一打開。

每棟建築物都跟第一棟一樣。

偶爾會發現放了家具的建築物，但頂多就是這戶一個架子，那戶一張桌子，沒發現家具一應俱全的房屋。

這下調查起來會很費時。

「亞烏菈，我們當中妳的感覺最敏銳，妳的感知能力有發現到誰嗎？」

「沒有，感覺沒有任何人在。」

「是嗎……那麼大夥分成兩組，稍微調查一下吧。夏提雅指揮不死者保護我，亞烏菈先去任倍爾借宿過的矮人住家，然後一面注意不要走太遠，一面巡視整座都市，找出矮人們消失的原因。」

兩名守護者做了回答，安茲看到任倍爾對自己低頭致謝。
安茲高傲地點頭，發動「飛行」。
身體慢慢浮空。
如果有人埋伏，這會是非常危險的行為，但他不知怎地，就是覺得真的沒人在。
「安茲大人！」
夏提雅趕緊飛起來，追上安茲。
「太危險了！請降低高度！」
「妳說得對，我有點大意了。」
安茲只因為沒有根據的直覺，就飛上容易進入射線的空中，難怪夏提雅要生氣了。
「不過沒遇到攻擊，就表示很可能真的沒人。還有發現到我的人有可能為了獲得情報而靠近過來，麻煩妳戒備周圍安全。」
「……請您不要以自己當誘餌。」
（布妞萌桑說過，統率小隊者擔任誘餌，有時是正確的戰略……不過夏提雅不是我的同伴而是護衛，大概不會認同吧。）
安茲向夏提雅說了聲「原諒我」，然後俯視下方。
的確是座都市，呈現棋盤般的構造，有著許多外形相同的建築物。

「——那裡有棟氣派的建築物，還有那邊與那邊。」
雖然這裡的建築物全都如出一轍，但也有零星幾棟特別大的。
「去看看好了。」
「……等呼喚亞烏菈回來後再前往如何，如果那裡有人埋伏，可能會有麻煩。」
夏提雅從剛才到現在說得都很對。
「安茲大人！」
正好這時下方傳來亞烏菈的聲音，往下一看，亞烏菈身邊帶著任倍爾，正在揮手。看那揮手的方式，絕對是有什麼要事相告。
「好像有所發現啊。」
「似乎如此呀。」
兩人互看一眼，降落在亞烏菈身邊，不死者稍慢一步，也跟上來。
「請看，安茲大人！」
亞烏菈帶著安茲來到一間房屋，指指打開的屋門後面。
安茲大略環顧一下室內，就跟剛才檢查過的建築物沒兩樣，沒能發現什麼特別的東西。
「這裡就是任倍爾說借住過的矮人家嗎？」
「不，不是這間。我們前往任倍爾借住過的矮人家時，途中發現了房門開了一點的建築物。檢查過裡面之後，您看。地板上有腳印，而且應該不是屬於矮人。任倍爾，矮人不是打赤腳生活的，對吧？」

「嗯，當然不是……大人。他們那時候都有穿鞋，在家裡也幾乎不脫。屬下常常看到有人穿著腳背以金屬補強的堅固鞋子。」

「就是這樣，所以這絕不會是矮人的腳印。」

「從這腳印能看出多少線索？」

「這個嘛。」亞烏菈微微偏頭：「首先這似乎是兩隻腳步行的生物，然後左右腳之間有線狀痕跡，應該是尾巴留下來的。」

「是類似蜥蜴人的生物嗎？」

夏提雅視線看向任倍爾。

「不，不是喔。尾巴沒有任倍爾他們那麼粗，更細一點。腳印也覆蓋了灰塵，所以應該有一段時間了。不是常常過來……而且好像一進來就立刻出去了……是不是發現了矮人城鎮，產生了興趣呢？」

亞烏菈移動原本看著住宅內的視線，朝向街道上。

「不是一隻，是好幾隻……而且數量似乎不少，至少有十隻。」

「能跟著這些腳印走多遠？這是唯一的線索，我希望能盡量追遠一點。」

「好的，那麼可以請大人跟在我後面嗎？」

安茲自然不會拒絕。

由亞烏菈帶頭，所有人成群結隊移動。為了保護看著地上走路的亞烏菈，安茲讓夏提雅緊跟在她身後。

腳印主人的行動，就跟亞烏菈的推測一樣。換言之就跟剛才的安茲一樣，感覺不到目的——前進方式就像邊走邊到處看看矮人的家。

一路跟著腳印走的亞烏菈突然停下腳步，然後瞪著道路前方。順著視線看去，是安茲從空中看到過的一棟巨大建築物。

「他在這裡與好幾雙——同樣數量的腳印會合。這支別動隊好像是從那邊來的，該怎麼做才好呢，要調查一下別動隊嗎？」

「……不了，先找出這雙腳印的主人去了哪裡比較好，別動隊的腳印之後再行調查應該沒問題。」

「遵命！」

亞烏菈再度開始走，不久，就以橫越都市的方式抵達了靠牆的建築物。

看起來像平房，不過占地面積相當廣。

「……我想應該沒人，不過為了以防萬一，還是使用魔法好了。敵人的防禦魔法有可能以我為中心爆發，因此所有人離我遠點，到一旁待命。」

使用情報系魔法時有可能遭受反擊，目前的成員頂多只有任倍爾會被一擊殺死，但也沒必要無益地減少屬下的體力。

「安茲大人，至少讓我隨侍您左右呀。」

「咦，那我也要一起。」

「不可以，妳得待在不受波及的地方，注意周圍情形呀。」

被夏提雅駁倒，亞烏菈注視著安茲求助，但安茲的意見也跟夏提雅一樣。

「說得對，成員當中就屬亞烏菈的感知能力最優秀。我是覺得可能性不大，不過如果有人潛藏於附近，就麻煩妳即刻應對。」

主人都這麼說了，亞烏菈似乎無法回嘴，不情不願地點點頭。

安茲以魔法製作出感覺器官，讓它滑入建築物中。

還是一樣，看起來沒人躲在裡面。安茲繼續往裡面走。

（這棟建築物究竟是什麼，櫃臺，還有……這是衣物櫃嗎。如果是浴室，卻又沒有分成男女兩邊……是矮人特有的建築物嗎？）

安茲邊觀察邊穿過幾個房間，視線抵達了一個地方，就像他們一路走來的坑道。

（這裡會不會是關卡或要塞性質的建築物，例如假使有人從這條坑道的深處進來，可以在這裡抵禦外敵之類。如果是這樣，這條坑道前方是否另有出口？）

安茲大致搜索過建築物內，沒能發現敵人蹤影，於是簡單說明一下建築物內部的構造，讓亞烏菈進屋裡來，以確認腳印是否往坑道裡去了。

然後安茲、夏提雅、任倍爾依序進入建築物。考慮到半藏會回來，安茲讓魔獸與不死者們在外頭待命。

安茲跟在亞烏菈後面，並小聲對任倍爾問道：

「你對這棟建築物知道些什麼嗎？」

「抱歉，陛下，我不知道那麼多耶。我只知道剛才陛下與各位在看的……大型建築物？找到某人腳印的屋子那條路，矮人只告訴過我往前走有一棟建築物，他們就是在那裡搞政治的。還有，偶爾會看到的大型建築物，我想是經營酒館或鍛冶鋪等店家的地方。矮人他們即使是首領……呃，即使是掌權者，也不會住太大的房子。」

任倍爾又補一句「不知道為什麼就是了」做結。

正好在這時，亞烏菈停在坑道入口。

「腳印在這裡進進出出，要往前走嗎？」

亞烏菈的詢問讓安茲猶豫起來，但也只是一瞬間。

「不，算了。這座都市內還有必須調查的地方，到最後的最後再往裡面調查吧。再說調查這裡面的時候，最好讓半藏同行。」
應該說半藏到現在還沒回來，可見坑道相當廣大。
回到外頭來的安茲啟動「訊息」，聯絡半藏領隊。
「怎麼了，半藏，還沒收集到情報嗎？」
『抱歉花了這麼多時間！不過請大人高興吧，雖然費了一些工夫，但屬下終於捕捉到某人的蹤跡了。』
「什麼，真的嗎，你找到矮人失蹤的證據了？」
『並非證據，不過這條坑道深處似乎有人——在發出聲音。』
「你是說並非自然發生的聲音，是吧？」
『是！似乎有人在挖掘礦脈。大人尊意如何，是否該由屬下盡量收集情報？』
「不，別這麼做。在那之前，你先帶我們到那裡，我在——」安茲覺得解釋也解釋不清楚。「這樣吧，你到有火把的地方來。」
『遵命！』
安茲結束「訊息」，接著拿出火把。這種火把會自動點火，安茲將它交給身邊待命的不死者。
不死者左右揮動火把，對不知身在何處的半藏打信號。

不用說，安茲擁有的火把當然是特殊火把，它是店裡賣的工藝品，抵在黏體等特殊魔物身上，就能造成多出普通火把兩倍的損傷。

雖然以這種方式使用太浪費了，但安茲身上沒有普通火把。

經過火把在視野留下帶狀殘光的時間後，半藏們出現在安茲面前。

「屬下斗膽拜見大人。」

「招呼就免了，時間就是金錢，快將我們帶到那裡去吧。」

「遵命！」

忍者向前奔去，背上載著安茲等人的魔獸們隨後追上。

不久，前面出現一棟剛才順著腳印走時看過的建築物，半藏停了下來。這裡無疑就是終點。

安茲從魔獸身上下來，半藏向他說明：

「這棟建築物裡有著隱藏坑道，坑道裡有人在。」

「安茲大人，這裡有新的腳印。沒有出來的腳印，只有進去的。腳印有穿鞋子，單純從大小判斷，身高大概跟夏提雅差不多吧。人數是一人。」

亞烏菈在建築物前面凝視著地板做報告，安茲點點頭。

「……我要嘗試跟對方友善對話，即使對方攻擊我們，你們也只准防禦。絕不可以主動攻擊，知道嗎？你們要徹底做到這一點。還有為了不讓對方產生戒心，先由亞烏菈上前攀談，然後——」

安茲摸摸自己的臉。

不死者受到排斥是只有人類社會，還是普遍的常識？

無論如何，安茲帶來的屬下是不死者軍隊。既然如此，還是向對方露出真面目——不要有所隱瞞，或許能留下比較好的印象。

「好，那麼半藏，帶我們到聽見聲音的地方吧。」

在半藏的帶路下，一行人穿過建築物，在坑道中前進。

天頂不怎麼高，大概是因為挖掘者是矮人吧。YGGDRASIL的矮人也不例外，身高都不怎麼高大。

由他們來挖，應該就會是這種高度的坑道。

坑道走到一半，亞烏菈耳朵跳動幾下，向安茲表示半藏的報告正確。

安茲也試著仔細聽，但沒聽到亞烏菈聽見的聲音。

「這樣啊……很近嗎？」

「很難說，聲波反射了，使我無法掌握正確距離。」

「唔，如果是直線坑道的話，就能放出魔法眼睛，掌握對手的真面目了……」

大概不是亞烏菈這種聽覺敏銳的種族與職業，從這個距離是聽不見聲音的。可是，如果靠得更近，對方會察覺到他們這一大隊人馬的氣息。

要是發現有一大群陌生人逼近過來，有常識的人都會以安全為第一躲藏起來。安茲有亞烏菈在，不認為會讓對方跑了；但如果對方擁有「傳送」等魔法或潛地等特殊技能，恐怕就抓不住了。

這時候比較聰明的做法，應該是只派出亞烏菈或半藏，再來就是發動完全隱形的安茲親自出馬。

「那麼，接下來就由能隱密行動的人前往吧。首先是亞烏菈與半藏，然後是我。夏提雅在這裡待命。」

「只要這是大人的命令。」

「……不對，在這裡待命似乎有點危險。」

安茲抬頭看看天頂，他看岩層是很堅固，但不能保證沒有個萬一。

「這樣吧，妳回剛才的建築物那邊，在那裡等我們回來……不對，這樣的話半藏也……

亞烏菈，妳認為腳印是走向那個聲音的來源嗎？」

「是的，是往那邊走。我不能肯定，不過留下這個腳印的人應該就是聲音來源。」

「是嗎，那妳應該能帶我過去吧。」

亞烏菈點了點頭。

「那麼接下來就由我們兩人前往，我與亞烏菈以外的人回到坑道入口的建築物。當發生意外狀況，尤其判斷對手可能是等級相當的強者時，記住了，立刻撤退。到時候我們自己會逃走，不用擔心。『傳送門』的出口要設置在亞烏菈蓋在森林裡的建築物。」

「是！不過就兩位前往，不要緊嗎？」

「不知道，不過嘛，我希望不要緊。」

盡往壞的方面想只會沒完沒了，只能做某種程度的妥協付諸行動。這是安茲最近學到的一點。

夏提雅似乎想不到什麼話能改變安茲的心意，或者是對安茲唯命是從，沒再提出任何異議，就同意聽從指示了。

安茲與亞烏菈一同往前走去。感覺還有距離，所以不用魔法。

兩人沉默地走著，一會兒後，安茲也聽到了聲音。

「……對方好像盡量不想發出聲音呢。」

安茲完全不知道亞烏菈怎麼會這樣想，不過既然她這樣說，那應該就是這樣吧。

「這麼說來，可以認為對方也在警戒什麼了。」

「那麼，要一看到就抓住他嗎？」

「如果對方選擇逃跑的話。第一次接觸就暴力相向，之後會很難建立友好關係。」
「我明白了，那我先正常跟對方攀談。」
「就這麼做。那麼我要隱形——不，還是小心點好，我要進行不可知化，就待在亞烏菈妳身邊。如果對方試著逃走，那沒辦法，就抓起來吧。」

2

兩人討論過各項事宜，決定好整個步驟，然後走到發出聲音之人的身邊。
坑道深處，有一個小個子的人形生物。那人在完全黑暗的世界裡，把手上的鶴嘴鋤刺進坑道牆上，心無旁騖地挖著土。
由於還有段距離，無法正確判斷對方的身高，不過大約在一百四十公分上下。體格有如啤酒桶，腿不怎麼長。不對，其實可以說根本很短。
那人披著茶色披風，就在他旁邊的地上放了各種用具，應該是他帶來的，其中好像還有沒點亮的油燈與水壺等等。
（在無人都市中，冒出這麼一個礦工？雖然令人想不通，不過只要問本人，疑問就能解決了。）

亞烏菈躡手躡腳，靜悄悄地靠近那個人。

相較之下，安茲絲毫不擔心。

「完全不可知化（Perfect Unknowable）」能消除一切聲音或氣息之類。除非是等級極高的盜賊系職業等等，否則難以探測。就連亞烏菈這個等級都很難發現目前的安茲，頂多只能模糊感覺到好像有人在而已。

與礦工靠得夠近後，亞烏菈出聲叫他：

「你好～你在做什麼啊？」

「咿欸！」

伴隨著魂飛魄散似的慘叫，那人轉過頭來。

他留著長長的鬍子——肯定是人稱矮人的種族。

男人睜大眼睛，用那件茶色披風覆蓋住自己的身體。

就這樣。男人的確就在那裡，不過，似乎只有安茲這麼想。

「唔！隱形啊～」

聽到亞烏菈這樣說，能夠看穿隱形能力的安茲謹慎地望著矮人。的確如同亞烏菈所說，矮人的身影感覺好像淡了點。

（披風是魔法道具，那樣做就能發動隱形力量是吧。感覺就像希絲那樣？）

「欸，聽我說，我沒有打算要傷害你啦！矮人叔叔，我知道你就在那裡，讓我看到你嘛。」

亞烏菈可愛又溫柔的態度，肯定大大打動了矮人的心。

對方稍微掀開披風，從縫隙中偷看亞烏菈。

「妳……妳難道是黑暗精靈，黑暗精靈怎麼會出現在這裡？」

「嗯，我來到矮人都市，發現沒有半個人在，所以到處找找看有沒有人知道怎麼回事，結果就找到叔叔這邊了。」

「原……原來如此……」

「大約五年前，這邊還有住著矮人們，對吧。大家是怎麼了，發生什麼事了，還有，你差不多可以在我面前現身了吧？」

矮人一步步移動，亞烏菈的視線也跟著他慢慢移動。

「說得也是，妳好像真的看得到老子。」

矮人讓披風恢復了原狀，大概這樣魔法也隨著失效了；但讓安茲來看沒有任何改變，令他覺得有點好笑。

「那麼，我們從頭說起吧。初次見面你好，我來自安茲．烏爾．恭魔導國，叫做亞烏菈．貝拉．菲歐拉。」

「魔導國？抱歉，老子孤陋寡聞，沒聽過這個國家，是黑暗精靈的國度嗎，大概在哪裡？喔，失禮了。老子是矮人王國的貢多．費爾比德，多指教啊。」

亞烏菈伸出手去，貢多明白了她的意思，擦擦被土弄髒的手，兩人握手了。

感覺不錯。在不可知化狀態下觀察情形的安茲用力點頭。

「總之我們正常講話，不用畢恭畢敬的，好嗎？」

「喔！老子正希望如此。因為老子只是一般老百姓，如果妳是什麼大人物，老子就只能閉嘴了。」

看貢多露出笑容，亞烏菈微微一笑。

「那麼，繼續剛才的問題。呃，大約五年前應該還有矮人在這裡生活，他們到哪裡去啦？」

「唔嗯，我們差不多三年前離開這裡，搬到其他都市去了。妳有什麼事找我們嗎？」

「嗯，有點事。而且在這裡住過一陣子的蜥蜴人跟我一起來了，我想跟他說。」

「蜥蜴人……大約五年前？」

貢多沉思片刻，然後敲了一下手心。

「喔！老子沒見過，但有聽說。因為我們是第一次見到蜥蜴人，所以那時常常聊到，記得是個一隻手臂特別粗的傢伙。」

「對！就是他。」

貢多重複講了好幾遍「原來如此，原來如此」。看得出來他卸除了心防。

「那麼，既然那些親切照顧過蜥蜴人的人好像也搬走了，可以告訴我你們搬去哪裡了嗎？」

「哎，是無所謂，不過……就老子所聽說的，黑暗精靈並不是生活在地底下的種族吧。告訴妳地下道的路線，妳去得了嗎？」

「我覺得大概沒問題，但還是希望你教我在地表怎麼走。」

貢多滿是鬍子的臉龐歪扭了。

「唔……抱歉，老子很少在地表上走的。費傲．侏拉——這是我們搬去的都市名，老子沒自信能好好說明從這裡要怎麼去哩，只能模糊地說往北幾公里之類。」

「那也可以，其實我是希望你帶路……可以麻煩你嗎，我會支付報酬的。」

「這提議真吸引人，但妳是自己——妳說還有蜥蜴人，所以是你們倆一起來的嗎？妳應該還沒成年吧，有幾個人一起來？」

「來得還滿多的喔，我想說太多人擠進來會給你添麻煩，就讓大家在坑道入口等。」

「入口……唔？」

貢多似乎想到了什麼，陷入沉思。不過他只想了一瞬間，馬上又搖搖頭接著說：

「原來如此，那就放心了。不過妳一個人走這條坑道……老子覺得不太好喔。妳不是土種族所以或許不知道，這裡有些魔物在土裡能像游泳一般移動，絕不是適合一個人行動的安全場所喔！不過只要有老子攜帶的道具，倒也不是沒有辦法……」

他瞄了幾眼亞烏菈的打扮，應該是在找魔法道具。

「好啦，那麼老子得去跟妳的旅伴說，讓一個小孩子自己過來，做為大人太丟臉了。」

貢多轉身背對亞烏菈，然後將礦石扔進身旁各種用具中的袋子裡。

那個皮袋絕不會被撐大，肯定也是魔法道具。後來貢多又拿起就在旁邊的提燈，然後掀起原本放下的燈罩。

神奇的藍色——魔法性質的——燈光照亮了坑道。兩人剛才一直是在伸手不見五指的黑暗中若無其事地交談。

「好，我們走吧。妳在完全黑暗中好像也能看見東西，不過還是有燈光比較好吧……雖然這樣很可能被魔物發現，不是很值得建議就是。如果魔物來了，妳有辦法逃走嗎？雖說這附近很少看到魔物，但也不能保證絕對安全。」

安茲不住點頭。這個矮人不知道亞烏菈的高強實力，做為年長者的態度來說十分可敬。不過，安茲個人覺得他擔心的程度不夠，應該要料到更多狀況問問題才對。

「不要緊，我一個人的話要逃走很簡單，而且其實我也不是一個人。」

亞烏菈瞄了一眼安茲，不過方向有點不太對。

「嗯——這樣啊。因為老子可以用這件披風隱形，所以到時候妳可以丟下老子逃走沒關係喔。不過，一部分潛行地底的魔物能以振動探測到對手的所在位置。這種時候我會提醒妳，妳就不要動喔！」

貢多「嘿咻」一聲，背著皮袋站起來。

「那我們走吧。」

貢多帶頭邁開腳步，亞烏菈與不可知化的安茲尾隨其後。

「你剛剛說這裡不安全，可是這裡本來不是矮人的都市嗎。你們是碰到了什麼危險，才會遷徙避難啊？」

「其實不是這座都市，在東北方有我們現在的首都費傲・侏拉，我們在那附近發現了掘土獸人的蹤跡。要是遭到各個擊破就慘了，所以我們才會暫時放棄這座都市——也就是費傲・萊佐。」

「掘土獸人，是某種種族嗎？」

「嗯，跟我們一樣是土種族，但是……那些傢伙很難搞。我們兩族關係非常惡劣，一碰到就要殺個你死我活的。」

貢多一邊在坑道裡走著，一邊不停描述掘土獸人是什麼樣的種族，大概是想讓亞烏菈提高警覺。

首先這種亞人類種族的外貌，似乎就像雙腳直立的鼴鼠。身高平均一百四十公分左右，體重平均七十公斤，呈現矮胖體格。

毛皮基本上多是焦茶色，接著是黑色、茶色。如果是藍色或紅色等特別顏色的話，好像就是強者。

他們生活在地底下，幾乎不會出現在有光線的地方，因此視力比人類更敏銳。

文明水準低，大概與蜥蜴人同等或是更落後。他們不會嘗試打造武器或防具，聽說這是因為他們本身的肉體——爪子與毛皮——比劣質的武器或防具更堪用。

首先覆蓋他們全身的長長體毛，就具有等同於金屬鎧的傲人硬度。不只如此，據說還擁有吸收金屬武器攻擊的能力。幼年期吃了越稀有的金屬，這種抗性就越高。至於擁有多強的抗性，他說看毛皮顏色就知道。

以ＹＧＧＤＲＡＳＩＬ來說，大概就是在種族特殊能力上擁有武器抗性——金屬武器抗性吧，問題是他們對金屬武器的抗性有多強。安茲不認為他們擁有完全抗性這種破壞平衡的能力，但還是得調查一下比較保險。

然後貢多又說，他們有如犰狳或食蟻獸的長爪，搞不好連鋼鐵都能貫穿。

「那個啊，我剛才在街上找到了腳印，大概就是屬於他們的吧～」

貢多頓時停下腳步，轉頭看向亞烏菈。

「妳說什麼！連這裡他們也想拿來當巢！就跟那裡一樣嗎！」

「那裡是指……總之看起來還不像定居的樣子，也許只是正好路過，或是具有偵察的意味在。不過我說啊，既然要放棄，乾脆破壞掉再走不是更好？」

「說得是沒錯，但我們並不打算永久捨棄這裡，本來是打算重整軍備後再回來的。妳看嘛，老子剛才不是在挖礦？這裡還有很多礦藏的。」

「喔～」

兩人一語不發地往前走，這是對話常見的空白瞬間，不過有緊急性的事大概也說完了。安茲認為該問的都問了，決定在他面前現身。在貢多走出坑道，看到不死者包圍著他之前，最好先給他一點己方的情報。

「好了，我也差不多該做自我介紹了。」

安茲對貢多說道，但理所當然地「完全不可知化」還在發動中，兩人聽不見他的聲音。安茲一邊覺得有點丟臉，一邊解除魔法。

安茲在亞烏菈身後一現形，也許是察覺到他的氣息了，貢多回頭一看，雙眼瞪得老大。表情在短短一瞬間內千變萬化，困惑、驚愕、恐懼、混亂，然後是——

「——媽呀啊啊！」

貢多先是發出連安茲都嚇一大跳的尖聲怪叫，然後猛地一把抓住亞烏菈的手。

「怪……怪物！逃……快逃！快跑啊！」

但亞烏菈知道出現的是誰，不可能會逃走。

「快跑，還不快跑！」

貢多的腳好像被鐵鏈綁在大石頭上一樣，完全不肯前進。

「好……好重！怎麼了！老子被怎麼樣了嗎？」

「別慌張……貢多啊。」

安茲一對貢多說話，只見他滿臉驚恐，渾身發抖。

「你……你怎麼知道老子的名字！你看穿老子的內心嗎！還是施了魔法！」

早知道還是戴面具比較好。安茲一邊想，一邊盡可能溫和地說話，以免嚇壞對方。

「鎮定點，我只是聽了你剛才說的話。我的名字是安茲．烏爾．恭魔導王，是魔導國的君王。」

貢多表情再度瞬息萬變，眼睛輪流看向亞烏菈與安茲。

「魔……魔導國，魔導國不是黑暗精靈的國家嗎？」
「不是，是擁戴我為王，各類種族所構成的國家。」
「……咦，不可能吧。」
貢多緊張兮兮地問道，看著安茲的眼神中只有警戒與懷疑。
「你是不死者吧……不是戴面具？咦，你是那個不死者吧，是憎恨並喜歡殺死活人的……」
「呃，安茲大人說得沒錯喔。剛才我說的都不是在騙你，我是黑暗精靈，蜥蜴人也真的過來了。而且我遇到叔叔的時候，安茲大人就已經跟我們在一起了喔！我不是跟你說過，我不是一個人嗎？」
「咦，原來那不是老子聽錯啊。可是……」貢多喉嚨發出咕嘟一聲，做了好幾次大大的深呼吸，然後用隱藏著決心的神情問道：「陛下——這樣稱呼對不……可以嗎。呃，魔導王陛下莫非生前是黑暗精靈？」
安茲沒想過他會這樣問，正確答案應該是人類的不死者嗎。安茲思索片刻後，說出自己的猜想：
「不，我是與生俱來的……我不知道這樣說對不對，總之我是天生的不死者——哎，你別怕。人類、矮人或森林精靈不也有好人壞人嗎，同樣地，有憎恨活人的不死者，也有對活人友善的不死者罷了。不用說，我當然是後者。」

「呃，什麼友善的不死者，就跟善良的惡魔一樣莫名其妙……」

這傢伙嘴巴真厲害——安茲邊想邊聳聳肩。

「會嗎，就我所知，有墜入黑暗的天使，也有嚮往光明的惡魔喔？」

嚮往光明的惡魔是遊戲《ＹＧＧＤＲＡＳＩＬ》當中出現的ＮＰＣ，名字叫做梅菲斯托費勒斯。他因為對善良存在說些傲嬌的台詞而出名，外貌雖然令人厭惡，但性情理智而友善，而且還會對玩家提出好賺或高等級的委託，是僅次於黑山羊幼仔的人氣角色。

「還有那種的喔……」

安茲對驚愕的貢多聳聳肩。

「我明白你的戒心，但我只需要你知道這一點：我無意加害於你。那麼亞烏菈，放開他吧。」

「是，安茲大人。」

握著對方的手的早已不是貢多，而是亞烏菈了，只不過目的完全不同。

亞烏菈放開手後，貢多稍稍拉開了距離，不過沒有要拔腿逃跑的樣子。

真是不失理性的行動，安茲感到很佩服。他本來以為貢多搞不好會一時激動而逃之夭夭，那樣對貢多來說會有不太好的結果；不過這樣看來，夠資格當成交涉對象了。

「好了，我再重複一遍喔。我明白你的戒心，但我——不，我們都無意加害於你，反而還想跟你做個朋友呢。」

貢多沒有回答，照樣用懷疑的表情觀察著安茲的態度。

「我之所以這樣說，是因為想讓我國與矮人國之間締結友好條約。也因為如此，我並不想傷害矮人國的居民。」

「你說的友好條約是指什麼？」

「……抱歉，你只是個不代表國家的個人，我認為不該與你談這種國家等級的事宜，我說的對嗎？」

「嗯——你說……呃不，您表示——」

「——不用拘束，你用什麼口吻跟我講話都沒關係，不然你若是閉嘴我就傷腦筋了。」

安茲輕鬆地一說，自從他現形以來，貢多第一次露出苦笑。

「謝謝——魔導王陛下。還有這邊這個小女——小姐……所說的如果都是真的，那麼你們想去都市，也是為了這件事嗎？」

「正是如此，不過貢多啊，我們先出了坑道如何，你可以聽聽跟我們一同前來的蜥蜴人怎麼說，你聽說過他的事吧。而且還有掘土獸人的問題。」

「唔……」

貢多瞅了亞烏菈一眼。

亞烏菈露出笑容，就像在說：「什麼事啊？」

「好吧，而且這邊這個小姐的確很信任你。老子能確定你絕對不同於普通不死者。」

貢多帶頭前進，安茲與亞烏菈並肩跟著，走在坑道裡。

「對了，我想問你一件事，可以嗎？」

「什麼事？」

貢多回過頭來，安茲對他問道：

「我想聽你談談關於盧恩技術的事。」

貢多皺起眉頭，眉毛描繪出陡急的角度。

「陛下想問盧恩的什麼，想知道什麼？」

貢多明顯地不高興起來。

剛才跟安茲講話時雖然帶有混亂與恐懼，但沒感覺到憤怒，結果才一個問題就這樣了。

應該猜想他對盧恩有某種不愉快的回憶，還是問到了矮人的祕術？

安茲開始傷腦筋，不知道該不該問。

對方是第一個遇到的矮人，這時候惹惱他不是很好。不過，如果能知道貢多現在動怒的原因，在與他的國家交涉時一定有好處；除非他這種情緒只是來自於個人問題。

安茲一面冷酷地考慮看情況處理掉貢多，一面講起自己所知道的盧恩文字知識。大多是從翠玉錄那裡聽來的。

話雖如此，安茲知道的其實很少。他只知道文字的數量，以及有哪些文字。

由於他不記得每個文字的涵義，所以只能說些模糊不清的知識。

然而這卻引發了戲劇化的反應。

貢多停下腳步，轉頭看向安茲。

那表情以不同於剛才的意義歪扭著，臉上似乎浮現著興奮。

「你究竟是什麼人……不……魔導王……長生不老的不死者……失傳的知識……」

安茲聽見他口中唸唸有詞，似乎不是有意如此，而是無意識的行為。

看貢多不回答安茲的問題，亞烏菈急了起來想行動，安茲以手制止了她。這時候應該讓貢多好好思考一下。

最後貢多好像終於整理出了答案，正眼注視著安茲。從他的態度來看，對安茲雖然還有戒心，但似乎受到了另一種情感支配。

「老子所知道的盧恩文字沒那麼少，低階文字五十，中階文字二十五，然後高階文字十，最高階文字五，總共加起來九十個文字。說是這樣說，但有些文字已經失傳，所以沒這麼多個就是。其他據說還有反文字或神階文字，但都只是傳說罷了。」

「這樣啊……跟我知道的有點不同。我以為盧恩是這樣的文字，我寫的對嗎？」

安茲依靠記憶，一邊回想一邊在地上寫字。

「哦！這的確是中階文字中的一個，叫做拉格。」

雖不明白文字數怎麼會那麼多，不過這下可以確定雙方有些文字是相同的。

「知道了，那麼讓我繼續問你們那邊的盧恩技術。」

安茲真正想問的是「誰教你們盧恩文字的」等等與玩家相關的部分，但這方面也許問歷史學家比較好，所以先從周圍鞏固起。

「直到大約一百年前，這座山脈東側的人類國度——帝國都還進口了刻有盧恩文字的魔法武器。然而後來這些武器不再輸入帝國，理由是什麼？」

其實安茲心裡想問的，是一百年前是否有玩家死了，但這樣問太直接，會把己方的情報也一併給了對方。至於這個問題是安茲事前就想好的，因此以不讓對方得到己方情資的意義來說，應該問得還不錯。

貢多臉上浮現陰暗表情，然後開始挪動原本停下的雙腳。

「說來話長，邊走邊說吧。」

「嗯……」

一時之間，坑道內只響起三人的腳步聲。

這段沉默的時間，似乎讓他用來對內心糾葛做了個了斷。

「首先，老子在熟人面前，都稱自己為盧恩技術開發家。」

也就是自稱嗎？

不等安茲回答，貢多繼續說：

「以往矮人的魔法道具都是用盧恩做的，然而兩百年前，王都遭到魔神攻打，最後留下的王族離開國內，前去討伐時，大量技術從外地流入，讓我們知道盧恩早已過時了。」

貢多從袋子裡拿出一把劍，遞給安茲。刀身上刻了一個盧恩文字。

「這是稱為庫恩的低階盧恩，意思是『銳利』。把這個字仔細刻上去，就會變成魔法劍。效果是增加銳利度，容易讓對手受到重傷。」

「這是很基本的魔法效果，製作時間視損傷的加成量——附加的強度而不同，不過我聽說最低程度的話，不用花多少時間就能做得出來？」

「這點就是盧恩技術過時的地方，用盧恩製作同樣的武器，需要花上兩三倍的時間才能完成。從生產性的層面來看，就是比不上別人的魔化技術。」

呼。貢多嘆了口氣。

「優秀的技術傳入我國，使得能夠雕刻盧恩的盧恩工匠越來越少了，大家都寧可成為能使用魔化技術的魔法吟唱者。」

這就是武器不再輸入帝國的原因了吧，安茲明白了這點。也就是說古老的傳統工藝落伍了。

這時貢多橫眉豎目起來。

「可是，讓我們矮人擁有的技術就這樣衰退，簡直愚蠢透頂！最重要的是，盧恩技術有它的好處在，第一個就是不花錢！」

貢多的聲音在坑道內嗡嗡響起。貢多發現自己在這麼危險的場所太亢奮了，呼出長長一口氣。多虧於此，下一句話顯得平靜多了。

「陛下知道嗎，一般的魔化工程需要花蠻高的材料費。」

說得沒錯，安茲聽說市場價格有一半是材料費。

雖然原價率異常地高，不過聽說他們在設定價格時，是以沒有批發與零售業者為前提。這是因為魔法師工會不會從中賺取差額——當然也可以想成是包括在年會費裡——而是免費直接出售，或是讓客戶與魔法吟唱者直接進行交易。

因此如果透過零售業者等等購買，價格會更貴。

「然而矮人的盧恩魔化，可是幾乎不花材料費的。」

「那真是太棒了！」

安茲挺出上半身。

做為冒險者飛飛，以及納薩力克的統治者，安茲好幾次為支出問題傷透腦筋。所以他親身體驗過不用花錢是多麼美好的一件事。

正因為如此，安茲更搞不懂了。說真的，他不覺得盧恩是應該衰退的技術。

「……是不是還有其他缺點？」

「哎，有是有，但最大的問題還是生產力不夠。不但製作要花時間，擁有盧恩工匠適性的人也太少了。照帝國人的說法推測，恐怕比能成為魔法吟唱者的人更稀少。」

「唔……我有一個疑問。你說盧恩技術從兩百年前就漸漸過時了，那你為什麼如今還要自稱盧恩技術開發家？不會太晚了嗎，還是說以矮人的壽命來說很正常？」

貢多沒有回答，安茲又接著問道：

「你在開發什麼樣的盧恩技術？」

安茲稍微加快腳步，走到貢多身旁。

貢多死瞪著前方走，臉上不再有剛才的熱情，只是反過來問安茲：

「你為什麼想知道盧恩技術的事？」

你不該用問題回答問題——安茲無意這麼說。只要安茲能交出貢多想要的答案，想必能多知道一點他隱瞞的事。剛才還稱呼自己為「陛下」的人忽然改口叫「你」，可見這個問題相當重要。

然而目前兩人還不到推心置腹的關係，最重要的是——

（這傢伙為什麼一副要把情報大放送的樣子，是陷阱嗎，還是他竟然不知道情報的重要性……我想矮人應該有所謂的珍藏技術之類，所以應該知道這方面的重要性吧，咦？）

安茲雖感到混亂，但總之先說出事前預備好的說詞，做為表面上的動機：

「我們雙方所知的盧恩似乎有所差異，既然如此，對於其歷史背景與衍生技術等等產生好奇，不是理所當然的嗎。好了，換你回答我的問題了。」

貢多把視線拉回來，開始細細思量。有一段時間誰都不說話，只是默默走著。

經過一段令人焦急的時間後，貢多開始說起：

「老子現在正在實驗的，是盧恩工匠縮短魔化時間，或是能大量生產的方法。但那只是手段，不是目的。最終目標是開發出非盧恩不可的技術，讓盧恩技術具有特殊性，而不會在將來遭到淘汰。」

意思大概是要給予附加價值吧，那些公司上級最喜歡這句話了。尤其是開發商品時，總是會講到人耳朵長繭。

「哦，看來你在做的是相當了不起的研究啊。那麼研究進展得如何？」

安茲心想他不可能告訴自己，但還是問了出口，是因為安茲有個疑問。如果貢多是個正在開發革命性技術的人士，在矮人國應該被尊為ＶＩＰ才是。

（我無法理解他怎麼會獨自在危險地帶進行開採作業，重要人士都會有警備兵跟著才對吧？）

安茲的這種疑問立刻得到解答。

「沒進展，一點都沒有，原地踏步。」貢多神情陰暗地低聲說：「運用盧恩技術生產魔法道具的人稱為盧恩工匠，但老子根本沒了不起到能自稱盧恩工匠，連徒弟都當不好。」

咦？安茲心裡叫了一聲。那也就是說是一個盧恩技術拙劣的人在開發技術，這樣根本說不通。

他這樣真能開發出新技術嗎，還是說這是常態？

不對，這不可能是常態。如果這是常態，貢多不可能這樣一臉陰暗。這樣想來，他自己也是知其不可為而為之吧。

老實說，安茲覺得很傷腦筋。他完全不知道這個叫貢多的男人到底派不派得上用場。

「老子沒有才能啦。老子勉強能刻盧恩，但是太花時間了……別人說盧恩工匠都要歷經這種時期，然後才會成長。可是，其他盧恩工匠都不像老子這樣原地踏步，而是不斷成長。」

貢多無力地搖頭。

「老子是個無能的盧恩工匠，是老子那優秀父親的劣種。」

原來如此，安茲心想。他的問題大概就只是沒天分吧。

動員在這個世界得到的與ＹＧＧＤＲＡＳＩＬ的知識來想，大概就是這麼回事。

想練成盧恩工匠這項職業，前提條件是某種職業要練到十級。他通過了那十級，並練成了一級的盧恩工匠職業。

然而他的綜合等級可能極限就是十一級，無法再練更多盧恩工匠的職業了。而且更慘的是，一級盧恩工匠只能學會一些派不上用場的技能。

安茲沒辦法為貢多做什麼，所以他什麼都不說。

安慰有時能救人，有時卻只能惹惱對方。

換成安茲站在貢多的立場，不會想聽初次見面的人安慰自己。

「……這樣啊。話說回來，你說要開發讓盧恩技術有所突破的新技術，這是所有矮人的共同目標嗎？」

「不，只有老子一個。」貢多寂寞地笑了。「盧恩工匠都死心了，沒有人想脫離目前的技術，去開發新技術。照老子看，恐怕還有人覺得就這樣從歷史上消失也無所謂。」

「原來如此……我想問你個問題，開發了這種技術，你想做什麼？」

「什麼！那還用說，老子只是希望能有更多以盧恩技術進行魔化的盧恩工匠啊。盧恩是很了不起的技術，就這樣消失太可惜了。」

「有人願意協助你嗎？」

「沒有，就像老子剛才說過的，幾乎所有盧恩工匠都死心了，成天喝酒，認為這種技術會在自己這一代失傳。以前老子找過他們幫忙，但所有人都拒絕了。」

「……嗯，弱小者必滅，無用的技術消失乃是天經地義。」

貢多惡狠狠地瞪著安茲，但很快就失去了力量。

看著低頭前進的貢多，安茲思考著盧恩的價值。

坦白講，除了玩家有無關連的歷史之外，他已經沒興趣了。不過，被捨棄的技術一定很便宜，做點投資也未嘗不可，最棒的一點是不用花錢。而且一想到是稀有技術，安茲就想收藏。

再來就是假設有其他玩家存在，而且跟安茲一樣對盧恩有興趣時，也可能成為很好的誘餌。

「……我還有一個疑問。你有什麼根據，認為可以開發這種技術？聽你剛才的講法，只會覺得你是無知而隨口亂講。」

「不是！的確，老子沒有才能，當不了盧恩工匠。但老子的父親與他的父親——老子的祖父都是這個國家的首席盧恩工匠，一直以來都為那最後一位王族……盧恩工王盡心盡力，是他的左右手。這一切老子都看在眼裡，而且老子看過父親與祖父的技術書，認為不是絕對不可能！父親臥病在床時也肯定了老子的想法，他說雖然是個艱鉅的使命，但並非絕對不可行！」

貢多嘔血般吐露出真心話，眼角泛著淚光。

大概是累積在心裡卻無處發洩的感受，終於爆發了吧。

承受著貢多表露無遺的情感，安茲的內心卻沒什麼感慨。因為安茲雖然希望他的技術開發能夠成功，但老實說，也不過就是獲得可能失傳的稀有技術罷了，得不到大可放棄。

「沒錯，老子這個兒子沒用！可是，老子不希望祖先留下的技術漸漸失落！老子才不要看到父親光榮的名字從歷史上消失！」

只有這句話打動了安茲的心。

他也想把安茲．烏爾．恭的同伴留下的事物永遠保存下來。

在這個瞬間，安茲完全能夠體會貢多的心情。

他感覺到好感度大幅上昇。

同時安茲終於知道貢多為什麼這樣滔滔不絕了。

在他的心目中，盧恩是已死或將死的技術，所以沒有理由隱藏。說不定他還覺得讓盧恩廣為人們所知，是讓這種技術存活下去的方法。不知道他有沒有想到這麼多就是了。

「……抱歉，也許你聽了會生氣，但我還是得說。我覺得你是你，不是你的父親，也不是祖父吧？」

貢多臉上露出說不上來是憤怒、悲傷還是感動的表情，然後表情又轉為寂寞。

「——魔導王陛下，謝謝你，但老子已經決定人生就要這樣過了。」

「那麼資金方面就由我——不，由魔導國提供贊助好了。就讓我國成為你研究內容的金主，協助你開發技術吧。」

貢多睜大雙眼，慌張失措。

「你……你是說認真的嗎！哪有這麼好的事……那個，老子不敢相信。」

天底下沒有白吃的午餐，這個道理是四海通用的，安茲能體會貢多的心情。

「我只能說希望你相信我。不過，你沒有盧恩工匠的實力，靠你一個人，恐怕無法開發剛才說的那種技術吧？」

貢多把嘴唇抿成一條線，一句話也不說。

「因此，我想讓矮人國的所有盧恩工匠搬到我的國家，在你的指揮下協助開發技術。」

「這……這話什麼意思？」

「就是我字面上的意思，我要你動員全體盧恩工匠，一邊互相對照知識，一邊讓新技術成形。因此……我希望你幫我把所有工匠挖過來，有困難嗎？」

貢多細細思量，然後開口說道：

「不，應該不會。盧恩工匠雖然幾乎都自暴自棄了，但只要有機會，很多人應該還是想做出一番事業。」

「要打動那些人的心……那麼貢多，你看呢，願意協助我嗎，你能出賣自己的靈魂到什麼地步？」

「什麼？」

「除非滙聚所有盧恩工匠的力量達成同一目的，否則要復興即將消失的技術，恐怕難上加難。為此，挖角不能不徹底。我要確實讓所有盧恩工匠跳槽，這樣一來，很有可能使出骯髒手段，而且我說不定會強迫我的合作人做出叛國行為。」

「什麼嘛，原來是這點小事。那答案很簡單，如果陛下只要老子的靈魂，老子可以全部給你。為了讓盧恩技術永恆不滅，這點代價算便宜了。」

貢多很快伸出手來。

安茲握住了它。

「我可是不死者喔，沒關係嗎？」

安茲一問，貢多笑了。

「只要陛下願意給老子機會實現夢想，管陛下是不死者還是那頭可怕的霜龍(Frost Dragon)，老子都不在乎。」

「既然如此，首先你能帶我們前往矮人國嗎。到了那裡，為了招聘盧恩工匠來到我國，我有意與你們的國王會面，締結友好條約等等。因為在沒有邦交的狀態下招聘盧恩工匠，會惹出大問題的。還有，你們國內沒有在嚴格取締技術外流之類的嗎？」

「這方面沒有問題，老子看他們已經不想要什麼盧恩技術了。啊，還有，目前的矮人國沒有國王，現在是由幾名長官組成攝政會處理國務。」

「唔嗯，這方面希望你能仔細講給我聽。邊走邊講就好，為我粗略講解一下吧。」

貢多答應了，安茲聽他講著各種資訊，不久就看見了坑道的出口。

三人一同走到外面，就看到以夏提雅為中心的一行人。任倍爾當然也在其中。

貢多也許是以為會看到不死者，結果看到魔獸排排站，緊張起來。應該說他是受到了打擊，安茲聽到他低聲說「沒有黑暗精靈」。

夏提雅迅速上前，行了一禮。

「安茲大人，抱歉您才剛回來就煩擾您，我們出了一點小問題。」

「……半藏的人數不夠，發生什麼事了？」

「是！是這樣的，似乎有某人入侵了這個洞窟。是從方才亞烏菈帶我們前往的那棟建築物裡的坑道來的。抱歉事後才向大人徵詢同意，屬下已派一部分半藏前往調查了。」

「不用道歉，夏提雅，妳做得很好。那麼等半藏回來，就分析帶回來的情報，再決定如何行動吧。那——」

安茲瞄了一眼本來住在這座都市的矮人，但貢多完全沒注意他們，跟任倍爾正談得起勁。聽依稀傳來的談話內容，似乎是在講任倍爾的矮人恩人。

「——貢多啊，抱歉我得打斷你，似乎有人入侵這座都市了。也許我們得在你們的都市裡動武，到時候希望你成為證人，向你的國家證明我們是不得已才動手。」

「當然了，這就交給老子吧。不過，還請陛下別對城鎮造成太大破壞。」

安茲點點頭，可能妨礙今後談判的行為當然應該避免。

「夏提雅，周圍警戒做得怎麼樣？」

「屬下有派亞烏菈的魔獸們分守各方……怎麼樣呀，亞烏菈？」

「我覺得應該沒問題，就算對方隱形，也能用嗅覺之類的發現到。」

「是嗎，那就等半藏吧。」

安茲等人在原地等了一會，不久半藏回來了。

聽他的說法，似乎是發現了掘土獸人的蹤影。數量很多，大約有一百隻。貢多從旁一聽，大吃一驚。他說一百是相當大的數量，以偵察來說太多了。看來應該想成戰鬥部隊比較妥當，還是整個部落遷徙過來？

在這狀況下，安茲該採取的手段只有一個。

「——夏提雅，把他們全部抓起來。有辦法嗎？」
「只要大人有令，一定辦到。」
「那麼我命令妳，還有，妳知道我為什麼說全部抓起來嗎？」
「是為了問出情報，而且不讓對手將我方情報帶回去，對不對？」
安茲用力點頭。
「正是，如果只活捉到一隻，就只能從這一隻口中問出情報了。這樣一來，情報就很可能闕漏或作假。再來也要考慮到可以殺掉幾隻，以殺雞儆猴。」
還有一點安茲沒在貢多面前說出來，就是只聽一邊陣營的片面之詞，有可能造成損失。因為也許比起矮人們，與掘土獸人做生意的好處更大也說不定。
「去吧，夏提雅，帶好消息回來給我。」

3

夏提雅與侍從們一同趕往掘土獸人族出現的場所，她從這個屋頂跳到那個屋頂，飛也似的奔跑。鎧甲已經穿起來了，所以不用擔心重疊在底下的胸墊。

她轉過頭，確認亞烏菈跟了上來。

本來應該貼身保護主人的守護者跟在自己後面，大概是因為自己不受信任吧。

這是理所當然的。

夏提雅不記得自己犯下的失誤，但她聽別人說過發生了什麼事。

溫柔的主人說「那不是夏提雅的錯」，但那是不可能的。所以她一直想找機會洗刷汙名；然而遺憾的是之前始終沒有這個機會。

雖然亞烏菈有安慰夏提雅，但她要的不是安慰。

夏提雅定睛注視眼前景觀，眼神堅定地瞪著前方。她決定在這次的旅途中，一次過錯也不能犯。

不久，一行人抵達了離目的地有點距離的建築物，夏提雅俯視著掘土獸人們。

從建築物當中，出現了幾隻半藏說的那種種族。

「好了——該怎麼做呢？」

夏提雅思考著。

站在背後的亞烏菈應該聽到這句話了，不過她只雙臂抱胸，什麼都不說。這是當然的，在來這裡之前，主人給亞烏菈的命令是：「監視夏提雅的行動，假如她想殘殺對手，就算動粗也要阻止她。除此之外，妳不可插嘴管夏提雅的作戰計畫等等。」

夏提雅也受到主人命令，亞烏菈只是跟來，不可用來進行夏提雅的作戰計畫。換言之這次作戰從計劃到實行，都得由夏提雅一個人進行。

首先自己得在這裡完美地，漂亮地達成主人的命令。

夏提雅原本握緊的拳頭，放鬆了力道。

「──半藏。」

「在！」

身穿忍者服的僕役迅速現身。

「我想將他們一個不剩地抓起來，你能確認有沒有人留在坑道裡嗎？」

「沒有問題，只要大人一聲令下，屬下即刻前往。」

不愧是自己的主人召喚的僕役，這樣就能擋住敵人的退路了。再來必須想好對策的，是敵人四處分散，躲在這座都市裡時該怎麼辦。當然只要花點時間，還是能把所有人都找出來；但夏提雅不想花太多時間。主人雖然沒有指定時間，但花太多時間等於證明自己無能。

「那麼，就這麼做吧。」

夏提雅命令部下執行自己一路上想好的戰術。

她要布下天羅地網，用向內包圍的方式一步步剝奪對手的力量。

也就是訴諸強硬手段，由阻擋退路的半藏擔任人牆包圍對手，強迫對手擠到中間，慢慢將其壓潰。

考慮到對手的能力尚不明朗，這樣做是有一絲危險性；不過對手若是強悍到能殺死夏提雅與半藏，與之敵對的矮人國家絕不可能存活到今天。

除非那個叫貢多的矮人特別弱。

夏提雅派出半藏，然後慢慢數三分鐘。由於她沒有辦法聯絡半藏，因此只能像這樣講好時間採取行動。

幸運的是掘土獸人們只以建築物為中心排成陣形，沒有要散開的樣子。

「我要動身了，你們先遵從大人的命令行動，不要讓敵人往周圍逃跑。」

夏提雅對帶來的不死者下令，然後沿著建築物的屋頂飛奔，最後騰空一躍，降落在掘土獸人們的面前。這時不死者們也一樣跳了下來，降落在周圍。

他們已經以這棟建築物為中心，占據了路上的重要地點，幾乎完全封住了掘土獸人們的逃走路線。

夏提雅清楚看出了掘土獸人們的混亂，不等他們重整態勢，就發動魔法：

「『捕獲全種族集團（Mass Hold Species）』。」

一如所料，對手的等級不高。好幾隻掘土獸人停住動作，渾身僵直。

沒進入魔法範圍的掘土獸人們已經恢復鎮定，但沒人試著攻擊夏提雅。夏提雅突然現身，用詭異魔法停住了同伴們的動作，使得他們連要戰還是要逃都舉棋不定。

夏提雅面露冷笑。

不枉費她從高處觀察，以看似身分較高的掘土獸人——暫稱為指揮官——為中心使用了魔法。

「『捕獲全種族集團』。」

夏提雅再度發動同一種魔法，這樣屋外的人就都失去戰力了。

「縮窄包圍網！」

夏提雅一吼，周圍散開的不死者們縮小了包圍網。

注意到夏提雅的大嗓門與外頭弟兄們的異常狀況，建築物內部開始吵鬧，但夏提雅等於已經將軍。

夏提雅差點就露出嗜虐成性的笑容，但她用雙手重重拍打自己的臉頰。不可以大意，八成因為自己就是這樣，上次才會失敗。

她擺出獲得新生的夏提雅該有的神情，衝進屋裡。從窗戶等地方闖入比較有奇襲效果，但考慮到打破窗戶的麻煩等等，她判斷直接從入口殺進去比較好，還能充當誘餌。

嚴陣以待的掘土獸人們揮動爪子，對夏提雅發動了攻擊。

（眼前三隻——裡面四隻，沒有像是司令官的人。考慮到今後的狀況，應該吃一次對手的攻擊，確認他們的能力。）

夏提雅沒躲，承受了掘土獸人的攻擊。

果然沒有損傷。

只有注入了魔法的銀屬性武器等等，才能給予夏提雅損傷。如果是高階魔物的話，有時候赤手空拳攻擊也會蘊藏魔力，帶有銀等等的屬性，但低階魔物很少有這種能力。

夏提雅只覺得不出所料，但掘土獸人們想必是晴天霹靂。包圍夏提雅的掘土獸人們無法相信事實，一次又一次揮動手臂，但結果沒有改變。

「好好好，實驗結束，你們差不多一點好嗎？『捕獲全種族集團』。」

她使出魔法，停住了在場所有掘土獸人的動作。

「搞定，再來嘛……」

夏提雅轉頭一看，在門扉碎片的那一頭，與下個房間的掘土獸人們視線正好對上。瞪得老大的眼瞳中，藏有夏提雅最喜歡的東西——恐懼。

夏提雅一要踏出腳步的瞬間，掘土獸人們一轉身，爭先恐後地逃命。

然而，實在太慢了，在夏提雅看來只覺得跟蛞蝓一樣慢。夏提雅克制住差點露出的嘲笑，對他們的背影使出魔法。

一隻都別想逃。

夏提雅這次絕不能失敗。

她抓住了屋裡的所有掘土獸人，然後直接進入坑道，只見有六隻掘土獸人倒在半藏腳邊。看到他們身體還有稍微在動，夏提雅確定他們還活著，於是向半藏問道：

「那麼逃到這邊來的掘土獸人就這幾隻嗎？」

「是的，沒有其他人從這邊逃走。」

夏提雅也沒讓任何人逃走，所以任務應該就這樣完成了，無可挑剔。

「為了以防萬一，麻煩你確認一下有沒有人躲在屋裡。還有，可以麻煩你把在外面進行捕獲作業的不死者們叫過來，指示他們將室內的掘土獸人都抬出去，一樣用繩子綁起來嗎？在你搜完屋裡之前，我會在這裡看著，不讓任何人逃走。」

半藏收到夏提雅的命令後，扛起倒地的掘土獸人回到屋裡。過了兩分鐘，他才再度回到夏提雅的面前。

完美達成任務的夏提雅走到屋外，只見眾多掘土獸人被繩子綑綁著。安茲也在，身旁還有亞烏菈、半藏、矮人與蜥蜴人的身影。

「做得好，夏提雅。看來妳沒有讓任何一個人逃走，達成了使命啊。」

「是！謝謝安茲大人！」

「那麼夏提雅，我要給妳下一項使命。從這些人口中問出情報，而且盡量不要傷害他們。」

「遵命。」

首先她命令不死者，把一隻魔法受到解除的——最早抓到的——掘土獸人拖出來。

「噫！饒命啊！」

「呵呵，只要你老實回答我，我就不會殺你，只要你老實的話。首先，你們當中地位最高的是哪一個呀？」

「是那位大人，那位毛皮帶點藍色的。」

「你這混帳！這個大嘴巴！」

看看吼叫的那人，的確好像帶點藍色。

「好好好，不要吵架呀。那麼，把那隻帶過來好嗎，這隻放回去。」

兩隻交換，說是在場地位最高的掘土獸人被帶過來。

「哼！妳好像是比較接近矮人的種族，但我什麼都不會說的！賭上我與我部落的驕傲！」

「這樣呀，那就這樣吧，『迷惑全種族（Charm Species）』。好，那麼你願意跟我說了嗎？」

「嗯，當然了，妳想問什麼？」

順從的回答，讓後面的掘土獸人們不禁驚愕地喘氣。

迷惑魔法會讓中咒者以為術士是強烈信賴的朋友兼同輩，因此如果是朋友不會做的命令，例如令自己死亡或受重傷，中咒者就不會聽從。而且朋友這點造成了瓶頸，由於有些祕密情報即使是信任有加的自己人也不會說，用這種魔法有時是問不出情報的。這種時候只能使用更強力的精神控制魔法，不過這次看來是不需要了。夏提雅感謝自己的幸運。

「首先第一個問題，你真的是這些人當中地位最高的？」

「是啊，我受任成為這支隊伍的指揮官。喂，你們有點吵喔。她是我朋友，講出來有什麼關係！啊，妳不會說出去吧？」

「當然嘍，我們不是朋友嗎？」

「嗯，對啊，我相信妳。不過，那些人是……尤其是那一個，那是不死者吧？」

掘土獸人瞪著夏提雅偉大的主人。夏提雅心裡很不高興，但在問出情報之前必須忍耐。

「不要緊的，我跟你這麼好都這麼說了，你就相信我吧。」

「那個難不成是妳的下人？」

找死嗎？這句話差點脫口而出，但夏提雅硬是忍下來了。因為她的主人先說道：

「沒錯，她是我的主人。」

「哦，真不愧是我的朋友，厲害喔。」

「謝……謝謝。」

難以言喻的複雜情感焚身，讓夏提雅恨不得滿地打滾；但主人特地出口幫忙，不能糟蹋了。

指揮官掘土獸人認真地陷入沉思，身後的掘土獸人們七嘴八舌地說：「你是怎麼了？」「發生了什麼事？」「難道只是我們不知道，其實她真的是你的好朋友？」但指揮官掘土獸人對這些問題充耳不聞。最後指揮官掘土獸人的臉扭曲了，大概是在笑。

「知道啦，既然妳這麼說，我就相信妳吧，誰叫我們是友情不渝的哥兒們呢？」

夏提雅嗤之以鼻。

「那麼可以請你講大聲一點，讓我後面的人都聽到嗎。你們是什麼人，為什麼來這座都市？」

跟我是朋友卻連這都不知道？照一般情況來說或許會這麼想，然而魔法就是如此偉大。

指揮官掘土獸人不疑有他，誠實地回答：

「我們是攻略軍的別動隊，來這裡是為了殺光可能逃進這座矮人城鎮的矮人。」

「你說什麼？」矮人發出驚叫。「這……這話什麼意思？」

「吵死了，矮人，給我安靜點。你這種骯髒的種族最好早早絕種。」

「好好好，別吵了。那麼攻略軍指的是？」

「喔，抱歉，我有點太激動了。從這裡往北走有座矮人都市，攻略軍就是用來擊潰那座都市的軍隊。以前由於架在大裂縫上的吊橋有要塞守著，我們每次進攻總是鎩羽而歸。不過，現在發現了繞過大裂縫，直達要塞側面的路線。我們打算利用那條路，一口氣發動襲擊。」

夏提雅看了矮人一眼，他臉色糟到極點，看來事情相當嚴重。

「那麼你們預計何時進攻？」

「我們是分隊，離開主隊來到這裡，所以不知道正確時間，但應該就今明兩天吧。」

夏提雅的耳朵聽見了主人與矮人的對話。

「他是那樣說的，如果那座吊橋被奪走，都市會被攻陷嗎？」

「不知道，不過，聽說吊橋讓敵軍只能從一處進攻，我軍就是活用這點，用要塞裡的魔法道具擊退敵軍。如果要塞失守，接下來就是直達都市，要擋下大軍入侵應該很困難。這樣一來大家可能會放棄都市，逃到這裡來。要是在這裡遭到埋伏，矮人就全滅了。」

指揮官掘土獸人似乎也聽到了兩人的對話，發出邪惡的吃吃笑聲。

「那麼別動隊只有你們這一支嗎？」

「來這裡的只有我們，我們不知道矮人都市防守有多堅固，有多少士兵，所以大半兵力都被分配到那邊了。」

「安——呃，不是，那……那個，您還有什麼想問的嗎？」

夏提雅不便稱呼安茲為大人，只得煞費苦心地換個說法。
「……沒有了，硬要問的話，大概就是他們有沒有方法能跟主隊聯絡吧？」
她重複一遍主人的問題，受到迷惑的指揮官什麼都說出來了。
「沒有，我們的使命並不怎麼受到重視，頂多不過是獵捕逃亡者罷了。」
夏提雅看看主人，只見安茲點了個頭。
「這些人該如何處分呢？」
「……頁多啊，不好意思，可以請你去做出發準備嗎？」
明白了這句話的含意，蜥蜴人與矮人都走開了。安茲目送他們的背影離去，然後對夏提雅下令。
「……好，他們走了。夏提雅，把這些人全部送到納薩力克，讓人把他們都監禁起來。要不要殺了他們，視之後我與掘土獸人們建立何種關係而定。在雙方完全敵對之前，我不會殺他們。不過，妳讓人拿他們做點實驗，項目包括爪子硬度，以及魔法與物理抗性等體能。不過實驗過程中也許會死人……妳叫他盡量減少死者人數。」
「遵命。」
夏提雅立刻啟動「傳送門」，在納薩力克地表部分開門。
「好了，你們都給我進去。」

指揮官掘土獸人率先走進去，其他人也跟著魚貫而入。雖然有幾隻掘土獸人嚇得不願意站起來，不過這些人都被夏提雅扛起來，扔進了「傳送門」。

送出所有人後，夏提雅也暫時回到納薩力克，然後對那裡的資深護衛複誦一遍命令，就從一直開著的「傳送門」回來。

只見主人雙臂抱胸，似乎在等夏提雅。

「妳的情報收集做得無可挑剔，夏提雅。」

開口第一句話就得到讚美，夏提雅平坦的胸膛頓時滾燙起來。

「謝大人！」

夏提雅忍不住當場跪拜行禮，對於主人的話語，沒有比這更適當的態度了。

「——呃，嗯，今後繼續為我勤奮效命吧。」

「遵命！安茲大人！」

「別這樣一直跪著，站起來，我們得早點跟貢多討論這個問題才行……這可是個賣人情的大好機會。」

「真的很幸運呢，就像命運在祝福安茲大人的作為一樣。」

兩人相視而笑。

說是這樣說，其實主人的表情不會動。但夏提雅有絕對的自信，知道那是笑容。

「那麼我們走吧。」

「是！」

（嗚～！太棒了！竟然可以兩個人走在一塊兒……啊，好幸福喔。）

夏提雅一邊細細品嚐著幸福的滋味，一邊走到屋外。

「貢多啊，讓你久等了。接下來怎麼做？」

「還能怎麼做呢……從這裡經由地底回去，大約要花上六天。路途實在太遠，來不及把現在入手的情報帶回去了。」

夏提雅繃緊差點變得鬆弛的臉，無視於亞烏菈懷疑的目光，這時主人已開始跟矮人談起事情。她拚命把主人的每一句話背下來，晚點好寫在筆記本上。

以偉大主人的行事風格來想，八成有意在這裡完全折服矮人的心，或是給矮人的脖子套上粗鏈條，令他無法叛離。

「是嗎。那的確來不及了。你打算怎麼辦，要直接到我的國家來嗎？你一個人回去也不能怎樣吧？」

「呃，是沒錯。」

「我是希望至少設法讓盧恩工匠避難，但是……假使我們趕去救援，你認為在交涉時會對我有利嗎，你們矮人是懂得感恩的種族嗎？」

「嗯，這點希望陛下相信老子。只要陛下能保護我們不受掘土獸人們威脅，交涉時對陛下一定有好處。」

「這樣的話，我得算好時機行動。」

偉大的主人試探性地說，矮人聽了，好像毫不在意地聳聳肩。

「老子已經接受了你的……魔導王陛下的提議了。」

夏提雅不明白這話什麼意思，但隱約聽得出來這個矮人選擇了主人，而非同族。

自己的主人與矮人見面，只有進入坑道的那一段短暫時間，卻已經支配了對方的心，令夏提雅感到敬畏。

主人之所以能成為無上至尊的整合者，一定就是因為擁有如此大的魅力。

「……不，我看我們還是盡快趕路吧，我不想坐視盧恩工匠犧牲。在地底前進不知道會發生何種狀況，所以我們走外面好了，你能帶路吧？」

「不太有自信，但老子會盡力。」

「好，那麼即刻準備出發！」

過場

拿起斟滿琥珀般晶瑩液體的玻璃杯，他從房間走到陽臺。

陽臺位於這座都市最高大的建築物內，能將自己統治的都城一覽無遺。

在數不盡的小光點中，有著人民的生活。

他對這種絕景嗤之以鼻，將玻璃杯送到口邊。

燒灼喉嚨般的熱度，自胃部逐漸擴散到全身上下。吹過陽臺的風令人心曠神怡，他心情稍稍愉快起來，對跪在房間裡的弱者問道：

「——所以，怎麼了？」

弱者似乎倒抽了一口氣，但他不感興趣。只是，對方沒有立刻回答他的問題，令他心裡很不愉快。但他還沒氣憤到需要殺人，所以不會訴諸暴力。

他可是個仁慈的君王。

而且血腥味會散不掉，就算讓人打掃，也會有一段時間令他不快。與其那樣，倒不如把那人從這裡推下去，才是最乾淨俐落的處分方式。更重要的是——說不定在向下墜落的極限狀況下，能激發弱者的力量。
他覺得那也不錯，可惜還來不及實行，弱者先說話了。
「教國目前正在王都近郊逐步架設陣地，這樣下去，恐怕幾年內就會襲擊王都。」
「所以那又怎樣？」
「……這樣下去我們將會全軍覆沒，還請國王用您的力量——」
「無聊透頂。」
他——國王一笑置之。
「我為什麼得出手幫助你們這些弱者？」
轉頭一看，只見自己的國民——一個女森林精靈拜伏在地。
多麼愚蠢的模樣啊。
實在太過脆弱，沒有特別的力量。沒有價值。
正因為如此，她才無法理解教國進犯我國是多麼美好的狀況。
「……我真不敢相信，你們連決心靠自己捍衛國家的氣概都沒有嗎，還是說你們以為有任何困難都能叫我處理？」
「可……可是，教國太過強大，光憑我們的力量……」

教國與他的國家之間，有著確鑿不移的國力差距。

保有的魔法道具數量；士兵的訓練度；輜重等等的物力；戰略戰術——一切都是如此。節節敗退的森林精靈之所以能勉強維持戰線，是因為他們只有游擊戰強過教國，又因教國畏懼伊萬夏大森林內出沒的魔物而放慢進軍速度。

然而，最近教國開始將本來用做國內警衛，擅長暗殺術、游擊戰與反恐等戰術的特種部隊——火滅聖典投入戰線。教國因此得以加快進軍速度。

「……真是受不了你們，因為你們弱小，所以一籌莫展就對了。我國真的盡是些愚蠢之輩，難怪不管我怎麼生兒育女，都只能養出一些廢物。」

比起安逸的生活，活在戰場上更能讓一個人變強。既然如此，戰爭才是讓生物解放潛能的大好機會。然而到目前為止，他沒聽到有誰的力量覺醒。

不過，也不能太責怪這些子民，他自己那好幾個孩子也都是如此。正確人數沒有意義，所以他沒記——記住垃圾的數量有何意義——但可能是繼承了太多母親的血統，沒有一個人達到他的一半力量。

「給我滾，看了就煩。去把妳為我生的孩子鍛鍊得更強，這點還比較重要。」

女人深深鞠躬，就離開了。

他一口氣將酒灌下。

讓弱者懷孕，也只會生下弱小的孩子，因此他需要強悍的母親。所以在這次的教國侵略中，他才會優先把女人派上前線，因為他以為這場戰爭能給予弱者成長的可能性。

「期望落空了。」

然而沒有一個人擁有與他相近的力量。還是說今後才會誕生呢？

「……或許還是得將範圍擴及所有能交配的人類種族？」

人類種族與亞人類種族無法生兒育女，但人類種族之間即使種族不同，還是能有小孩。

無意間，他目光飄向遠方，因為過去的記憶重回腦海。

「好不容易懷孕了……」

過去他曾經誘騙到一個女人並抓住她，她是教國的祕密武器。他用鏈條綁住那女人，姦淫她，成功讓她懷孕了，但孩子還沒出生就被漆黑聖典搶走。

他嘖了一聲。

他也有小孩的所有權，如果出生了就應該還給他。

「……這個國家若是淪陷了，我就自己前往教國，把小孩搶回來好了。」

這不是出於慈悲。

如果是女的，而且是強者的話，他可以讓她懷孕，生下的小孩可能會更強。

「——真讓人期待。」

總有一天，由自己的孩子們組成的強大軍隊，將會席捲全世界。

他一面想像著有朝一日即將造訪的光輝未來，一面回到房裡。放在對面的等身大穿衣鏡映出了自己的身影——一個左右眼異色的森林精靈。

第三章 危機將至

Chapter 3 | The Impending Crisis

1

大裂縫。

那是橫跨矮人國的首都費傲．傑拉西側的巨大裂縫。

這條於山脈地下形成的裂縫，長達六十公里以上。橫寬最窄的地方超過一百二十公尺，深度尚未測量成功，沒有人知道底下有什麼東西伺機而動，兩次派出的探查隊也沒有一個人回來。

這座天然要塞長久以來保護費傲．傑拉，讓任何魔物都無法越雷池一步。只要守住費盡苦心架在大裂縫上的吊橋，就能阻擋來自西側的所有魔物入侵。

然而，這一天，費傲．傑拉的屯駐地——建造於大裂縫要塞與費傲．傑拉之間的據點——充斥著怒吼與混亂景象。

「發生了什麼事！誰能清楚說明這個狀況！」

指揮矮人軍超過十年的總司令吼道。

進來的情報錯綜複雜，不知道什麼才是真的。唯一能掌握的，就是鎮守大裂縫的要塞爆發了緊急狀況。

「根據最後收到的聯絡，我們正遭受掘土獸人的攻打！」

一名小隊長大聲複誦從要塞傳來的報告。

這事本身不稀奇，掘土獸人是矮人的可恨宿敵，有時會以百隻為單位攻打過來。他當上總司令的這十年來發生過多少次，要想起來都有困難。然而，迄今的每一次襲擊都是由要塞擊退，別說前方的費傲．侏拉，敵人連這個屯駐地都別想靠近。

這是因為他們掘土獸人族很能抵抗武器攻擊，卻具有怕雷電攻擊的種族弱點。矮人們就是知道這一點，才會在要塞準備了能夠發揮與「雷擊」具有相同效果的魔法道具。

「雷擊」是貫穿直排敵人的攻擊魔法，攻打吊橋的對手完全是活靶，因此他們向來都能把掘土獸人們一網打盡。不只如此，駐守要塞的矮人們還裝備了能造成雷電追加損傷的十字弓。

相較於裝備而言，的確，屯駐的矮人數量算不上多。但他們並非明知是重要據點還不肯多派兵力，是矮人軍的整體兵力本來就少。軍方已經從薄弱的兵力當中，調派了以要塞防衛兵力而言不至於被批評為怠慢的人數。

他們已經專為對抗掘土獸人做了這麼多準備，要塞如今卻陷入了十萬火急的狀況，連請求加派援軍都沒有餘力。

這代表什麼意思？

「難道攻打過來的人數，大到單憑要塞的裝備無法迎擊嗎！要塞警備部隊沒有再聯絡嗎！」

「至今沒有收到任何訊息！」

冷汗沿著總司令的背部流下。

大型侵略戰爭這個詞在眼前閃爍，這事幾年前就有人偷偷在傳，但總司令一直拚命欺騙自己不會發生那種事，如今似乎要成為現實了。

總司令替自己加油打氣，現在不是自己嚇自己的時候。

那麼怎麼做才正確？

從要塞有一條螺旋狀的坑道延伸到這個屯駐地，然後前方就是首都費傲·侏拉。當成屯駐地的大洞窟與坑道的界線是最終防衛線，那裡有一扇以祕銀與山銅結合打造而成的大門。關上這扇門，就能阻擋自坑道攻來的敵人入侵。

那麼要關門嗎？

但反過來說，那樣他們就不能派援軍給要塞了。換句話說，這樣做等於是對如今仍在要塞奮戰的同胞見死不救。

不過，他只迷惘了一瞬間。

駐守要塞的士兵人數不到二十人，相較之下，費傲．侏拉的矮人總共將近十萬人；該以哪邊為重不言而喻。

「關上大門！」

「重複一遍！關上大門！」

洞窟內響起的回音尚未消失，一陣轟然巨響先化為震動，沿著地面傳了過來。覆蓋住整個入口的大門慢慢展現它的雄姿，訓練以外從沒移動過的大門，今天首次發揮了真正用途。

「總司令！掘土獸人們來了！」

「什麼！」

守在坑道門前的兵士大聲叫喊，讓總司令望向門外。只見一群模樣令人厭惡的亞人類滿眼血絲，嘴角噴著泡沫而來。

在沒有雷屬性武器的狀況下，一隻掘土獸人都算得上強敵；而現在卻是以兩隻手都數不完的人數衝殺過來。

難道要塞真的被攻陷了；掘土獸人們究竟是以多少兵力來襲；把這扇門封鎖起來，就真能抵禦得了他們嗎？

雖然懷抱著數不盡的疑問，但總司令搖了搖頭。

「不要讓他們進來！槍兵，上前！」

士兵們一面高聲吶喊，一面在大門內側組成槍林。

即使都看在眼裡，掘土獸人們並沒有放慢狂奔的速度，因為他們相信自己的體毛對金屬的抗性。

總司令嘖了一聲，那些傢伙的選擇很聰明。連石弓的一擊都可能被彈回，槍林充其量只能做牽制。但他早就料到掘土獸人們會這麼做，當然也想好了對策。

「魔法師！雷擊戰！」

從設置於大門附近的瞭望臺上，朝著不會打中槍兵們的角度，飛來一發可造成範圍攻擊的第三位階魔法「雷球」，以及兩發用以對付個人的第二位階魔法「雷槍」。

這是隸屬於軍隊的三名最強魔法師做出的攻擊。

畢竟是針對了掘土獸人的弱點，帶頭殺來的一支小隊被「雷球」活活電死。後續部隊遭到波及，停下了腳步。

這短暫的時間決定了勝負。

門扉發出巨響關了起來，隨之而來的是隔著厚重門扉傳來的敲門聲，連門內的人都能聽見。

緊張萬分的氣氛只稍稍弛緩了一點，但總司令與周圍的士兵們都知道一切還沒結束。

大門很牢固，一般掘土獸人的牙齒應該咬不破，但據說有部分掘土獸人的獠牙可與祕銀匹敵。這種掘土獸人屬於統治階級，但也很可能加入這次的襲擊，無法保證絕對安全。

「嘖！門扉要是能按照固定時間重複放電就好了！」

總司令在就任之後一直在提這個案子，說目前的大門以最終防衛線來說太不可靠。然而由於國力的低下等問題，他們一直無法在大門上傾注心力。而且還有一個主要原因，就是一直以來，吊橋部分的要塞都成功擊退了敵軍。大家都有一種感覺，認為有那個吊橋就不會有事。

環顧周圍，所有人都一臉陰沉。

這樣不妙，一旦失去對將來的希望，在背水一戰時是會打輸的。

總司令為了改變狀況，拉開嗓門喊道：

「好！這下都市就安全了！不過還不能完全放心，我要你們在門前準備柵欄，萬一敵軍突破大門，可以充當護牆！動作快！」

矮人兵們的神情取回了力量，他們想起自己還有事可做，鼓起了幹勁。即使只是虛假的希望，也總比沒有好。

大參謀站到總司令身旁，湊到耳邊說道：

「總司令，要不要用砂土把門埋了？」

總司令認真考慮大參謀這句話。

如果把門完全封鎖起來，可能有好幾個矮人要抱怨了。

「盡是些看不見狀況的傢伙。」

總司令看到大參謀驚訝的模樣，才想到自己的自言自語被當成對他的回答了。

「抱歉，不是說你。我是在想那些人——攝政會的反應。」

「總司令也是攝政會成員之一吧，所以您是說當完全封鎖門扉時，您知道他們會有何反應嗎？就我的看法，不只是完全封鎖大門，恐怕連費傲．侏拉都得考慮放棄。」

總司令瞇起眼睛，抓住大參謀的手臂，把他拉到不會被士兵們聽到的地方。接下來的對話，他不想讓別人聽見。

「你也這麼覺得？」

他們不知道門外有多少掘土獸人。

敵軍的進攻速度太快，迫使他們採取了守勢，因而失去獲得各種情報的機會，就像被蒙上眼睛關起來一樣。

唯一的判斷因素，是直到今天以前難攻不破的要塞，他只能假設敵軍擁有攻陷要塞的兵力，基於這一點思考對策。

在這種情況下，憑矮人的軍事力量，想開門擊退掘土獸人搶回要塞，可謂難上加難。或許最好的選擇就是放棄首都。

「那麼，如果以砂土完全封鎖大門，你認為能爭取到多少時間？」
「讓這整個洞窟坍方可以爭取到很多時間，只以砂土掩埋的話頂多幾天吧。」
「讓洞窟坍方會有什麼危險？」
「您也是知道的，這裡離費傲‧侏拉並不遠。正確情形要請隧道博士調查才能知道，但我認為有可能波及都市。最糟的情況是在門外形成迂迴通道，讓掘土獸人大軍從那裡湧入費傲‧侏拉。」
「也就是說得緊急進行調查了，那我問另一個問題。你認為要塞是敗給掘土獸人的人海戰術嗎，要塞那邊的人為什麼不能更早聯絡我們？」
「我想到幾個可能性，個人認為可能性最大的是掘土獸人借用其他種族的力量。」
「你說的難道是那些霜龍？」
掘土獸人們占領了矮人往昔的王都費傲‧伯卡納當成他們的住處。而聳立於王都中央的王城，就是被霜龍所占據。
這兩者似乎並不完全屬於合作關係，但勉強算是共同生存，所以也有可能向對方提供或請求協助。
總司令板起一張臉，年長的霜龍等於是活災害。
矮人原本擁有四座都市。

其一是矮人王都，也就是兩百年前在魔神攻打下放棄的費傲．伯卡納。

其二是東方都市，也就是現在的首都費傲．侏拉。

其三是南方都市，就是近年放棄的費傲．萊佐。

而最後一個是西方都市，名為費傲．泰華茲。

在歷史上，這座西方都市被捲入兩頭霜龍──奧拉薩德克．海力利亞爾與穆薇妮亞．伊力司斯利姆的爭戰而遭到破壞，化為廢都。

「我認為有可能，只是不知道是什麼樣的契約能打動那些目空一切的生物。其他的可能性，就是他們自己研發出了跨越大裂縫的方法──例如魔法等手段。除此之外，他們也有可能繞遠路，不經過大裂縫。」

「連我們矮人都找不到迂迴路線了，不是嗎？」

「可是，那已經是好幾年前的事了吧。說不定在這段期間內魔物等生物做了移動、掘土獸人們憑自己的力量挖了隧道，或是發生了地殼變動，而形成了迂迴路線也說不定。講得再誇張點，搞不好他們根本是從地表走過來的。」

「掘土獸人族爬出地表？」

「也許有人發掘出那類能力了。」

掘土獸人族在太陽光下會變成全盲，因此總司令原本以為掘土獸人不可能從地表進軍，但也許只是自己這麼認為。
不，現在後悔已經太遲了。今後只能也把這點列入考慮，思考對策。
「大參謀，那麼考慮到那些畜生可能從地表走來，外面的防守也得加強才行了。我要你在不減弱這邊防守的前提下，挑選出人員派過去。此外還要向攝政會報告現況，建議他們往南方避難。」
這座費傲．侏拉都市的矮人軍基地，除了這個屯駐地、大裂縫前的要塞與攝政會議場之外還有一處。
就是位於通往外面的入口，除了矮人之外，還能供身高比矮人更高的種族——他們假設的是人類——住宿而建造的要塞。總司令就是命令在這個地方對來自地表的入侵者加強警戒。
「是！」
「還有，麻煩你指示人員準備用砂土掩埋大門。雖然還得等攝政會的判斷，不過我會設法說服他們。」
「攝政會決定花太多時間的話？」
「盡你所能，我也會盡我所能。」
他只能這麼說，當然，做為攝政會八席之一，他會盡全力處理這事，但如果其他成員投否決票，那也只能在自己的職責範圍內盡力而為了。

總司令正做好覺悟面對最壞狀況時，一陣緊張萬分的聲音飛了進來：

「傳……傳令！傳令！總司令閣下人在何方！」

眼睛往聲音方向一看，是個騎著座蜥蜴的矮人士兵。

座蜥蜴是巨大蜥蜴（Giant Lizard）的一種，從頭部到尾巴前端長度超過三公尺，屬於大型蜥蜴。數量雖不多，不過矮人飼養這種動物當成坐騎，平常還能成為很好的馱馬。

在有事之時不是單純用以傳令，而是用來知會緊急事態——像目前屯駐地的這種狀況。

不安感受支配了總司令的內心。

「那是哪裡的輪值人員？」

「那人這週應該是負責守衛入口要塞。」

總司令確定自己的不安成真了。不，其實只要看到那個傳令兵的僵硬表情，聽到那破音的嗓門就一目了然。即使如此總司令還是那樣問，只不過是不想接受事實罷了。

「我在這裡！什麼事！」

總司令邊喊邊往傳令兵跑去，他無法坐等對方過來。得立刻聽取報告，採取行動才行。

傳令兵連滾帶爬地下了座蜥蜴，一邊拚命調整紊亂的呼吸一邊喊著：

「總司令！緊急狀況！怪……怪物！怪物來了！」

難道是掘土獸人？總司令本來這麼想，又立刻判斷不是。如果是掘土獸人，傳令兵就會這麼說。

「鎮定點！這樣講我聽不懂！發生了什麼事！其他人都平安嗎！」

「好……好的！駭人的怪物出現在入口！說是關於侵略此地的掘土獸人，有話要跟我們談！」

「你說什麼！」

時機未免太剛好了，怎麼想都有關連。莫非來者是掘土獸人的首領或什麼，還是說就是他幫助掘土獸人越過大裂縫？

「那人究竟是什麼人！描述他的相貌！大參謀！召集能調動的所有兵士！」

「是！」

總司令連目送部下急忙跑遠的時間都沒有。

「那個怪物有多少人馬！你們有受到傷害嗎？」

「回……回總司令！對方約有三十人，並且沒有顯示出交戰的意思！甚至還表示想與我方做交易，但那人實在太過邪惡，屬下不認為是真心話，其中必定有詐！」

他是以什麼判斷對方邪惡，而且他還沒描述對方的外貌。總司令重問一遍，傳令兵咕嘟吞下一口口水，開始描述：

「是個容貌令人作嘔，散發不祥氛圍的不死者！」

「什麼！你說不死者？」

憎恨生者，散播死亡，所有活人的共通敵人。

聽到不死者，總司令腦中浮現了幾個形象，例如冰凍殭屍(Freezing Zombie)或冰霜骷髏(Frost Bone)等等。不過，這些不死者都不算是強敵。但這點傳令兵應該也是知道的，那麼對手究竟是何方神聖，能讓傳令兵如此恐懼？

再說不死者跑來這裡是為了什麼？是因為矮人與掘土獸人這兩種活人互相殘殺的模樣令他們歡愉嗎？

「……大參謀！還沒準備好嗎！一準備好我們就動身！雖然不清楚那個不死者有多少能耐，但不可大意！不可暴露出弱點！不需要擺出高壓態度，但若是被對方輕視會有危險！」

2

在貢多的帶領下，一行人往前走。

由於貢多也幾乎都是在地底下移動，因此對地表部分不太熟悉。所以與其說是靠地理知識，倒不如說是仰賴方向感在移動。起初安茲還很不安，不過看到貢多毫不猶疑地做出指示，也就漸漸有了信心，現在全盤交給他負責。

真要說起來，目前掘土獸人大軍正要襲擊矮人首都，貢多這時候讓安茲等人迷路一點好處也沒有。既然如此，讓他帶路一定沒問題。

跟隨他的指示，亞烏菈的魔獸們將殘雪山脈當成草原一般奔馳。

不愧是高等級的魔物，其敏捷性與耐力超乎尋常。在空氣稀薄的高山，而且是還留有積雪的惡劣路況中，牠們背上坐著安茲等人，卻完全沒有放慢速度，持續北上超過一百公里。

安茲有幾次看到魔物的影子飛過天上，但一頭魔獸才低吼了一聲，牠們就慌張失措地逃走了，因此節省了不少時間。

用不到一天，應該就能抵達矮人唯一的都市費傲・侏拉附近。

貢多騎乘的魔獸與安茲並排奔跑，安茲對他問道：

「……話說貢多，南方遭到放棄的都市費傲・萊佐是位於裂痕般的洞窟裡，那麼費傲・侏拉也是如此嗎？」

如果是這樣，那就得搜索一番才找得到了。對於這個問題，起初膽戰心驚地抓著魔獸不放，不過現在已經習慣許多，穩穩騎乘著的貢多回答：

「嗯，以矮人居住的都市部分來說確實是這樣。不過費傲・侏拉當年建造的時候，據說有考慮到與人類國度正式進行貿易的計畫。因此這座都市與費傲．萊佐有點不同，首先它設計得比較容易讓人發現，而且為了讓來訪者居住方便，在外頭蓋了座較大的要塞。只要以它為目標，應該就能找到都市了。」

安茲邊應了一聲邊環顧四下，但類似的建築連個影子都沒有。

「要再往東北走一段路才會看到啦。」

貢多講話語氣中帶有一點自信，好像知道一行人所在位置差不多在哪裡。況且除了貢多以外也沒人能帶路，就算他走錯了，安茲也無可奈何，所以只能相信他，交給他了。

「是嗎。」安茲回答，發動「訊息」魔法。

抓來當俘虜的掘土獸人全都送去了納薩力克，在那裡問話。這是為了補足貢多所提供的情報。

掘土獸人基本上是由強者擔任首領，掌管一支氏族；但這座安傑利西亞山脈的掘土獸人，據說是由自稱氏族王之人統一了八大氏族——也就是這座山脈的所有氏族，而他們的總數約有八萬。

安茲分析收集到的情報，認定這是一種沒有魅力的種族。

矮人與掘土獸人。如果只能幫助其中一方的話，安茲會毫不猶豫地選擇前者。

不過，掘土獸人會依據幼年期吃下的金屬，而改變其成長後的實力，這點的確有點吸引安茲。這讓安茲不禁期待，如果讓他們吃下納薩力克儲存的金屬，說不定會催生出非常強大的存在。

然後，他想起前來矮人國之時想過的七色礦。

這個所謂的氏族王，即使還不到七色礦，說不定也是吃了什麼連ＹＧＧＤＲＡＳＩＬ都難得一見的稀有金屬，才會有能力當上大王。

如果氏族王的實力沒那麼強，能夠活捉的話，安茲很想仔細檢查一下。

（假如他們願意臣服於魔導國，雖然沒自信養活八萬隻，但還是該考慮一下，因為這才是我追求的國家。）

安茲心中描繪的國家形態。

在他的統治下，各類種族得以共同生存的國度。也就是重現了過去在納薩力克地下大墳墓「安茲．烏爾．恭」呈現的形象的國家。

可能身在某處的同伴們，能夠歡笑度日的國家。

既然如此，自己也應該慈悲對待掘土獸人們。

（只是如果他們發誓效忠我，我要讓他們住在哪裡？這座山脈有點困難……耶．蘭提爾南方的山脈如何，可是應該已經有人住在那裡了……嗯——真麻煩。蜥蜴人與他們文明水準相當，統治他們的經驗或許能派上用場，把科塞特斯叫來也不失為一個好辦法。）

想到這裡，安茲考慮到相反的情形。

（不過假如他們不肯屈服——那該怎麼辦？以武力強行統治，還是把他們消滅乾淨；或者把成人都處理掉，只把小孩子抓起來當實驗材料；還是說如果他們是氏族聯盟，只放過一支氏族加以統治，才是最聰明的作法？）

安茲正專心思考各種事情時，貢多的大嗓門妨礙了他的思緒。

「就是那兒！」

眼睛往他手指的方向一看，確實有棟構造像是要塞的建物，貼著岩石表面拔地而起。

一行人直接前往要塞。想躲藏的話方法多得是，但那樣做沒有意義，於是就光明正大地從正面過去。

距離一拉近，要塞那邊似乎也注意到了安茲等人，可以看到像是崗哨的士兵們動了起來。

安茲就像生意人訪問客戶時會整理儀容，確認了自己的長袍有沒有皺。當然，魔法長袍是不會皺的，但鈴木悟的記憶呢喃著應該這麼做。

一靠近要塞，矮人們提高警戒，在窗邊搭起了石弓。

在這一行人當中，會被石弓打出致命傷的，頂多只有貢多與任倍爾。

讓兩人上前表示我方沒有敵意的計畫，由於可能不慎被石弓射中，最好還是作罷。應該先由安茲過去交涉，之後任倍爾與貢多再出面。

讓魔獸們停在石弓有效射程距離稍為外面一點的位置後，安茲下到地面來。由於進入了最大射程內，為了以防萬一，他命令亞烏菈與夏提雅留在原處待命，保護貢多與任倍爾。

（再來就是玩家對策了。）

為了保險，想到玩家在場的情形，安茲也指示大家做好心理準備，以便隨時可以撤退或防禦。路上聽貢多的說法，沒聽說有疑似玩家的強者存在，因此不在的可能性比較高，但安茲不想再因為大意而失去ＮＰＣ（孩子）了。

從窗戶監視己方的矮人們，每個都是一副驚恐萬分的表情。滿臉鬍子不太容易分辨差異的矮人們，只露出一排表情幾乎相同的臉，那副樣子該怎麼說——實在好笑。

安茲忍著笑，佯裝平靜，一個人邁出腳步。

走到一半他舉起雙手，表示自己沒有敵意。

再往要塞走近一點——

「站住！」

——對方用僵硬的聲音發出警告。雖說自己長得一副不死者的樣子，但可是一點敵意都沒表示出來，沒必要這樣吧？安茲心中嘆息。

「你來做什麼的！不死者！」

安茲摸摸自己光滑的骷髏臉孔。

「我乃魔導國國君，安茲．烏爾．恭魔導王，是來與你們——與矮人國締結友好關係的。只要你們不攻擊我們，我方也不會與你們為敵，放下武器吧。」

從窗戶露出臉來的矮人們面露困惑之色。安茲決定趁現在把想說的話說一說，於是接著說道：

「我捉到了入侵費傲．萊佐的掘土獸人，結果得知此地即將遭受掘土獸人的襲擊。如果你們對武力缺乏自信，我——我的國家可以提供支援。沒錯——做為友誼的象徵。」

然後安茲微微一笑，但可能是因為沒有皮膚，安茲滿懷好意的微笑似乎沒能傳達給對方。

「後面那個矮人是怎麼回事！人質嗎！」

矮人還沒解除戒心。

「真是失禮，我說過我是國君了吧。你們對國君是這樣講話的嗎？」

矮人們面面相覷，其中一個矮人回答：

「不……不對，等等。你說你是國君，那讓我們看看證據！」

「——的確，說得對。」安茲強烈表示同意。「那麼容我介紹這一位，他是你們那邊的工程師貢多，我是在費傲．萊佐遇到他的。」

安茲展現出練習過好幾次的王者舉止。
就是以統治者該有的風範，呼喚下屬時的動作。
聽見矮人屏息的微小聲音，安茲知道花在練習上的時間沒有白費，感到心滿意足。
貢多過來了，安茲心情愉快地擺出另一種統治者姿勢，並請他出面解決。
「抱歉，可以麻煩你進入要塞，跟他們說明清楚嗎？」
「唔嗯，交給老子吧。」
貢多走到要塞門前，報上名號並請求准許入內，但門沒開。
「……怎麼了？」
「不知道，他們是怎麼了？」
「……我……我們怎麼知道你真的就是那個有夠難約的怪人貢多！說不定是魔法變成的！」
矮人這樣說讓安茲板起了臉。保持警戒是很重要，安茲也贊成這種意見。但對方疑心病這麼重，根本不能談事情。
不過，安茲半路上聽貢多說過要塞裡可能有熟人，幸好那人也在這裡。
「那麼貢多，有沒有這座都市的……比方說——你的住址之類，某些只有住在這座都市之人才知道的事，可以當作你是本人的證據，舉出來給他們聽聽？」

「呃，好，老子想想……老子下次要跟他老婆打小報告。呃，老子家附近有家店叫鐵鬚亭！老闆是個臉長得跟鐵砧似的老太婆，食物難吃到爆。那家店能吃的只有燉菜！」

矮人們沉默了，安茲也有點傻眼地看著貢多，但得到的反應卻很明顯：

「白痴啊！你沒搞清楚，那家店不是吃飯的，是喝酒的！你都不知道那裡的黑麥啤酒有多好喝！」

「胡說八道！那家店最讚的是紅菇酒才對！」

「你在胡說些什麼啊，那家店最好喝的是濁酒吧，那種豐醇的風味！」

「老子看你們都不懂得喝酒！那家店的美髯女才是上選！」

安茲在心中的筆記本寫下「矮人是異常嗜酒的種族」，並對他們說道：

「如何，你們願意相信他的確是貢多了嗎。那麼回到剛才的話題，我只不過是想通知你們掘土獸人大軍正繞過大裂縫，要攻打這座都市罷了。只要你們把事實轉告上級，讓他知道我有如此警告就夠了。之後即使都市遭到掘土獸人們襲擊而變成人間煉獄，我國已經仁至義盡，你們別再來找我說嘴。」

幾個矮人把臉從窗戶縮了回去。

又過了一段時間，大概是幾個人在討論吧。

「你們在那裡稍候！我們派傳令兵通知總司令閣下！」

根據貢多的知識，他們說的是這個國家軍事部門的最高負責人。

也就是說對方將此事視為必須呈報最高長官的重要事項。

「哼，哼，哼。」

他不禁發出無法壓抑的竊笑。

安茲聽到喀嚓喀嚓的聲音，一看，矮人們又把石弓對著他了。矮人們呼吸急促，像是受到激動情緒所支配。

（糟糕，該不會是在氣我笑他們吧？）

「失禮了，總之，可以先讓貢多一個人進要塞嗎，你們已經確定他是本人了吧？」

「不……不行，我……我們不准。就在那裡！在那裡等著！」

安茲並不是在笑他們，但看來惹對方不高興了。

強烈情感會受到強制壓抑，然而較小的情緒波動卻無法得到抑制。

初次來到公司的業務員如果抿嘴偷笑，人家會怎麼想？自己竟然連這點小事都沒做好，讓安茲感到有點煩躁。

這真的得注意一下。安茲一邊想著，一邊帶著貢多走遠點。

他們呆站在那裡等了一會兒。

（我在吉克尼夫來的時候好歹也有招呼人家，像是提供迎賓飲料或搬出椅子什麼的耶！

矮人都不做這些事的嗎……不對，這次情況跟那時不同。）

吉克尼夫是事先預約了才拜訪公司，相較之下安茲卻是不請自來，強迫推銷。對方沒把他趕走就該偷笑了。

況且就算對方端出飲料，他這個身體也不能喝。

（但我有帶矮人們需要的情報來，我是覺得他們可以對我再熱情點啦。好吧，這方面等建立了國交時說不定能拿出來挑毛病，就忍忍吧。）

不過為了不對對方失禮，或許該換套衣服比較好。

首先，他拿出安茲．烏爾．恭之杖的仿造品。這根法杖只有外觀與正版完全相同，連使用的金屬都一樣；但也不過如此而已，其中蘊藏的力量連本尊的十分之一都不到，寶石也只是鑲嵌了同色的礦石罷了。

安茲讓法杖蘊藏紅光，再讓它漸漸變成暗紅色。這種調整功能究竟是用來做什麼的？以前同伴當中公認最吹毛求疵的那幾位到底在想些什麼，讓他實在想不透。

又不是能隨著自己的靈氣改變。

安茲背負起漆黑光芒，法杖的靈氣果然沒變。

（……這就是所謂的視覺效果嗎？）

鏘啷一聲讓沉思的安茲回過神來，往聲音來源一看，只見三個矮人一屁股坐在地上。

安茲覺得他們好像是在要塞防備自己的幾個矮人，又覺得好像是地位更高的人。這是因為其中兩人的服裝，比起另一個人似乎比較光鮮亮麗。也許其中一個是這座要塞的士兵，另外兩個則是長官吧。

（……這三個人為什麼要坐在地上，矮人的禮儀都是坐在地上講話嗎……而且還睜大眼睛看著我，如果那是矮人特有的表情，那還真有點討厭。）

嘴巴被鬍鬚擋住了看不見，很難掌握他們的表情。

安茲猶豫著，但還是對坐在地上的矮人伸出了手。

因為這樣可以解釋成要拉他們起來，也可以解釋為握手。其實安茲真正想說的，是他想站著講話。

不同文化之間的交流真困難，而且這個動作對他們來說，搞不好是很失禮的行為。

要是有人吐槽「你說想建立國交，為什麼沒先調查對方國家的一般禮儀規範？」安茲完全無法回嘴。

安茲內心感到不安，一面感謝自己的表情不會動，一面維持著伸出手的動作。

矮人好像很困惑，輪流看著安茲的臉與手。

（唔，他們難道是在害怕嗎……好吧，誰叫我長這樣……可以說無可厚非嗎。在人類社會的反應沒這麼大啊……）

在耶・蘭提爾的確也有人怕他，但反應沒這麼大。因此，也有可能按照矮人的禮儀規範，是不能握貴人的手的。

最後安茲急了，硬是拉著矮人的手讓他站起來。

（有時間花在這麼無聊的事情上，就表示掘土獸人們還沒攻打過來吧。要是已經遭到攻打，我就能賣個大人情了，好吧，發出警告也算是小人情，或許應該將就點。啊啊，真可惜。不過，到底哪個才是長官？）

「好了，我的名字是安茲・烏爾・恭魔導王。你就是負責歡迎我的人嗎？」

安茲不知道兩人之中哪個地位較高，就對著兩人中間講話。結果其中一個矮人猛力搖頭，搖到構成臉孔的五官都要甩出去了。

「嗚！我——在下就是軍事部門的負責人。」

「軍事部門的——原來如此。」

安茲很驚訝這個人就是總司令，他沒想到會是最高長官直接過來。

（難不成這個國家的高層已經聽說了一些魔導國的事，還是說……因為我在不錯的時機帶來了情報？）

「——掘土獸人那邊沒問題嗎。總司令百忙之中抽空前來，真令我惶恐。」

總司令的眼睛霍然睜大。

「原來如此……您看到在下前來，就已經看出這麼多了？」

安茲有聽沒懂，但不能說出口。

「——當然是了。」

他只能用重複練習過的王者風範高傲地點頭。

「……原來如此……就如你——不對，就如您所知的，我們目前勉強擋下了掘土獸人的進攻。」

「是，是嗎……然後呢？」

安茲很想問他以為自己知道什麼，但剛才已經不懂裝懂，現在更不能問了，只能期待對方接下來會不會說出一些情報。

「在回答您之前，在下聽兵士說，陛下已經從費傲．萊佐抓到的掘土獸人們口中問出了一些情報，您有證據證明這件事嗎？」

「關於這點，你們的國民貢多——」

「——在下要的是物證。」

「唔嗯，那麼我抓起來的掘土獸人如何，我叫幾隻過來，你可以聽聽他們怎麼說。」

「回得這麼快……看來得坦誠以對了……聽您這樣說，想去費傲．萊佐避難看來都有困難呢。」

「總司令……！」

總司令身旁的軍人語帶責備地叫道，看起來是在譴責他不該在安茲面前說出關於戰況的軍事機密。但總司令不慌不忙地說了：

「魔導王陛下全都知道了，陛下剛才不是問過，本該在前線指揮的人跑來這裡，是否表示戰況陷入膠著狀態。而既然陛下都知道這麼多了，也就不難推測無法期待援軍的我軍會如何行動。」

呃，不，我只是在問你要不要緊啦。安茲沒辦法這麼說，還是只能用一再練習的統治者風範點頭。

總司令把存亡絕續的現況詳細告訴了安茲。

鎮守大裂縫的要塞淪陷，敵軍已經攻進最終防衛線，只靠一扇門擋著，一旦門被打破，敵軍就會入侵都市，造成大量矮人死亡。他本來想爭取時間，讓民眾到南方的費傲・萊佐避難，但現在看來計畫必須大幅變更，已經是危在旦夕了。

安茲知道矮人們被逼入了走投無路的慘狀，心中不禁邪笑。一切發展都對他有利。

「那麼你覺得呢，我可以借你們兵，先擊退掘土獸人如何？」

總司令瞇細眼睛，像要隱藏其中的情感。

「陛下如此慷慨，可是……」

本來安茲應該先與對方達成協議，講好了回報之後再提供協助，這樣好處比較大。但如果在這裡不求回報地提供幫助，肯定能得到前線將士的感謝。賣別人一個人情，有時能收到談條件得不到的利益，這就是安茲要的。

如果要問有形與無形哪個比較費事，當然是無形。在店裡用餐時，老闆若是說「看客人的心意付錢」，通常都會比明確定價支付更高的費用。

（好像是說……大欲似無欲，布妞萌桑似乎是這麼說的？）

「好不容易有機會友好往來的國家，若是被毀滅了就傷腦筋了。你願意接受我的幫助嗎？」

「……在下必須請示上級。」

「只要你們有時間，我無所謂。我只是答應協助你們，決定權在你們。聽說你們以一個稱為攝政會的議會討論重要事項，不過……這種事所在多有，會議熱烈進行，但毫無進展。我不希望一路旅程統統白費，但也莫可奈何。」

「……魔導王陛下有自信能夠擊退掘土獸人軍？」

「只要他們的程度與費傲．萊佐那些人相當，輕而易舉。」

貢多在一旁不住點頭。

「只不過時效只到掘土獸人們入侵都市為止，要在混戰之中只擊退敵人太困難了。你們也不會默許矮人市民被戰火波及吧。我想現在你們用一扇門勉強擋著，就是最後的機會了喔？」

總司令一臉苦澀──

「──你們有多少時間，那扇門能撐個幾天嗎？」

安茲這番話成了最後助力，總司令似乎心意已決。

「……在下明白了，魔導王陛下，在下想借助您的國家的力量。」

「總司令！」

另一名軍人聲色俱厲地喊著，但總司令目光犀利地瞪他一眼。

然後他對安茲說聲「失禮」──大概是不想讓安茲聽見，就把那軍人帶到稍遠處。

接著他對那人滔滔不絕地說了些話。

安茲勉強能聽見「危險」「不死」「比掘土獸人」「現在魔」「眼前危」「選一個」等等。

總司令必定是在說光靠他們的戰力難以抵禦掘土獸人入侵，應該抓住大好機會吧。既然如此，現在需要的是關鍵一擊。安茲稍稍加重語氣問道：

「方針是不是該決定好了？」

3

安傑利西亞山脈的掘土獸人總共有八支氏族。

分別是浦・力米度、浦・蘭德、浦・斯利克斯、波・拉姆、波・殊念、波・歌斯亞、茲・艾根、茲・呂速。

他們是自稱為太古的英雄——浦之子孫的三氏族，以及自稱為與浦競爭過的波與茲之子孫的氏族。組成一支氏族的掘土獸人數量有著些微差距，大約一萬。總計八萬的掘土獸人們，分布於廣大的安傑利西亞山脈各處生活。

至於掘土獸人是否強悍，其實並非如此。

即使一支氏族有一萬人，文明水準低落的掘土獸人們在山脈中仍是幾乎墊底的劣等種族，只不過是強者們的獵物罷了。

那麼掘土獸人的最大天敵是……其實是同族的其他氏族。不，也不一定是其他氏族，有時連同一氏族都會反目成仇。其他魔物只把掘土獸人當捕食對象，並不憎恨掘土獸人，也不將其當成競爭對手。但同族就不同了。

原因出在掘土獸人的成長方法上。

掘土獸人會因為幼時吃的礦石，在成年時造成能力差距。換言之想讓自己的血親變強，就得與同族爭奪稀有礦石。其他氏族的確也是競爭對手，但比起遠處的敵人，近處的敵人當然比較棘手。

而同樣爭奪礦石的矮人也是敵人，但遇上擁有雷屬性武器的矮人們，掘土獸人常常只有被趕跑的份。

然而就在某個時候，一位傳奇英雄——凌駕太古英雄浦的存在誕生了。

那就是統合氏族王貝．里尤洛。

其能力遠遠凌駕於藍色或紅色掘土獸人之上，以壓倒性的實力整合了所有氏族。

里尤洛的精明強幹還不只於此。

他發現了矮人們放棄的都市，將全氏族召集到該地，建立對抗魔物的組織，並利用矮人俘虜發展農耕技術與畜牧技術。

不只如此。本來按照掘土獸人的一般政權交替方式，當新族長誕生時，之前族長的血脈必須趕盡殺絕。然而里尤洛不這麼做，而是選擇延續之前的做法，由各族長統治他們的氏族。只不過，里尤洛命令他們將所有礦石交給自己。聽從里尤洛的命令鞠躬盡瘁者，不管身分高低，一律賜與稀有礦石。

例如，在阻擋魔物侵略時，讚賞那些血流得較多的氏族勇敢過人；在讓屬下收集黃金或寶石原石時，則讚賞帶來較多礦石的氏族特別優秀，並論功行賞，賜與礦石。

里尤洛以這種競爭方式，讓對大王的逆反心理朝向其他氏族，以確保大王地位穩如泰山。

他施行了這種以往掘土獸人種族絕對想不到的政策後，開始採取行動進一步擴大勢力。

那就是攻擊矮人都市。

全氏族紛紛響應大王的命令，健壯的掘土獸人齊聚一堂，最後從每支氏族招募到了二千——總數多達一萬六千的兵力。

這是史無前例的大軍，只是，即使召集了如此龐大的兵力，若是從正面攻略吊橋，還是不免造成巨大傷亡。不只如此，大軍的優勢也無從發揮，甚至可能攻不下要塞而敗北。

因此，里尤洛命令屬下尋找迂迴路線。

雖然送出的調查隊有幾次沒回來，但總算找到了可繞過大裂縫的路線。之後，軍隊依照三種使命內容，分別採取行動。

第一支部隊負責發現可能逃亡的矮人們，並加以捕捉。這支部隊以好幾支小隊組成。

第二支部隊是主隊，在攻陷矮人都市時負責將各種物品運出都市，如果精銳部隊攻打要塞不利，就充當援軍。

第三支部隊召集了掘土獸人的精銳，負責攻陷矮人要塞。這支部隊要趕在主隊之前進軍，攻陷要塞，里尤洛命令他們如果行有餘力，就將都市也打下來。

而指揮第三支部隊，也就是先遣隊的掘土獸人，名叫猶雉。

猶雉在里尤洛的部屬當中評價數一數二，是萬中選一的紅掘土獸人。頭腦清晰，個人戰鬥力也強，在之前置身的氏族當中，被視為將來的首領。

即使厲害如他，仍然很難指揮召集來的雜牌軍。

因為各氏族召集的精銳之間，難免留下強烈的氏族對立情結。然而猶雉就能這一點，都能巧妙加以利用。

他煽動各氏族間的競爭意識，成功攻下了要塞。

雖說當部隊經由迂迴路線靠近要塞時，勝利已經手到擒來，但他非凡的指揮能力仍然不容懷疑。事實上，在掘土獸人全氏族當中，恐怕沒有一個人的指揮能力可與他匹敵。

而現在，掘土獸人們在矮人侵略戰上，就要下最後一步棋了。

在先遣隊當中最先襲擊要塞的，是一群精兵猛將組成的突擊隊。這支部隊的掘土獸人們，用爪子在令人憤恨的大門上抓著，卻絲毫不能傷到這扇門分毫。

就差一步，再一步就能侵入這扇門的後面，蹂躪與他們為敵的矮人，將這塊土地完全占為己有。這樣一來就是功居第一的活躍表現，想必能獲得令人目眩神迷的大量礦石做為獎賞。

然而這個大好機會，卻被眼前的冰冷門扉所阻擋。

這就是掘土獸人所說的「鑽進土裡的蚯蚓總是最大條的」。

獵物從手中溜走的憤怒，驅使一隻掘土獸人咬住了門。說是咬，其實只是用尖銳獠牙像刨子一樣想刨削門扉表面。

看到這一幕，幾隻掘土獸人也做出相同動作。

然而靠普通掘土獸人根本「咬不動」，恐怕花一百年也無法突破大門。

即使想削刮周圍的岩石挖洞繞過大門，材質似與大門相同的金屬格子卻綿延不絕地覆蓋了地底。

他們這些普通掘土獸人無法打開這扇門；藍掘土獸人或紅掘土獸人等少數菁英由於是最後王牌，必須保留精力，所以沒部署在這支突擊隊裡。換句話說，他們的進擊得在這裡暫時喊停。

只差一步而沒掌握到的榮耀，讓所有人無不火冒三丈，但並不焦急，這是因為狀況已經報告給先遣隊的指揮官了。優秀的猶雉想必不用多久，就能想出他們想都想不到的某種應對方法。

話雖如此，因為不知道要花多少時間，所以他們每支氏族分別聚集一處，稍作休息。

如果是小兵的話，也許會因為壓力而到處亂晃，或是與其他氏族開始互相咆哮；但在這裡的都是精銳中的精銳。休息時就會好好休息，為下一場作戰行動做準備，靜靜地累積憤怒與力量。

就這樣休息了一會兒時，突然間掘土獸人們像是被電到般抬起頭來。

伴隨著好似自地底深處響起的重低音，門扉慢慢往左右打開了。

突擊隊的掘土獸人們面面相覷。

他們不懂之前急著關門的矮人，現在怎麼又把門打開，是打算投降嗎。很多掘土獸人都這麼想，他們齜牙咧嘴地笑著。

誰要讓他們投降。

掘土獸人們本來就打算盡量殺光矮人，根本不給矮人多說廢話的時間。

他們要從開啟的門縫間一擁而入，揮軍進攻，拿門前的矮人們血祭，然後直接蹂躪都市，殺光矮人。

在殺氣騰騰的掘土獸人們面前，門開了一小條縫。門縫窄得還不足以把身體塞進去，但滿懷殺意的一隻掘土獸人把手探進門縫。

他想用尖銳爪子殺了門前的矮人。

然而——

「嘎啊啊啊啊啊！」

想打頭陣的掘土獸人發出慘叫，往後方摔倒。掘土獸人插進去的手臂沒了，鮮血從斷口泉湧而出。

令人震驚的情形，對掘土獸人們的殺意潑了桶冷水。

發生了什麼事不難想像。

應該是用武器砍斷的，但這是有可能的嗎？

掘土獸人的種族特性，對矮人這種使用武器的種族特別有效。事實上，他們在發動奇襲攻陷要塞時，矮人們的攻擊只能讓他們受傷，但沒有一個人喪命。只要沒有雷屬性攻擊，永遠都是如此。

那麼，弟兄的手臂怎麼會被砍斷？

理由——只有一個。

有個武藝高強的劍士，能輕易砍斷毛皮刀槍不入的掘土獸人的手臂。

換言之，這扇即將開啟的門扉後方，有個超乎想像的強大戰士。

至今戰鬥中未曾有過的感受——恐懼使得掘土獸人們倒退幾步。在這當中，門扉繼續滑動，漸漸擴大它的門縫。

「幹什麼後退！」

後方傳來突擊隊中特別以力氣自豪之人的聲音。

「浦．力米度氏族當中應該沒有孬種才對！」

「喔喔喔！」

發出同意呼喊的，應該是那些獲選為突擊隊員的浦．力米度氏族之人。其他氏族那些以本領自豪的人，也急著大聲叫道：

「波．歌斯亞氏族也沒有膽小鬼！」

「輸給浦與波氏族的人，算不上茲．艾根氏族！你們甘願讓祖先在戴瑞之地遭人恥笑嗎！」

掘土獸人有個傳說，認為死去的勇士會在戴瑞之地看著子孫興隆，如果子孫做出可恥的行為，祖先就會在那裡成為嘲笑的對象。

這句話彷彿成了最後的契機，掘土獸人們燃起戰意，快馬加鞭地開始行動。

突擊隊把失去手臂的掘土獸人拖到牆邊，一面與門扉稍微拉開距離一面組成密集陣，要殺死那個強悍的劍士。

「衝啊！管他有多強，不過就一把劍，我們用更多人殺過去就是了！」

有人說了。

「不對，等門一開，我軍就發動突擊硬擠進去，壓倒那人，直接把他踩扁，然後順勢毀滅都市。」

「那我打頭陣！」

以努蘭礦石打碎製成的顏料在毛皮上畫出兩條線，代表此人是個勇士。

在這個人的背後，掘土獸人們聚集起來，留在適於推擠的位置。這樣如果他被那把劍砍倒，其他人可以直接硬擠進去。

門縫終於開到能讓一隻掘土獸人通過的寬度。雖然要衝鋒還嫌太窄，但對手如果使用剛才那種電擊魔法，又立刻把門關上，掘土獸人只會一直損兵折將。

「上啊！」

伴隨著高聲吶喊，十名以上的掘土獸人展開突擊。

跑在前面的勇敢掘土獸人的身體忽然僵住了，從背後推著他的掘土獸人們，直覺認為他被劍士殺了。但眾人不停下來，停下來就等於嘲弄他的勇氣。

所以隨後跟上的掘土獸人們毫不猶豫地硬擠進去，打算就這樣長驅直入，蹂躪矮人都市——但他們的腳步停止了。

不管怎麼推擠都無法繼續前進，簡直像門的那一頭有堵巨大厚牆，阻擋了眾人去路。

一隻掘土獸人抬起頭來確認前方狀況。

因為他理所當然地想到，矮人們是不是真的築了一堵牆。

只見前方是一堵漆黑牆壁。

那是一堵覆蓋整個視野的巨大牆壁，而且竟然動了。

「喔喔喔喔喔喔喔喔喔喔喔喔喔喔喔！」

傳來了令空氣震動的吶喊。

他們以為是牆，其實是一面巨大盾牌。

掘土獸人們沒有使用武器或防具的風俗習慣，但看過幾次矮人使用這些裝備。然而，那些都沒這麼大，眼前的盾牌大到讓人以為是牆壁。

掘土獸人們還在困惑於自己置身的狀況時，盾牌後方出現了駭人的某種存在。

某種身穿黑色鎧甲，血紅眼瞳蘊藏著憎惡的存在。

即使是沒有知識的掘土獸人也明白了，那是邪惡，是暴力，是——死亡。

只聽見「咻！」的一聲。

霎時間，三隻掘土獸人的腦袋一齊飛上半空。

「喔喔喔喔喔喔喔！」

吶喊拍打著掘土獸人們的全身。

令人體毛直豎的衝擊，使得掘土獸人們恨不得落荒而逃。

他們在氏族當中，是最勇敢最不怕死的戰士。他們是這麼以為的。但是，這種存在他們連想像都沒想像過。出現在眼前的怪物，足夠擊潰他們的勇氣。

那麼，他們為什麼沒有拔腿就跑？

因為他們的腳使不上力了，他們有種直覺，一旦想逃，就會被那怪物從背後一擊殺死。

即使如此，那個黑色存在的眼中蘊藏的微光，仍然讓掘土獸人們想起了求生的欲望。

「喔喔喔喔喔喔喔喔！」

自地底深處蠢動般的吶喊，令掘土獸人們小聲慘叫著後退數步。

黑鎧開始移動，要拉近雙方的距離，從他身後又出現一個相同的存在，然後——

「噫！」

某個掘土獸人發出了慘叫。

有人順著他的視線看去，看到的是失去頭顱的弟兄們。

那絕對是死透了，但那雙手卻像要抓住什麼似的動來動去，可以確定那絕不是死後痙攣。

怎麼看都是屍體自己動了起來。

簡直像被困進了惡夢世界，就像活生生被關進掘土獸人們所恐懼的邊遠之地。

沙沙，沙沙，兩個巨大鎧甲邁出腳步，舉起握在手中的怪異大劍──焰刃劍。

●

「那麼按照突擊隊的報告，目前還沒辦法破壞大門是嗎？」

「是！」

毛皮帶點紅色的掘土獸人聽了部下的報告，一張臉歪扭起來。

他正是先遣隊的指揮官猶雉，擁有與山銅同等硬度的毛皮，武器抗性比一般掘土獸人更優秀，是稱做紅掘土獸人的高階種族。

猶雉將視線從低頭行禮的部下身上，移向吊橋另一頭的要塞。穿過那棟要塞的前方是坑道，坑道深處就是矮人的廣大都市。

只要能攻陷那裡，不但能獲得更好的據點，還能將搶奪礦石的競爭對手消滅殆盡。

統治領域的擴大，將會帶來獲得未知礦石的機會，讓掘土獸人更進一步繁榮昌盛。這樣下去，有朝一日定能由掘土獸人們統治這座山嶺。

「只要能打倒那些龍……」

猶雉不小心說出了真心話，急忙環顧四周。

沒有人做出任何反應。

猶雉稍微安心了點。

掘土獸人們占據了矮人們過去稱做王都的地方做為大本營。

那個都市中央有座高聳的王城，不過那裡是由能吐寒氣的白龍一族所支配，稱為霜龍。

掘土獸人與龍族之間基本上算是同盟關係，但只要對實情略知一二的人，都能斷言雙方根本不是什麼同盟之類的對等關係。即使氏族王說得好聽，什麼共存共榮，氏族王自己恐怕都不是認真的。

實際上是身為弱者的掘土獸人，在向身為強者的龍俯首稱臣。

對那些龍來說，掘土獸人頂多只是緊急存糧，或是好用的棋子罷了。

猶雉曾經與氏族王一起面見過龍，聽他從巨顎中吐出的每字每句，都能感覺得出那種心態。氏族王在龍的面前，態度也卑微得令他吃驚。

猶雉實在不想看到偉大英雄的這種可悲模樣，但猶雉也不是笨蛋。他明白白龍與掘土獸人之間，有著遙不可及的力量差距。

即使如此，被人那樣瞧不起，怎麼能忍氣吞聲？

（……現在還不行，要是跟龍王開戰，就算能贏，掘土獸人這個種族也會受到無法東山再起的損害。但是……總有一天！）

這份夙願不光是他，與龍會面過的掘土獸人們——高層的優秀掘土獸人都有著相同情懷。

首先得找出完全防禦寒氣吐息的方法才行——或是等到這種掘土獸人誕生，才能減少傷亡人數。

那會花上多少時間呢？

猶雉揮開陰沉的心情，現在得先擊潰矮人，這場仗還沒打完。想得太遠而疏於注意腳邊，有可能會摔倒的。

猶雉把部下叫來。

「喂，我要你們破壞要塞，看看能不能挖掘坑道牆壁讓大軍前進。在主隊來到之前，必須先盡量做好準備——」

講到這裡，猶雉忽然側耳細聽，他覺得某處似乎傳來了像是慘叫的聲音。

不對，不一定是慘叫，也有可能是某種魔物發出的威嚇聲。在這種地底世界，麻煩的就是無法找出聲音出自哪裡。
不過，只有這次他馬上就知道了。
因為他看到派出去的掘土獸人突擊隊，從要塞驚慌失措地逃了回來。
猶雉周圍的掘土獸人們騷動起來。
看到跑回來的那些掘土獸人毫無紀律可言的模樣，就知道他們陷入了多大的混亂。甚至有幾隻掘土獸人被背後的同伴推擠，跌進了大裂縫。
「怎麼回事，發生了什麼緊急狀況？」
某個部下回答了猶雉發自內心的疑問。
「不知道，是矮人們反擊了嗎？」
那是不可能的，矮人的反擊是預料中的事，突擊隊成員不會那樣倉皇逃竄。
還是說他們受到了特殊攻擊，例如猶雉有聽說，燒熱的油淋在身上很痛。
「帶上兵士，去問問他們發生了什麼事。如果是遭到矮人反擊就直接進軍，不要讓他們搶回要塞。」
部下聽命組成了一支隊伍，開始過橋。
在這當中，突擊隊還在發出慘叫，往這邊逃回來。
他們如此不要命，究竟是在逃離什麼，是什麼魔法之類莫名其妙的力量所造成的嗎？

猶雉正在尋思時，要塞入口突然出現了某種存在，而且是兩個。
漆黑的，巨大的某種存在。
「——那……那是什麼，巨大矮人嗎，還是矮人王？」
猶雉從沒看過那種模樣的生物，矮人們有一種裝備叫鎧甲，那人就像是穿了覆蓋全身的鎧甲，但又有著某種決定性的差異。
那人右手持握波浪形的巨劍，左手拿著巨大盾牌。
如同氏族王的外貌跟其他掘土獸人有些不同，矮人王之類的外形或許也跟一般矮人有所差異？
猶雉不知道昂首挺立於要塞入口的兩人究竟是什麼來頭，但他的動物本能知道，那是極度危險的存在。
他這下也完全明白了，突擊隊是在拚命逃離那個怪物。
周圍的部屬們也似乎大為驚愕，直立不動地看著怪物，只有逃出要塞的掘土獸人們還在動。他們頭也不回，只是拔腿狂奔想過橋。
黑鎧發出了吶喊。
離得這麼遠，空氣的鳴動卻把毛皮震得發麻，令猶雉心驚膽寒，就像全身承受龍族咆哮時的情形一樣。

彷彿以那聲吶喊為信號，黑鎧周圍出現了一群動作遲緩的掘土獸人。

（逃出來的，不，是背叛了嗎，不，不對！）

猶雉瞪大了雙眼。

出現的一隻掘土獸人，脖子以上空無一物。

定睛一看，那幾隻現身的掘土獸人，有的肚破腸流，有的身體左右兩邊動作不一——就像被當頭劈砍成兩半似的。

能役使不可能會動的存在，也就是說那是——

（是魔法！是役使死者的魔法！）

「那個難道是矮人的祕密武器？」

猶雉也能接受部下的說法。

矮人一定是一邊用雷屬性武器阻擋入侵，一邊製作了別的祕密武器。

「……會是哥雷姆嗎？」

猶雉好像有聽說過，龍在占領矮人的王城時，與這種名字的魔物交戰過，據說那種魔物就是呈現鎧甲的形狀。

「您是說那個矮人叫做哥雷姆嗎？」

對於部下的疑問，猶雉搖搖頭。

「不對，哥雷姆是一種魔物，大概是被矮人馴服了。」

「如同我們馴服了努克嗎？」

努克是一種魔獸。

公的努克可長到三點五公尺，體重達到約一千兩百公斤，是一種全身覆蓋著長毛的四腳草食動物，只靠少許苔蘚就能存活。由於這種魔獸生命力強，能在大雪之中生存，因此安傑利西亞山脈全境都有牠們的蹤跡，很多魔物就是以這種魔獸為主食。

總之雖不確定那個黑鎧哥雷姆的戰鬥力有多少，但是只要想到逃回來的掘土獸人人數與突擊隊人數差了多少……不，猶雉直豎的體毛已經告訴他了。

告訴他：想戰勝那個絕非易事。不過幸運的是，那個東西只是瞪著猶雉他們，沒有要過橋的樣子。

「看……看來那個好像是來奪回要塞的。」

「似……似乎是呢。好，趁他還沒有動作時重組部隊，同時思考對策——他動了！」

黑鎧開始向前衝，一直線往吊橋跑來。

「是誰！是誰說他是來奪回要塞的！」

「指揮官！現在不是講這個的時候！該怎麼辦！」

猶雉派出去的掘土獸人們待在橋上，舉起爪子打算應戰。

而舉起巨大盾牌的黑鎧，惡狠狠地撞上他們。

遭到撼地搖天的力量撞飛，好幾隻掘土獸人摔落橋下。然而黑鎧並不停止前進，繼續舉著盾牌，雖稍稍放慢速度，但仍然硬要過橋，就像一堵牆壁迎面衝來。

再這樣下去，很快就能跑完整座吊橋，抵達這裡了。

那麼在那之後，會怎麼樣？生命高喊著危機警報。

「把……把橋砍斷！」

一旦砍斷吊橋，主隊就得使用迂迴路線進攻，將會曠時日久，矮人們必定會趁這段時間加強防備。考慮到原本的第一目標是奪取要塞，這次作戰是失敗了。

想到為了作戰計畫所耗費的物資與人員傷亡，恐怕不是挨罵能夠了事。但比起這些，讓那個黑鎧過橋會更危險。

一旦黑鎧來到這邊，絕對是一個人都別想活命，那個就是如此凶狠的存在。

「我說了，把橋砍斷！」

第二次的指示，讓不敢看黑鎧用駭人蠻力撞開掘土獸人們的幾個部下，終於採取了行動。然而，之後派出去的掘土獸人幾乎都被彈飛，摔落地底深淵；只有少數幾人還在橋上與黑鎧對峙。

好幾隻掘土獸人拚命啃咬吊橋繩索，用爪子切斷它。

「讓一支部隊突擊，把那兩個怪物留在橋上！」

說要砍斷吊橋，卻又要士兵在橋上阻擋哥雷姆，無異於叫他們去死。即使如此，部下仍然立即編組一支部隊，敢死隊就這樣殺了過去。

雖然他們一樣被盾牌撞開，但有幾人成功繞到哥雷姆背後，撲到他身上。然而，哥雷姆視若無睹。他即使被咬也似乎不痛不癢，繼續向前衝刺。

吊橋還沒斷。

這樣下去哥雷姆就要過來了。

一這麼想的瞬間，猶雉的身體自己動了起來。他毫不猶疑地跳下發號施令的高處，配合著墜落的勢頭，爪子對準吊橋繩索就是一抓。

轟！只聽見空氣被狠狠撕裂的聲響。

吊橋打起了巨大波浪，然後瓦解。

猶雉無法承受吊橋有如巨蛇死前扭動的動作，被拋上空中。然而，就在即將被視野下方的黑暗空間吞沒時，猶雉抓住了飛舞於半空中的繩子。在空中根本無法控制姿勢，能抓到繩子完全是萬分之一的僥倖。猶雉扭轉身體，在空中用力沿著繩子攀爬，降落在懸崖邊。

但猶雉沒有閒工夫鬆一口氣，就感覺到一陣令人渾身發抖的寒意，立刻順從直覺，飛撲似的趴向地上。

說時遲那時快，一個低吼著飛來的物體，擦過猶雉背上的皮毛。令人不敢置信的是，飛來的居然是一隻掘土獸人。黑鎧臨死掙扎，將那誇張的臂力發揮到極致，把敢死隊的一名隊員扔了過來。

被扔過來的掘土獸人，狠狠撞上了猶雉那些僵在原地的部下。部下們發出短促的「嗶嘎！」慘叫，旋即淪為一堆肉塊。

但也就到此為止了，兩隻黑鎧與橋上的敢死隊員們，一併消失在大裂縫裡。

四下一片死寂。

猶雉步履蹣跚，探頭窺視大裂縫的黑暗深淵。不只猶雉，所有撿回一命的人，都凝視著能夠吞沒一切的黑暗。他們明知道從這裡摔下去不可能活命，卻還是無法抹除不安，擔心那兩個怪物會抓住懸崖邊爬上來。

不知經過了多久的時間，猶雉才安心地嘆了口氣。

看來他們是不會回來了。

環顧四周，存活下來的部下只有寥寥幾人。

即使如此，能有這麼多人逃離那個黑鎧的魔掌，或許已經值得稱讚了。

「我們撤退！」

必須盡快把那個哥雷姆的事報告給高層知道，否則後果不堪設想。

如果那個已經量產成功，掘土獸人反而會全軍覆沒。猶雉不認為就只有那兩隻。

「——矮人真是可畏啊。」

猶雉後悔不該小看矮人，想不道他們竟有如此技術，能生產出那樣可怕的怪物——

「首先，我們得將發生的事火速通報主隊。傳令兵！」

在猶雉的呼喚下趕來的一群人，是移動速度比一般掘土獸人快上更多的掘土獸人騎兵。他們的特殊能力，就是完全不會因為全力奔馳而疲勞。

之所以叫了不少人過來，是因為人數少在移動時，可能遭到魔物襲擊而全軍覆沒。而且也不是這麼多人就能安全趕路，只不過是死了幾個好歹還會有幾人倖存，能趕到主隊那邊罷了。

「好！去吧！別忘了你們的職責有多重要！」

猶雉目送他們離去，然後發出下一道命令。

不用說，就是從這裡撤退，以晉見氏族王討論這個問題。

第四章 工匠與交涉

Chapter 4 │ A Craftsman and Negotiation

做出的兩隻死亡騎士消失在門後，充滿殺戮喜悅的吶喊與臨死慘叫不絕於耳。慢慢關上門後，可能因為門扉很厚，門外慘劇的聲音只成了微弱餘音，略為振動著鼓膜罷了。

「這樣暫時應該沒問題了。」

由於不是使用屍體做出來的，因此有著時間限制，但從那些俘虜推測，只要掘土獸人的力量如他所料，即使進攻士兵的人數不明，應該也能擊退不少數量。除非對手實在太沒戰略頭腦，不然當自軍消耗到一個程度時，理應會暫且退兵，建構陣地才是。

（可別給我撤退喔，只要你們建構陣地，就表示危險還沒過去，矮人國也就非得和我聯手不可。我有命令死亡騎士「適可而止」，不過……贏得太大也不行，真是難啊。）

安茲一邊漫不經心地盤算著一邊看向總司令，只見他臉上掛著僵硬的笑容凝視著安茲。

安茲想不到他有什麼理由，要用這來自恐懼的笑容面對自己——就在這時，浮現在安茲頭頂上的幻想小燈泡亮了起來。

（他應該已經習慣我的長相了，所以大概是聽到門外掘土獸人們的慘叫，才會害怕吧。

一群人遭到殺害時發出的慘叫，聽了的確不舒服。）
話雖如此，那是敵人的慘叫，安茲覺得總司令其實不用這麼介意，大概人類——矮人就是這種個性吧，一定是的。
（不過他這樣當軍隊指揮官當得來嗎，真讓我擔心。）
安茲雖然知道這是雞婆，但還是忍不住擔心地看著總司令，這時貢多站到兩人旁邊。
「那麼陛下，老子先回家一趟。」
「嗯，那麼那件事你能先幫我進行嗎？」
「當然了，那個由老子分送給大夥兒。還有時間什麼的都不用變更沒關係吧。如果有什麼狀況，老子會用魔法拜託陛下喔。」
貢多伸出拳頭，安茲也用拳頭回碰一下。一路上安茲跟他談了很多，看來收到效果了。
（貢多話很多呢……）
貢多都是自己講自己的，好像沒完沒了。大概是因為他執著於盧恩工匠這種日漸式微的技術，嚐受到了疏離感，因此遇到抱持興趣的安茲，心中累積的情緒才會潰堤吧。
安茲也有這種想跟同好暢談的心情，所以明白他的心情。不過安茲聽他的長篇大論，並不是出於體貼。
貢多輕輕拍了拍自己的魔法背包，就轉身背對兩人往前走去。

總司令看到貢多離去，原本好像想對他說什麼，但終究沒叫住他。

「那麼我們要怎麼辦，要不要等一下讓人打開門確認一下結果？」

安茲這個問題應該是在預料之中，總司令的心中似乎已經有了答案，反應得很快：

「讓貴為一國之君的陛下在這裡等候有失禮數，首先在下想請陛下移駕攝政會，請陛下在那裡將您的提議告訴大家。」

「不用看看結果嗎？」

「比起結果，為陛下做介紹比較要緊。掘土獸人們攻打過來時，在下已經派傳令兵前往攝政會，現在他們應該正在思考對策。趁他們尚未倉皇地發出不適當的命令前，在下想先將新情報告訴他們。」

「原來如此，既然是這樣，我也沒有異議，就麻煩你帶路了。」

「遵命，不過陛下的魔獸有可能引發民眾的混亂，恕在下斗膽，可否請陛下讓牠們在這裡等著呢。只要告訴在下怎麼做，在下會盡量照料牠們……」

安茲看了亞烏菈一眼，亞烏菈點了個頭。

「知道了，那就讓牠們在那邊等著吧。」

安茲將白骨手指朝向這座營區的一角，總司令點頭了。

「還有，不用派人照料牠們，我們會想辦法。另外，隨從我只帶三名。」

安茲只選出夏提雅、亞烏菈與任倍爾，並命令其他人在這裡待命。

總司令的表情顯得稍稍放下了心，看來他的確不希望不死者在街上昂首闊步。

「那麼我們走吧。」

「嗯，有勞了。」

在總司令的帶路下，安茲一行人光明正大地走在矮人都市裡。民眾奇異的目光有如針扎，安茲看到矮人母親一看見自己的臉，就把小孩藏進家裡，不禁感到無奈。

當然，他這段行程可以不引人注目。

只要戴起面具，視線的數量應該會少一點。即使如此，安茲並沒有把臉遮起來，是因為有個目的。

那就是做宣傳，讓民眾知道自己與部下來到了矮人國。掘土獸人大軍壓境，矮人國卻需要借助外力才能抵禦外敵，安茲不認為這個國家會有玩家。但也有可能是低等級的玩家，或者他們擁有玩家留下的道具。

（就像那個封魔水晶一樣。）

所以為了不被那種道具攻擊，安茲要做出公開來訪的證據，這樣對方應該就不會嘗試暗殺了。

況且，安茲還沒決定今後要派什麼樣的使節團來，但很可能會用不死者。為此，他希望矮人國國民能多少習慣一下。

「不過話說回來，掘土獸人們都已經兵臨城下了，大家也太缺乏緊張感了吧。」

安茲看到有矮人跟朋友勾肩搭背，紅著臉張著大口從酒館走出來，不禁向總司令問道。那些男的身上肯定飄散著酒味。

「掘土獸人們進犯一事，市民都還不知道。」

「這樣……對嗎？」

會不會太欠缺危機意識了？

總司令似乎看出了安茲的這種想法，回答：

「只是因為掘土獸人們的侵略速度太快，情報還沒傳遍國內罷了。雖然要看攝政會如何判斷，不過再過不到一小時，應該就會傳遍全國上下了。」

「是嗎……我有命令派出去的僕役奪回吊橋，不過奪回了吊橋，這座都市就暫且安全了嗎。今後我與你們國家進行貿易時，這點可不能等閒視之。」

「這就難說了，雖說這次攻打過來的兵力有多少也有影響，但更重要的是，我們不知道對方有多認真。奪回吊橋後，我們將加強防禦，調查敵軍使用了什麼樣的迂迴路線，並思考對策。」

安茲在心中滿意地微笑。

看來自己還有活躍表現——對這個國家施恩的機會。既然如此，對死亡騎士的指示就維持現狀，讓他們奪回吊橋就好。

安茲正心情愉快地走著時，突然一件事情令他大為震驚。

「——什麼？」

安茲的喊叫嚇得總司令肩膀一震。

「噫嗚！怎！怎麼了嗎，魔導王陛下！」

「沒……沒什麼，我自己的事，不用在意。」

他用鋼鐵般的語氣阻止對方繼續追問。

安茲之所以應對得如此反常，是因為他心裡慌張。

——應該身在費傲．侏拉近郊的，自己製造出來的兩隻死亡騎士消失了。

從這項令人驚愕的事實，只能想到一個答案。

那就是死亡騎士被打倒了。

（哦！）

對安茲來說，死亡騎士比他弱多了。但以這個世界的標準而言，就連國內屈指可數的武術高手，都會將死亡騎士視為難纏強敵。而對手竟能打倒兩隻死亡騎士，可見得一定是強者，而且兩隻幾乎是同時消失的。

是算準時機同時打倒的？
用範圍攻擊做為致命一擊？
還是一個強悍個體，不費吹灰之力就宰了他們？
不管哪個是正確答案，對方一定都是繼安茲在王都遇見的那個怪面具魔法吟唱者之後的第二個強者。
如果打倒死亡騎士的是單一個體，那麼考慮到幾乎同時打倒兩隻防禦型的死亡騎士，推測對方的等級可能超過四十五。
「——被我找到了嗎？」
總司令聽見安茲的自言自語，再度抬頭看他，但安茲不予理會。
未知強者的真實身分，首先有可能是玩家。如果是跟安茲一樣高等級的人來到這個世界的話，要打倒兩隻死亡騎士易如反掌。
（也許不是矮人，而是在掘土獸人當中有玩家的相關人物。那麼，那人與對夏提雅洗腦的人會有某種關聯嗎？）
安茲胸中熊熊燃起灼熱火焰。
至今熾熱悶燒的火種，彷彿投下了燃料般旺盛起來。但這種情緒立刻受到了壓抑。
（不，不可能。如果兩者有關聯，矮人都市早就淪陷了，比較可能是這個世界的一般強者。不過，也不能斷定絕無可能性，看來我得變更預定計畫了。）

安茲希望掘土獸人與矮人的戰爭能拖久一點。

因為掘土獸人這種明確的敵人，視狀況而定，也許能讓矮人選擇加入安茲的麾下。但繼續放著掘土獸人不管——給他們太多時間也許有危險。

假設掘土獸人是偶爾會出現強者的種族，這次雖然只是死亡騎士，但將來會變得多強無法確定。或許應該趁現在——趁還能應對的時候給他們套上項圈，或是加以殲滅。

（最好的辦法是支配掘土獸人，背後操縱他們成為威脅矮人的存在，但是……只要弄錯一個環節，可是會造成致命失誤的，或許就此罷手比較安全。）

「陛下，攝政府就在眼前了。」

往總司令指著的方向一看，一棟相當大——不只以矮人來說，對安茲來說也是——的建築物映入眼簾。

總司令向守衛入口的幾名士兵講了三言兩語後，對安茲等人沒有盤查就放行了。

士兵們看到身為不死者的安茲雖然雙眼瞪大，卻沒有進行盤查，必然是因為有總司令做擔保。

「那麼陛下，在下現在去向攝政會報告來龍去脈。非常抱歉，可以請您稍候片刻嗎？」

安茲當然不反對，況且安茲也希望總司令能去告訴其他人，他對這個國家做了多大貢獻。

「那麼我們要在哪裡等候？」

總司令瞄了一眼守衛入口的矮人，那名矮人就往前走出一步。

「我……我們有等候室，容小的為各位帶路。」

「是嗎，那就有勞了。」

身體與聲音有點發抖的矮人士兵領著一行人來到一間小而整潔的房間。不對，以矮人們的身高等等來說，房間或許並不算窄。拿亞烏菈或夏提雅做標準考量，房間已經夠大了。然而他們當中有任倍爾這個大塊頭，光是他待在房間裡，整個室內就給人擁擠的感覺。

士兵們也是看到了任倍爾而帶一行人過來的，可見這裡要不是這棟設施裡最大的房間，就是最高級的貴賓室。事實上室內的擺設品也的確精緻，栩栩如生。

安茲因為製作過不死化身，知道這種精巧的雕刻做起來有多麻煩。有時候側面看起來完美無缺，正面看起來卻成了四不像。

安茲拿起一件雕刻品——矮人騎乘蜥蜴的雕像。

（光看這個就知道矮人的技術有多先進了，嗯——這種技術我也想要呢……不知道不死化身能不能重做，不過如果我接受訓練，是不是能做得更好一點呢——那麼……）

安茲對感覺無處容身的任倍爾說道：

「任倍爾，你得再陪我一下。」

「啊，陛下，如果可以，希望您能把我留在這裡。說真格的，聽那些大人物講話實在令我頭痛。」

講話方式真怪，跟旅途中不太一樣。也許是因為來到了矮人國，想稍微改正一下講話方式嗎？

「……妾身若沒記錯，你不是統率一支部落的族長嗎？」

「夏提雅——大人，人都有擅長不擅長的事啊。再說如果給陛下惹麻煩了，那不是很不好意思？」

安茲能明白任倍爾的想法，但他搖搖頭。

「不，我要帶你去。要是有個萬一，分隔兩處的話我會保護不了你。雖然我不認為會有危險，但只有愚昧者才會掉以輕心。此地也許在敵人的手掌心裡，我要你們隨時記住這一點。」

「是！妾身會銘記在心！」

安茲不認為矮人會在這時候危害解救國家的恩人，但安全起見，還是該提醒大家注意。

（怎麼了，總覺得夏提雅回答得好有幹勁，她是怎麼了？）

「那……那麼陛下，我該怎麼做呢？」

「嗯，任倍爾只要老實聽從我們的指示即可。無論發生什麼狀況，你都千萬不可以試著應戰。」

任倍爾乖乖地表示了解，安茲對他點個頭。

「好，那麼亞烏菈、夏提雅。抱歉，幫我看看我的服裝有無不整好嗎？」

兩人檢查完安茲與自己的儀容時，矮人士兵正好來了，帶領一行人前往攝政會。

●

安茲在士兵帶領下，來到矮人們等候的房間。

安茲以全副裝備整理好儀容，抬頭挺胸地走著。他挺直背脊，大搖大擺，拿出符合王者風範的態度。他又順便稍微散發一點漆黑光芒與靈氣代替香水。做了這麼多，就不用擔心被對方輕視了。

接著他又在腰間佩一把華麗短杖以代替權杖。雖然短杖只注入了第一位階的魔法，不過反正安茲也沒打算發動魔法，所以應該沒有問題。

安茲上下打量自己，覺得好像有點偏離想友善行事的宗旨，但亞烏菈與夏提雅都讚不絕口。

只不過，這兩人總是把安茲看得有點太偉大，安茲其實不太信任她們的意見。
因此，他問了任倍爾的意見。
可能是被問到專門外的問題，讓任倍爾有點緊張，語無倫次，但還是告訴安茲「打扮成這樣絕對能受到敬重」，於是安茲相信他的意見，就這樣過來了。
然而見到安茲的所有矮人都大吃一驚，全身緊繃，讓他有點不安；但以見到君王的反應來說，或許算是正確。
「魔導王陛下駕到！」
門扉後方傳來矮人前導的聲音。
門打開了，安茲走進房間。
有如會議室的房間裡，共有八名矮人。
安茲有先聽總司令說過他們的外貌特徵、職位與名字。
首先是大地神殿長，雖稱為神殿，但不只是信仰系魔法吟唱者，也管理魔力系魔法吟唱者等所有魔法事務。
鍛冶工房長，管理以鍛冶為主的生產相關事務。
帶自己來到這裡的總司令，負責管理軍警事務。他笑著說自己過去指揮過眾多矮人兵，但現在只剩不到一百人，沒頭銜那麼偉大了。

糧食產業長，負責管理糧食等鍛冶之外的所有物資。

事務總長，管理都市內不屬於其他各長官職務範圍的一切內務。

酒廠長，看到為了釀酒專設一職就知道矮人有多嗜酒。

洞窟礦山長，主要進行礦山開挖工程，在這都市當中特別有權力。

商人會議長，過去矮人國另有一集會名為商人會議，但如今由於商人數量減少，交易不盛行，因此這個職位變得有名無實，負責外務工作。

就是這以上八人。

安茲慢慢環顧所有人，與瞪大眼睛的七人，以及表情有些疲倦的矮人——總司令視線交錯。

安茲強裝冷靜，內心卻完全陷入混亂。

（喂！有幾個人我根本分辨不出來喔！他是說鬍子比較短，但我看長度都差不多吧！他騙我嗎，不，應該他看起來覺得就是如此吧。怎麼辦？）

在任倍爾的記憶中，也是好幾張一樣的臉排在一起，那時安茲以為是蜥蜴人看矮人都長得一樣，或是任倍爾自己沒有好好分辨每個人的長相；但他錯了。

（任倍爾，我錯了，不該懷疑你。你那時的確讓我看見了真相。）

安茲不知道是第幾次對這個世界沒有名片文化感到遺憾了，今天他又懷著相同的感受，並對丹田灌注力道。

接下來最近常做的簡報即將開始，尤其這次身後還有兩名守護者，以及屬下的屬下，絕不能在這裡出醜。

（……也許我不應該帶他們三個來。）

現在後悔也來不及了，覆水難收。

然而——安茲雖已做好心理準備，等了半天卻沒人開口。來到這裡已經過了一分鐘，沒半個人開始談事情。

（這是怎麼回事，如果是在公司開會，應該會先把同事介紹給外人認識才對吧？以這個場合來說，不是該由總司令居中介紹嗎……我不太想先開口耶……我不熟宮廷禮儀，就怕出錯。）

在宮廷禮儀當中，君王似乎不能直接跟平民說話，要做出許可才能直接交談，換言之君王就是如此不可冒犯的存在。那麼以這個場合來說，安茲先開口，會不會造成被對方輕視的主因？

感覺像是肯定，又像是否定。

（說是這樣說，但考慮到這個國家的狀況，以及我做過的事，我是覺得沒有人會瞧不起我。如果有，或許我反而不該跟那種笨蛋做交易。）

安茲心意已決，決定自己主動進攻。

「我就是魔導國國君，安茲．烏爾．恭魔導王。」

好像電源開啟了似的，矮人們這才動了起來。

「歡……歡迎您大駕光臨，魔導國國君，安茲．烏爾．恭陛下。首先，可以請您在那裡就座嗎，陛下的各位隨行者請在那邊的座位就座。」

安茲點個頭，用練習多次，符合君王身分的威風態度，在一般被稱為壽星席的座位坐下。夏提雅、亞烏菈與任倍爾則坐在安茲後面。

「那麼容我為陛下介紹各個成員，首先我是我國的……」

然後矮人們依序報上名號。

看來這樣開口的方式是對的，但安茲無法壓抑煩躁感。

八個人一次報上名號，安茲腦中的筆記本都寫不下了。雖然他事前已經聽說過，但要把頭銜、名字與外貌連結在一起，實在有點難。

名字還不算難記，但再加上職稱等等就有點不安了。他會搞混到底是洞窟礦山長，還是礦山洞窟長。

即使如此，安茲還是勉強都記住了。要不是來到這裡的路上先聽總司令講過，他鐵定記不住。

「我想代表我國致上謝意，若不是陛下出手相助，我國恐怕早已毀滅了。」

洞窟礦山長如此發言，在場所有矮人也跟著低頭致謝。

他們攝政會據說是成員輪流當議長，這次的議長大概就是洞窟礦山長吧。

「無須介意，有困難時大家互相幫助。」

「陛下真是心胸寬大，如果陛下遇到困難，我們也會盡全力相助的。話雖如此，陛下只用兩名士兵就解救了我國的滅亡危機，恐怕沒什麼是我們能幫助陛下的吧。」

「沒那種事，我國軍事力量優秀，但其他方面就有點不可靠了。如果這方面能借助各位的力量，那就感激不盡了。」

「原來如此，只要我們能幫上陛下──幫上魔導國的忙，我們都很樂意。不過目前，我想先請教陛下來到我國有何貴事。我們已經聽總司令說過了，但是否能請陛下再親口告訴我們一遍呢？」

洞窟礦山長的眼睛稍為瞇細起來。

讓人感受到他「我要看穿你的謊言」的堅定決心。

（感覺不到什麼好意呢……不，國力差這麼多，誰都會抱有戒心的。）

換做是安茲，如果以前ＹＧＧＤＲＡＳＩＬ公會排行榜第一名的熾天使把世界級道具拱手讓給自己，還說想進行交涉的話，他也會懷疑其中有詐。

所以矮人的這種反應並不會惹惱安茲。

「首先我想與貴國友好地建立國交，然後希望能開放貿易。」

「——原來是這樣啊。」

「我聽貴國的人說過，你們的三餐似乎是以菇類或肉類為主，聽說你們在山麓開墾田地，栽培新鮮蔬菜，但蔬菜的產量與種類都有限。我國能夠提供新鮮蔬菜等糧食，再說——你們對人類國度或魔導國的酒有沒有興趣？」

酒這個字讓矮人們眼睛一亮，真是直率的反應。

「聽說貴國與東方的人類國度有進行交易，但規模不大。」

「正是如此，頂多只是二十名矮人能搬運的量。因此，我們目前正在開發能無限收納等等的魔法道具。」

商人會議長如此回答。

「原來如此，聽說你們之所以沒讓更多矮人組成商隊外出，是因為山路險阻，這是真的嗎？」

「是真的。」

另一個矮人出聲說道。

「因為我們得在相當險峻的山路上前進，所以不能抱太大的行李。再說一大群人移動容易吸引魔物注意，很多魔物即使人多也不怕，照樣襲擊人的。尤其是如果被魔物從空中襲擊，那可就難對付了。」

的確，以一般方式來到這裡非常耗費勞力。就是因為得到的好處不夠多，帝國與矮人之間的交易才會有限。但可以說正因為如此，對魔導國而言才會是有益的交易對象。

很遺憾，魔導國跟其他國家一比較，占優勢的特產品目前就只有不死者。但是在矮人國裡，一般糧食都能變成暢銷商品。

（這交易對象真是太棒了。）

安茲一邊在心中滿意地笑，一邊問道：

「正因為如此，我建議貴國與我──與魔導國建立國交，進口糧食。」

「……還沒聽陛下提到魔導國的確切地點，只靠我們能從那裡把貨物搬回來嗎？」

「以目前來說，光靠貴國的人民運貨還太危險。一開始我想由我國主導，將來再建立良好的交易路線，讓貴國人民能安全搬運貨物，屆時我保證連運貨馬車都能往來兩地。只不過，當然不是馬匹等脆弱的生物，而是更好的動力來源。」

「莫非是……不死者嗎？」

一名矮人一臉反感地問道。

安茲記得他應該是鍛冶工房長。

「正是，不死者的運貨馬車有自衛能力，又永遠不會疲勞，將能成為非常優秀的交通工具。事實上，在我們魔導國已開始實際運用，國民的反應也非常好。運用不死者的好處還不只這些……」

安茲正講得起勁時，鍛冶工房長插嘴道：

「──聽說不死者會襲擊活人不是？」

安茲在心中因為不滿而噘起了嘴，但仍充滿自信地回答：

「誠然，一般人對不死者是有這種觀點。事實上也沒錯，不死者會憎恨並襲擊活人。但是！」安茲以強烈語氣斷言：「身為絕對君主的我所支配，在魔導國役使的不死者沒有任何問題，你們放一百二十個心吧。」

鍛冶工房長撇著嘴，好像不太相信安茲說的話。

他是家人被不死者殺害還是怎樣，有什麼不好的回憶嗎？安茲一邊這樣想，一邊打出殺手鐗：

「還有──我國能夠提供勞動力。」

「勞動力？」

「在旅途的路上，我從掘土獸人手中救了一名矮人──」其實安茲並不是從掘土獸人手中救了貢多，但也不算完全說錯，就先賣個人情。「──並聽他說過貴國礦山的勞動情形。

關於矮人礦工的工作，可以交給不死者來做。」

「什麼，這是有可能的嗎？」

洞窟礦山長睜大眼睛，急著追問。

「當然可能，這種做法我已經在人類國度實驗過，相當成功。向我借用不死者的礦山主人甚至還請求我派更多不死者過去呢。」

這事是安茲因為擔心而發出「訊息」時雅兒貝德說的，他沒有撒謊。

「人類國度在做這樣的嘗試啊。」

洞窟礦山長佩服地呻吟。

「你們似乎對不死者的特性有所了解……」

「唔，嗯，一般常識還算清楚。」

安茲向回話的大地神殿長問道：

「那麼不死者是多麼優秀的勞動力，就不用我贅言了吧？」

矮人們面面相覷，異口同聲地說：

「我們能明白魔導王陛下所說的，如果您能安全地支配不死者的話……」

「能把用來挖礦山的人力用在其他地方，實在是很吸引人的提案。」

「可是……」

「可是」之後要接的，八成是「不死者真的能信嗎？」。況且改變至今的做法，當然會有抵抗感了。

這只是稍微宣傳一下企業商品，並不是在認真推銷。不，如果矮人願意接受不死者勞工，安茲當然樂得高興。

「好吧，我不過是提一下能夠提供這樣的勞動力罷了，你們對不死者的不安……」

「──魔導王陛下，在那之前在下想先提一個關於不死者的問題，我們是否可以購買不死者做為防衛戰力？」

總司令這番話讓矮人之間起了陣騷動。

「總司令，倚靠外國兵力維護國家和平太危險了！」

「這我知道，可是，魔導王陛下的不死者十分強悍。只要有那個在，就算掘土獸人再次攻打過來，我們也能對抗得了，買來做為最終防衛戰力的好處很大。況且我們必須優先考量的是國民的安全。既然要塞已經淪陷，我們需要其他的──更強的力量。」

「就算是這樣，你不覺得被其他國家扣住脖子比較危險嗎？」

「我說現在不是說這個的狀況了！」

鍛冶工房長與總司令針鋒相對。

「……適可而止吧，這事我們之後再談就好，不該在來自他國的陛下面前講這些。讓您見笑了，陛下。希望陛下當成您的提案太過吸引人，才會起這個衝突，笑著聽聽就算了——那麼，魔導王陛下想要我國的什麼呢，我想我們沒什麼能給您的。」

「沒那種事，首先我想要礦石，我國礦藏不豐。」

「——原來如此。」商人會議長咧嘴一笑：「所以您才會先提到不死者勞工的事嗎。能大量開採，就表示有剩餘量。換言之您認為礦石價格會降低，對吧？」

安茲沒想到那麼多，但點點頭。

「正是如此，被你看穿了呢。」

矮人們異口同聲地說「原來如此」。

「還有，我也想要得到你們工房製作的武具，記得曾經聽說過，矮人製作的武具十分精良。」

這件事安茲得到過很多人的肯定，不會錯。

只是，加工過的武器防具比較昂貴，而且如果都從矮人國進口武具，魔導國國內的武具鍛冶師就要減少了。假使兩國的技術力有明顯落差，那麼應該磨練本國的技術，安茲可不想笨到大量進口精緻武具。

不過，若是沒了生意競爭對手，魔導國內的鍛冶師也不會磨練技術，從矮人國購買的武具應該能刺激他們的上進心。

當然應對方法很多，例如徵收關稅等等，但想到不只要讓矮人國購買魔導國的商品，也得讓矮人國賺點錢，就覺得麻煩事真多。

坦白講，這可以算是雅兒貝德與迪米烏哥斯該處理的事務了。不過，安茲也有想過一些辦法。

那就是只賣給新成立的冒險者工會，或是將武具借給冒險者。

這對低階冒險者而言想必很有魅力，如果這樣能提昇活命機率，對魔導國也有實質利益。然後等武具舊了再便宜賣出，又能再度提昇冒險者的生存率。

「魔導王陛下為我們做的這些，真不知道該如何道謝，但這問題很難立刻回答，尤其是武具一事。我們希望能私下討論一番，能否請陛下給我們一點時間？」

「當然，你們就談到有結論再說吧，我也不急。我的屬下裝備的都是一等一的武具，我只是想要提供給人民使用的武具。」

安茲想著下一個步驟。

接下來是重頭戲，是時候達成來到這座都市的目的了。

「那麼可以讓我談談掘土獸人們的事嗎？」

現場頓時充滿令人發麻的緊張感。

「掘土獸人們的侵略，我已經用自己的力量擅自解決了。你說是吧，總司令。」

「正是。」

「如果我沒來，事情會變成怎麼樣？」

「如果陛下沒有蒞臨，由於我們是以一扇門擋住敵軍，一旦大門被打破，就得動員市民展開都市決戰了。我們應該會以這種方式爭取時間，趁機找出避難地點，讓小孩等等逃走。」

矮人們一臉陰沉。

或許也因為總司令先過來談過了，不過沒人提出異議或反駁，彷彿說明了在場所有人的優秀能幹。

因為這裡沒有滿口崇高理想的人，沒有自私自利的人，也沒有只會感情用事的人。當與會者中有這種人，而且位高權重時，有時會把時間浪費在不必要的事情上，談不出個結果，讓會議就這樣不了了之。而他們沒有這樣，值得稱讚。

「那麼讓我更進一步地問吧，如果進行決戰，結果會是如何？」

「敵軍的總兵力不明，因此在下無法正確回答，但如果——假設掘土獸人有一千隻，那麼戰況將會相當危急。我們難以擊退敵軍，就算辦到了，人力與物力的損失也會使得國力大幅下滑。」

總司令談到情況為何會演變至此。

這都是因為大裂縫的要塞太堅固了，以往只要有那個就足以對付敵人，這種歷史經驗造成了自滿。關於這點，安茲也心有戚戚焉。

一失足成千古恨，夏提雅那件事已經讓他領教過了。

「如果只有一張底牌，在這張底牌被敵人擊破時，我們就完了。所以在下認為應該再多擁有一張底牌，為此不惜借助陛下的力量。」

對於矮人似乎有話想說的態度，安茲舉起手制止對方。雖然講到一半被總司令打斷了，但安茲的話還沒說完。

「我暫時擊退了掘土獸人們，但費傲．侏拉還沒完全獲得和平，我是這麼認為的。」

矮人們一臉陰沉。

重新確認所有人都有所共識後，安茲乘勝追擊：

「一旦我離開，你們恐怕很難抵擋掘土獸人們的下一波侵略吧，我也不希望想建立貿易關係的國家毀滅。如何，要不要使用我的力量，憑我國的國力，至少能讓貴國暫時不受侵犯……對，比方說奪回他們做為巢穴的舊矮人王都。」

現場氣氛一陣動搖。

這是之前所沒有的反應。

洞窟礦山長舔舔嘴唇。

「陛下，您是說您辦得到？」

「我會盡全力進行。」

鍛冶工房長雙臂抱胸，臭著臉瞪了安茲一眼。

「……天底下哪有這麼好的事，你幹麼要這樣幫我們，你這樣做想得到什麼？」

「喂，你太放肆了。」

聽矮人同伴這樣說，鍛冶工房長嗤之以鼻。

「一個陌生人莫名其妙給你好酒，你都不會有所懷疑嗎？」

「唔！」

「會有這種疑問是理所當然的，那我就開誠布公地說吧。理由之一是比起掘土獸人，我比較想與貴國建立國交。我認為貴國比較懂得什麼叫常識與交易，應該也比較會感謝我吧。最重要的是：一邊是得勝之兵，一邊是敗將殘兵，你認為我幫助哪一邊，獲得的感謝比較大？」

「哼，這還比較說得過去。」

「而第二個理由，是我希望你們不只是口頭感謝，還能支付謝禮。」

「原來如此，就是要報酬吧。陛下是要黃金等貴金屬，還是稀有礦石一類，或者您要的是開採權之類？」

安茲很想說「超想要」，但硬是忍住了。

「不，我想要的不是這些。我想招聘這個國家的盧恩工匠到我國來。」

矮人們全都睜大了眼睛。

「你說什麼，我又聽不懂了喔！」

其中鍛冶工房長的臉比其他人都皺。

「……魔導國的鄰近諸國很少看到以盧恩製作的魔法武具，認為是極其珍貴的物品，也就是具有高度的附加價值。所以我才想招聘盧恩工匠，在我國生產刻有盧恩的武具。」

「你想把他們帶去當奴隸？」

安茲故意嘆了口氣，讓鍛冶工房長看到。

「我不會那樣做的，你有在聽我說話嗎，我不是說了要建立國交，進行貿易嗎。我怎麼會把友邦的國民當成奴隸……坦白講，我有點失望喔。我只是想招聘盧恩工匠，請他們在我國製作刻有盧恩的道具罷了。」

「如果是這樣的話，我們第一優先將刻了盧恩的道具賣給陛下如何？」

「……不行，這樣的利益太少了。你們如果想借用我的力量，我就要求盧恩工匠在魔導國工作，由我國獨占經營。以上就是我國為貴國奪回舊王都所要求的代價，那麼你們何時能答覆我？」

矮人們互相對望。

「這樣吧，請陛下等到明——」

「那不行。」總司令插嘴了：「你忘了這座都市正被掘土獸人攻打，如果要請陛下打倒掘土獸人，陛下也得招集軍隊。這樣想來不能等到明天，應該現在就做出結論。」

安茲環顧矮人們。

「這方面我不好插嘴，不過就我的立場，如果你們等到狀況無可挽回才要我實行剛才的約定，那我也愛莫能助。狀況大幅惡化時，我必須追加更多條件。急件收取的報酬更高，是理所當然的。」

「嗯，總司令說得確實沒錯，陛下所言也合情合理。那麼陛下，非常抱歉，可以請您移駕剛才的等候室稍候片刻嗎。我們會盡早做出結論。」

「我沒有異議，那我就去那裡等著吧。」

安茲站起來，帶著部下們離開房間。

●

魔導王離開房間後，室內仍然受到沉默所支配。不久某人深深呼出一口氣，令人喘不過氣的緊張感才弛緩下來。

「那……那是什麼東西啊！」

「好可怕的怪物啊！總司令，你還說什麼**恐怖的怪物**，根本應該是**恐怖至極的怪物**才對吧！」

「老子還以為要尿褲子了咧！」

矮人們齊聲叫了起來，強忍到最後底線的情緒，一口氣崩潰了。

「怎麼辦！那傢伙絕對是壞蛋，那番話裡只要有一句真話都能把老子嚇死。」

「放出那麼強烈的邪惡靈氣，怎麼可能是善類——不可能是好人啦，誰知道他至今殺害了多少生命。」

「嗯，看他那張令人作嘔的臉，鐵定會若無其事地說不記得自己殺過多少人。」

「他絕對是在收集侵略戰爭用的軍備，要組成黑暗大軍啊。」

「而且最討厭的是講話有條有理，讓人不能不贊同。與人簽署契約奪走靈魂的惡魔一定就像他那樣。」

關於魔導王的提議，大家一致強烈拒絕，大多數人都認為不能相信不死者的說詞。

「可是，魔導王陛下的提議對我國而言極富魅力。首先我們如果不設法解決掘土獸人，國家就要滅亡了。而現在能解救我們的只有魔導王陛下。」

唯一只有總司令持不同意見。
他的發言讓矮人們一臉有苦難言的樣子。
「讓老子重新確認一下，光靠我們的力量，真的無法解決掘土獸人？」
「絕無可能，有了魔導王陛下的幫助，我們或許奪回了要塞，但要做的事太多，將會疲於奔命。照這樣下去，要塞遲早會再被奪走。要不是魔導王陛下來到此地，搞不好現在掘土獸人們已經闖進都市了。」
「而且如果魔導王陛下所言屬實，南方的費傲．萊佐好像也有掘土獸人出沒哪。」
矮人們抱頭苦思。
「……能不能先借用魔導國的兵力，之後再食言不守約定？」
「要是那樣做，可是會觸怒那個怪物的。應該說換成老子也會發火，覺得對方只在有需要時利用老子。」
「可是，時機也太巧了，會不會是魔導王在背後牽線？」
「可能性很大吧，但沒有證據，只是胡亂猜測罷了。」
「現在必須知道的一點，是魔導王選了我們，而不是掘土獸人。惹惱對方可能變成自尋死路，打探對方的底細也很危險。」
「……魔導王會喝酒嗎？」

「看他那樣應該不能喝吧……老子還是信不過不會喝酒的人。」

「只是……」之前一直保持沉默的商人會議長開口說道：「魔導王所說的內容全都令人信服，條理分明。立場對調過來，老子也會選擇跟矮人交易，而不是掘土獸人。」

「嗯，考慮到魔導王可獲得的利益，的確如此。但他為什麼不試著毀滅我國？」

假若魔導王率領著能輕易掃蕩掘土獸人軍的軍隊，把矮人們連同掘土獸人一起殺光，豈不是能獲得更大的利益？

「照他的說法，他擁有的不死者工人都多到能借人了，如果把礦山獨占了，利益不是比較大？」

「讓我們當奴隸幹活也沒意義……再來頂多就是我們對這山脈的知識？」

「原來如此，這個可能性很大。自己探索礦山太麻煩了，所以讓我們來挖礦。所以才要給我們戴上漂亮的項圈，想讓我們高興？」

「……聽了魔導王的說法，給老子的感覺，似乎是希望我國只跟他的國家做交易。也就是說他會不會是想做不公平的交易，以牟取暴利？」

「這樣的話，魔導王對我們做出那麼親切的提議，也就說得通了。如果真是如此，老子覺得其實可以接受魔導王的提議吧！」

「為什麼？」

「因為可以和平共存啊，只要魔導王還想要礦石，我們就能受到魔導王的保護。你們可以把魔導王想成食量大、酒量大的傭兵。」

就在原本認為「與魔導王做生意太危險」的意見，慢慢轉變成「只要我方還有價值就可保安全」之時，一名矮人冷言冷語地說：

「……你們要成為那種不死者的手下嗎？」

自始至終保持否定意見的矮人——鍛冶工房長受到大家的注目。

「不是喜不喜歡的問題吧，我國現在可是處在危急存亡之秋啊。至少得設法解決掉掘土獸人，否則國家要滅亡了。」

「……而光靠我們的力量，對付不了那些掘土獸人。」

「既然如此，借用帝國的力量如何，我國從以前就跟那國家有往來，還比較安全一點吧，我們對魔導國一無所知不是？」

「即使請求帝國協助，老子還是不覺得能打贏掘土獸人。他們是很難用武器對付的對手，更何況人類沒有夜視能力，不適合在地底戰鬥。如果能把敵軍引到地表作戰還另當別論，但我們哪有辦法能引誘他們出洞啊。」

「這樣看來，除了魔導國之外別無選擇了。就先請魔導王提供協助，等看過了魔導國的情況再決定做不做交易，如何？」

「這或許是最安全的做法，但我們是請魔導王幫忙擊退掘土獸人，受了人家的恩情才要建立國交，進行貿易吧？那如果不開放貿易，就得支付合理的報酬不是……老子實在不願去想解救國難的代價會是多少錢。」

矮人們一臉陰沉。

「看來為了救國，還是只能接受對方的提議了。只能在將來以長達幾十年的時間，慢慢讓我國不用依靠魔導王的力量吧。」

好幾人表示同意，只有洞窟礦山長喃喃自語：「要是採用了不死者礦工，幾十年後只會更依賴他們吧。」但沒人表示關心，因為有一句更重大的發言，衝擊了所有人的耳朵。

那人把桌子一拍，發出好大一聲。

「你們忘了一件重要的事，老子堅決反對，怎麼能讓同族去當奴隸！」

「奴隸？」

「老子是說盧恩工匠！」

「魔導王不是很肯定地說不是奴隸嗎？」

「你是認真的嗎，你能相信那傢伙說的話？」

「唔……」遭到反問的矮人低下頭去。

「你看吧，你根本不敢斷定。」

就算魔導王說的是真話，他們都知道不死者本來都是憎恨活人的，總是很難相信對方所言。

「會不會是人質？」

「不可能吧，又不是一定要盧恩工匠才能當人質。要人質的話，應該會指定我們的家人才對。」

「那就回絕盧恩工匠一事，跟魔導王進行交涉，請他改拿其他報酬如何？」

「……我們有什麼寶物能改變魔導王的心意嗎？」

「沒有呢……如果能奪回王都，而寶物庫沒事的話，還能把裡面的東西送給他……」

「不，那樣對方不會接受的。奪回王都也要借助魔導王的力量不是，我們如果之後才不知分寸地說，你奪回的都市裡有寶物庫，裡面的道具就拿去當報酬吧……換成是你，你會覺得這場交易划算嗎？」

「……老實說，老子覺得可以全盤接受魔導王的提議。」

鍛冶工房長眼神凶惡地瞪著商人會議長。

「——送他們去當奴隸！」

「那是你自己這麼認為吧！魔導王說了不會讓他們變成奴隸，將來我們再派人去查訪，看看魔導王說的是不是真話就行了。況且最重要的是……老子這樣說是很過分，但……盧恩是過去的技術了。想到這種技術不久就要失傳，老子認為讓給人家也不會怎樣。以代價來說，這不是最便宜的嗎？」

「我國可是會完全失去一項技術喔！」

「但老子想，現在應該是最好的賣出時機喔？」

「老子反對！」

鍛冶工房長口沫橫飛地怒吼。

「你真的不是感情用事，而是以理性判斷的嗎，老子不認為喔？」

「老子倒覺得莫名其妙，你們怎麼能這麼信任魔導王！」

這時總司令語氣冰冷地開口。與掘土獸人軍直接交戰過的他最明白都市目前處於何種狀況。所以他雖然覺得現在不是吵這個的時候，但還是容忍到現在，只是實在忍無可忍了。

「與其說相信，不如說除非借助魔導王陛下的力量，否則這座都市就要毀滅了。我覺得您的行動是在推開唯一的活命機會。」

「你說什麼，毛頭小子！」

「在這座都市，軍事負責人是我！而我已經說了，為了捍衛這座都市，除了借助魔導王陛下的力量別無他法！你想毀了這座都市嗎！那你講個不用求人就能擊退掘土獸人的點子啊！少在那倚老賣老！」

「你這傢伙！從剛才就對那怪物陛下東陛下西的，莫非是叛國了嗎！」

鍛冶工房長站了起來，抓住總司令的前襟。

「你說什麼，這個老屁股！想打是嗎！對那樣強大的存在以敬稱相稱有什麼不對！你們才令我無法置信！對方可是能輕易毀滅我國啊！你說我叛國，我倒覺得你們才在踐踏人民的安全！」

總司令也抓住對方的前襟，額頭碰額頭。

「好了啦！你們激烈爭辯可以，但不要打架！」

其他矮人急忙站起來，把兩人拉開。

然而兩人僵持不下，一副隨時可能再打起來的氛圍。

「總之先表決吧，如果不能接受表決結果，就再稍微討論一下，總比打得頭破血流有建設性。」

「那麼要表決什麼？」

「首先，假設要借助魔導王的力量，那麼該不該讓盧恩工匠去魔導國。好，贊成的人請舉手。」

除了鍛冶工房長之外，其他人都舉手了。

「嗯，那麼下一項議題：是否該與魔導國建立國交，開始貿易。贊成的人請舉手。」

這次的結果也跟剛才一樣。

「原來如此，那麼關於魔導王——陛下的議題就此結束。抱歉，可以請你去叫陛下過來嗎，總司令？」

2

安茲一行人再度被叫到攝政會的會議場，走進房間，只見一名矮人神色怏怏不樂，其他矮人的表情則充滿善意。總司令的臉上也浮現安心之色。

看來自己的要求是通過了，安茲心中竊笑。

「抱歉屢次把您請來，魔導王陛下。我們討論之後，決定照陛下的意見進行。首先我們想接受陛下的溫情，請您派兵駐屯此地。接著我們會建立國交，與陛下的國家開始進行貿易。不過，關於貿易商品的選定與交易方式等細節，我想可能必須另外協商。」

「這是當然，總之目前就借兵給你們，以盡快奪回要塞，抑止掘土獸人們的再次侵略吧。至於國交等各方面的事宜，我方日後也會叫負責人過來，屆時再行商榷。」

安茲在心中呼出一口氣。

他沒有這方面的知識，應該交給雅兒貝德處理比較好。幸好對方沒叫他當場決定，真讓他鬆了口氣。

「接著關於陛下要求我們派遣盧恩工匠前往魔導國，做為奪回王都的代價，這點我們也接受。不過，為了得知同胞受到什麼樣的對待，將來我們想派遣調查團前往魔導國，確認他們的待遇等等，這點可以請陛下准許嗎？」

「當然了，我答應魔導國會接受調查團入國。」

矮人顯而易見地放下心來。

意思大概是想視察工廠吧。不對，還是說想確認有無遵守勞動規定？

（勞動規定一般都沒人在遵守的，但我已經發過誓，不會讓更多人變得像黑洛黑洛桑一樣。我答應你們，我會建立令來訪的矮人敬佩不已的法規，讓盧恩工匠包括技術開發在內，能夠參與各式各樣的事務。）

安茲對關懷同胞的矮人們點了個頭。

（哎呀，不過話說回來，真是太感謝掘土獸人了。多虧他們攻陷了要塞，才會有現在這個狀況。如果他們沒挑在這時候侵略矮人都市，事情就不會進展得這麼順利，招攬矮人工匠也一定會花上更多時間或費用。我開始覺得把掘土獸人趕盡殺絕有點可憐了……）

所謂知恩圖報。

「那麼陛下的王都奪回戰，打算何時開始進行呢？」

「嗯……我打算盡快採取行動。」

雖然打倒死亡騎士的掘土獸人不太可能是玩家，但也難說完全沒有關係，得盡早進行確認才行。

「萬萬拜託了，費傲・伯卡納若能回到我們矮人的手上，那真是有如作夢一樣。對於陛下的力量，民眾一定也會歡欣鼓舞。這麼一來稍微強人所難的要求，他們也會聽的。」

（也就是說我如果沒能奪回王都，就別想建立國交了？我不覺得我的提議有很強人所難，但或許只是我自己這麼認為吧。）

「明白了，那就馬上開始準備吧。」安茲點點頭，忽然想起一件事。「對了，有件事想拜託你們，可以嗎？」

「什……什麼事呢，陛下？」

矮人戰戰兢兢地問道，那種畏怯的態度讓安茲很困惑。自己在應對上應該沒有做過任何讓對方害怕的事，難道是做錯了什麼嗎？安茲雖感到不安，但還是說出了請求：

「我想送一名蜥蜴人一份禮物，希望能運用矮人優秀的武具製作能力，為他打造一件合適的鎧甲。」

安茲身後傳來倒抽一口氣的聲音。

「沒錯，任倍爾。」安茲回頭，對倒抽一口氣的蜥蜴人說道：「我想送薩留斯禮物，就當作是慶祝小孩出生。」

安茲之所以提出這件事，不用說，當然是為了保護薩留斯的性命。他今後必須成為一群稀有蜥蜴人的父親才行，送他精緻的防具合情合理。

矮人們的視線集中在鍛冶工房長身上。

他雙臂抱胸，撇著嘴凝視著安茲，看來不怎麼友善。

「如何，你願意為我做嗎？」

安茲重問一遍，鍛冶工房長被身旁的人催促，雖然一臉不滿，但還是點了個頭。

「尺寸呢，費用老子這邊吞無所謂。」

「我想只要是魔法鎧甲，尺寸應該會自動變得適合使用者才是，你們這裡也能進行魔化嗎？」

「老子對魔法沒自信，那是大地神殿在管的吧。」

「低階魔化的話沒有問題，但陛下能接受嗎。在您自己的領土裡，應該能進行更強的魔化吧？」

老實說，魔導國沒有很好的魔化技工。魔化技工指的是身懷特殊技術的魔法吟唱者，他們本來隸屬於魔法師工會。然而目前魔導國的魔法師工會形同解散。

除此之外，納薩力克的魔化用的是ＹＧＧＤＲＡＳＩＬ的電腦數據水晶，但在這個世界無法獲得水晶，安茲想盡量省著用。目前隸屬於納薩力克的人員當中，沒有人會使用這個世界的魔化技術。

換言之，魔導國目前幾乎無法進行魔化。不過，安茲也沒必要老實跟對方講這些。

「有需要的話，我會再重複進行強化。總之，我想要一件這座都市打造的鎧甲，而且還能替矮人製防具做宣傳。」

「哦。」鍛冶工房長稍稍瞇細了眼。「大概一星期就能完成了。」

「是嗎，那真是太感謝了。那麼我會在那之前將王都搶回來的。好吧，也許我會更早結束，在這都市裡悠悠哉哉地等著。」

「哼，那老子就做得比你更快。」

他的意思並不是「不好意思讓你等，所以我會優先做好」，應該是「我不希望你在這都市久留，所以要趕快做給你」吧。

（他為什麼這麼討厭我，我對這個國家來說算英雄吧。而且還要幫他們奪回舊王都，可以說是解放者耶，應該沒做任何惹人厭的事……是那個嗎，單純只因為他頑固嗎？）

「費用方面——」

「剛才老子已經說過，不用了。」

「製作費用就照你的意思，但我現在說的費用是——這次委託也具有商品樣本的意義，希望你給我一個價格，讓我知道多少金額可以做多好的東西。」

「……定價不在老子的工作範圍內。喂，商人會議長，價格就交給你定了。」

「……那首先要看使用何種金屬，價格也會不同……」

「喔，的確。」安茲注意不把心思表現在態度上，問道：「……這座都市最高級的金屬是什麼？」

一旦對方說出七色礦的名稱，搞不好迄今的交涉全部都要作廢，必須用武力征服矮人們才行。

然而這是杞人憂天了。

對方所說出的金屬是精鋼。

「精鋼啊，沒有什麼更硬的金屬了嗎。不，就算硬度稍差一點也沒關係，這座山脈才能採到的珍奇金屬也行。」

對於這個問題，對方的回答是不知道。

也有可能這是最機密情報，他不願意老實告訴安茲。但是開門見山地問，對方想必也不會回答。至於迷惑之類的精神控制魔法，由於遭到控制時的記憶會留下來，因此除非之後殺了對象，否則這種手段是不能用的。很遺憾，目前是得不到更多情報了。而且貢多也說不知道，看來只能對更年長的盧恩工匠寄予期待了。

安茲藏起失望感，拿起為此收在長袍裡的鑄塊。

「那麼金屬先由我提供吧，加工費之類的告訴我就好。」

安茲拿出來的是四十五級金屬，雖然不是很強，但遠比精鋼什麼的硬多了。

只要用這個製作鎧甲，薩留斯的防禦力就會一口氣上昇，碰上這世界大多數的對手都能保護自己。

「這是？」

鍛冶工房長拿起放在桌上的鑄塊，看他一臉納悶的樣子，安茲心想：看來這附近真的採不到這種礦石。

「沒……」安茲本來要說「沒什麼大不了的」，但支吾起來。這是要用來做薩留斯鎧甲的原料，在負責製作的工匠面前不該說這種話。「這是還不錯的金屬，我應該也有用同一種金屬打造的武器，恕我失禮。」

安茲起身走出房間，打開道具欄。

他找來找去，最後拿出形狀特殊的——YGGDRASIL常有的那種，彷彿毫不考慮使用性的造型武器——短劍，然後回到房間。

看到安茲拿著短劍的模樣，矮人們都幾乎要站起來了；安茲把短劍放在桌上，往前一推。

幸運的是，短劍正好停在鍛冶工房長面前。

鍛冶工房長並沒把滑過來的劍拿起來，只是用可怕的神情凝視著它，不知道是否有什麼疑問。

「這就是我說的武器。這是短劍，而我希望你打造的是鎧甲，所以不知能否成為參考……如何，能請你幫忙製作嗎？」

聽到這句話不知為何，鍛冶工房長臉紅了。

「老子一定做出來！」

聽到這句表現出鍛冶工房長充分幹勁的話語，安茲點點頭。

「嗯，拜託了。總之請你做一件鍊甲衫（Chain Shirt），短劍先借你，有需要時就用吧。任倍爾，你應該比較了解薩留斯。如果工房長對他的體格之類有任何疑問，就麻煩你告訴人家。」

「了解啦，陛下。」

「那麼……我想與你們商量的事到此為止。如果你們沒什麼事，我要告辭了。」

「陛下打算移駕何處？」

「喔，總司令。我不是在南方都市救了一名矮人嗎。他找我去他家，我打算今天就到他家叨擾……歡迎典禮之類的，就當作日後的期待吧。」

其實安茲怕出洋相，很想說不用辦了，但不好說出口。

總司令表情有點困擾。

「陛下的想法十分正確，然而解救了我國的英雄竟然得自行準備住宿地點，傳出去總是不太好聽。我們會準備最高級的房間，今天能否請陛下到那邊歇息呢？」

安茲陷入沉思。總司令說得很有道理，感覺沒有理由回絕他。

「那就這麼做吧，至於為我們帶路的矮人——貢多，我就之後再去見他，也順便跟他道聲歉。」

不會連這都要阻止我吧？安茲觀察了眾人的神情，不過總司令等人似乎都沒有意見。

3

矮人又開門走了進來，是一名盧恩工匠。如今在這都市裡，很少有人自稱盧恩工匠了，而他就是那少數中的一人。

貢多將魔導王讓給自己的某個東西，分給了自己知道的所有盧恩工匠，收到的效果出奇地大。約定的時間還沒到，他的工房兼研究所已經聚集了九成的工匠，可以肯定其他工匠也會準時前來。

「這邊！」

「喔！貢仔，老子來啦！」

一個矮人發著大聲音走來，臉上帶有期待之色。

「好啦，把講好的東西拿來吧！」

這個對話不知道重複第幾次了，貢多雖然嫌煩，但告訴自己這是工作，給了對方跟其他到場矮人一樣的答案：

「等會魔導王陛下有件事要告訴大夥兒，等聽完了才能拿。」

「你說啥？」

「老子應該有說過吧。在把那個小瓶子給你之前，老子就說魔導王陛下有話在這裡跟大夥兒說，只要把話聽完，就能得到一大瓶一樣的東西。」

「唔，經你這麼一說，好像是有說過……」

「好啦，明白了就到那邊去坐下等著。」

「嗯……那麼，這個，貢仔，老子想問一下……」

貢多不用聽下去也知道他要問什麼，因為至今每個工匠都是同一句話。

「那種酒只有魔導王陛下有，你懂吧。我們國內有那麼好的酒嗎？」

「唔……唔嗯。的確你說得對，那種在口中擴散的芳醇滋味……流進喉嚨，到達胃裡時的熱度……」

「嗯，嗯，明白了就到那裡去坐下吧。」

貢多粗魯地推著開始望向遠方的工匠。

「你真冷淡，你應該也喝過了，所以能體會老子的心情吧？」

「老子沒喝，老子不喜歡酒。」

「真是暴殄天物！貢仔你人生的八成都白活了！」

「是是是，快去坐好。喏，那邊幾個都有喝，你們會聊得很開心的。」

「喔，這樣啊！」

工匠高高興興地走去，忽然停下腳步，然後轉向貢多。這個動作也跟大多數的工匠如出一轍。

「老子說啊，貢仔。」

「老子很好，你別擔心老子。」

「是嗎，可是啊……」

「老子真的沒事，所以，嗯……」

「……知道啦，不過，這點你記住：你隨時可以找老子幫忙喔。」

工匠只這樣說完，就再度走去坐下，與身旁的工匠開始聊酒的話題。

貢多心裡感到些許痛楚的同時，唉地嘆了口氣。

魔導王安茲．烏爾．恭交給貢多發給大家，用來招攬盧恩工匠的東西就是酒。

貢多不喝酒，不過其他矮人都對美酒沒轍。因此貢多心想，只要給他們小瓶裝的珍稀美酒，告訴他們參加這個聚會就能拿到大瓶酒，應該能召集到工匠的半數，也這樣建議了魔導王。然而──

幾乎座無虛席。

貢多再度嘆了口氣，以他個人來說，他不想要這種小手段讓人上鉤，而是想引燃大家身為工匠的驕傲，召集大家參加。

不──那只是貢多的任性罷了。

魔導王是以最好的手段，用最快的速度召集了工匠。如果用打動他們身為工匠的驕傲的方式招攬聽眾，一定會花上很多時間。

半數工匠都被自己身處的惡劣狀況，暗無天日的今後發展，喪失自己或祖先一輩子沒白活的證據等負面思維所困，變得自暴自棄。就像剛才那個矮人，很少有人自稱盧恩工匠，從事專業工作。大半都放下了工房的招牌，工作只為了混口飯吃，過著沒有夢想的黑暗生活。

不曉得這種做法能不能點亮他們的陰暗心情。

貢多對安茲以及接下來的聚會寄予期待。

到了指定的時間，貢多數了數到場的矮人人數，一個人也不少。

「怎麼樣，安茲大人在問是不是可以開始了。」

有個人跑到貢多身邊，是隨侍魔導王左右的黑暗精靈女孩亞烏菈。

「喔，可以請妳告訴陛下嗎，所有人都到了，沒有問題。」

「了解～」

小女孩跑走了，貢多一邊目送她的背影離去，一邊偏偏頭。

這個小孩他也弄不太懂，為什麼那麼厲害的不死者會選個小女孩當親信，是為了證明與黑暗精靈的友好關係嗎？

貢多正想著這些事時，安茲・烏爾・恭出現在較高一點的壇上，身旁有他另一名女性親信。

「唔喔喔喔喔！」

「是不死者！」

「是敵人嗎！」

矮人們頓時變得鬧哄哄。可想而知，不死者可是活人的公敵。

「不——」

「——請安靜。」

女子——夏提雅．布拉德弗倫舉起拿在手裡的瓶子。

誰都清楚看見了裡面的琥珀色液體盪漾著，現實得很，矮人們不再注意不死者的臉，都被那瓶子奪去了目光，陷入沉默了。

「安茲大人，您剛才說了什麼嗎？」

「不，沒什麼。夏提雅，辛苦了……好了，歡迎你們來，酒瓶人人都有，等聚會結束，你們可以帶回去。在那之前，希望你們安靜聽我說。當然，如果有人認為我這不死者說的話沒有聽的價值，那就直接離開沒關係。只不過，這樣就領不到酒瓶了。」

魔導王慢條斯理地環顧聚集而來的矮人。

從那態度與呼吸停頓的方式等等所傳來的懾人魄力，令人佩服真不愧是為人君主的人物。尤其了不起的是那大模大樣的態度，好像每一根手指都具有力量。

「那麼……我可以開始談了嗎？」

矮人維持沉默地點點頭。

「首先我的名字是安茲．烏爾．恭魔導王。從這座山脈南方的都武大森林再往南走，就是我做為君王治理的領土，很高興能見到你們各位盧恩工匠。好了，我要告訴你們的，是非常簡單的一個提議，也是請求。希望你們能來到我的國度，著手開發你們所擁有的盧恩魔化的革新技術。」

聽了魔導王的一番話，貢多心中彷彿一陣刺痛。那是失望、死心等種種情感形成的一根小刺所造成的。

貢多輕輕搖搖頭。

甩開對父親與祖父的回憶，貢多望著工匠們的側臉，看出所有人都板著臉孔，恐怕不會有什麼好答覆。

「抱歉，老子想問個問題。」

一名矮人舉手，瞄了貢多一眼。

「為什麼是我們的技術，老實說，我們的技術在這個國家都日漸衰退了喔。」

出聲發言的，是這些工匠之中最年長的一個。

「……很簡單，因為我想拜託你們重現失傳的知識。」

「失傳的？」

工匠們懷疑地問道，魔導王承受著他們的視線，從空間中取出一把劍。

所有人一齊叫出聲來。

他們看到魔導王從虛空中取出寶劍，都大為驚愕。眼見蘊藏邪惡靈氣的骷髏王握著利劍，都感到恐懼。的確，這些也是原因之一。

但貢多不禁發出的聲音，跟其他人一樣都是感動的叫喊。

那是擁有黑色刀身，豪華壯麗的寶劍。前所未見的一挺利刃，蘊藏著強大的魔力光輝。

「這是……這是何等寶劍啊……」

「太驚人了……老子一輩子沒看過這樣的劍……」

「矮人神話中的寶劍，莫非就是那個？」

「喔！老子，老子現在正在看著尊貴無比的寶物……」

魔導王高舉此劍，讓矮人們都能看見，貢多的目光也忍不住追著那光輝跑。

「好了，諸位矮人，請你們注意刀身的這個地方。」

貢多專注看著魔導王白骨手指所指的部位，「啊！」不禁叫出聲來，而所有工匠也做出相同反應。

那裡刻上了多達二十個紫色盧恩文字。

不過，只有貢多發現那些盧恩文字當中，用到了他與魔導王在坑道相遇時，王者提到的盧恩。

（原來如此，所以他才會對盧恩那麼清楚。）

想必是詳細調查過那把劍，獲得了知識吧。

「好了，我想問在座的諸位工匠。這把劍上刻有二十個盧恩，這是有可能辦到的嗎？」

不用回答也知道，不可能，在場所有人再怎麼努力也絕對辦不到。但是那把劍就擺在眼前，嘲笑著眾人。

工匠們碰撞著椅子從座位站起來，所有人眼中蘊藏著熊熊烈火，那份熱情與暢談酒的話題時截然不同。然後眾人簡直像集體撲向活人的殭屍般，擠到了王者的腳下。

「讓老子看看！」

「求求你！讓老子摸一下！」

「也許能看出些什麼！拜託！」

「不准靠近！」

銀髮女性一副凶神惡煞的嘴臉，瞪著靠近過來的矮人。就在宛如冰涼刀刃刺進體內一般的懼意，使得矮人停下動作的瞬間──

「──不許吵鬧，肅靜。」

站在那裡的，是貨真價實的支配者。

他散發出只有知道自己是支配者之人才能夠醞釀出的氣質。不對，也許因為他是支配死亡的存在，所以才有這種非凡氣魄。

貢多明白到，在坑道裡遇見的他，只不過是沒顯露出做為支配者的架勢──不讓對方畏縮的演技罷了。這才是魔導王真正的姿態吧。

（雖然看不懂表情，但陛下似乎很高興啊，是因為大家的反應如他所料嗎？）

「請等一下，諸位工匠。聽我把話說完，之後會准許大家碰劍。你們不坐下，我就不繼續講，這把劍也不會交給你們。」

不情不願地——不對，是被王者的霸氣震懾得畏縮，工匠們紛紛坐下。

「謝謝。好了，我們繼續說吧。那麼關於剛才的第二個問題，有人能像這樣雕刻二十個盧恩文字嗎？」

所有人的視線集中在資格最老的工匠身上，他無力地搖頭回答：

「沒辦法，就老子所知道，最多六個。」

隨著一陣嘈雜，有人提出了問題：

「什麼，六個，老子只知道五個喔？」

「……也是，應該很多人不知道吧。這是兩百年前的事了，過去我們的君王所持有的鎚子上刻了六個盧恩。在盧恩工匠的光輝年代打造出的矮人祕寶上，是有這麼多個盧恩。」

貢多想起了祖父。

想起兩百年前參與製作武器的老練盧恩工匠的容顏。

「喔！你是說那把震盪大地的巨鎚嗎！老子只有在歌曲裡聽過……」

「沒錯，即使在那人稱鬼才或天才的盧恩工匠在世的時代，也沒有武器刻有二十個盧恩文字……」

「原來如此，那麼這把劍確實是以失傳技術製造出的武器了？」

「唔，魔導王陛下不知道嗎？」

「我也不知道這把武器是怎麼做的，只是得到了它而已。而且……製作它的那些人已經不在這世上了。」

「怎麼會這樣……我們又喪失了一項重要技術嗎……」

工匠們神情悲痛，貢多心中也充滿了相同情感。

「正因為如此——」魔導王的一句話讓所有人一齊抬起頭來。「正因為如此，我才想讓這項技術復活，為此需要你們的力量。我希望你們用上一切手段，做出跟這把劍同等的武器來。」

沉默籠罩現場。

不用說也知道，那是多麼接近不可能的事。

在場的盧恩工匠當中，即使是最有能力的人，恐怕最多也只能刻出四個盧恩，現在魔導王卻要他們刻出五倍。但他們不願意說自己辦不到，他們身為工匠的驕傲，目睹了過去在世工匠的鬼斧神工，不允許他們出言否定。

貢多覺得那把劍，就像過去的工匠對當今工匠的挑戰書。

「老子想做。」

脫口而出的輕聲細語傳進耳裡。

很快地，聲音就變得不只一個。

「老子也是。」

「老子也想挑戰。」

「哼，老子要讓那種武器從傳說變成這個時代的東西。」

「不，老子可要讓大家叫老子新傳說。」

「你說啥啊，老子才適合擔負這份重責大任！」

他們聽見有人拍手的聲音，是台上的魔導王。不知道用那雙骷髏手是怎麼辦到的，不過像他那樣的魔法吟唱者大概是無所不能吧。

「很好，不過，光靠在座的你們有可能開發這項技術嗎，能夠挑戰傳說嗎。或許可能，也或許不可能。所以我希望你們到我國收徒弟，將各位一輩子的歲月盡可能用來開發新技術。」

沉默降臨眾人之間。

貢多很能體會他們的心情。

他們本來只能在矮人國依靠日益衰退的技術，如今也許獲得了掌握榮耀的最後機會，能夠賭上人生進行一項挑戰。

「好了，那麼這把劍就交給你吧。」

魔導王從台上走下來，拿著劍的刀身，把劍柄交給一名年長者——不知是否為偶然，還是他事前查過——人稱僅次於亡父的天才，在這群人當中發言最具份量的盧恩工匠。

那人沒伸出手。

這樣一把絕世好劍遞給自己，會困惑是當然的。

「可……可以嗎，把這樣的——再也不可能入手的好劍交給老子？」

「現在的你們不是受酒誘惑而來的矮人，是懷抱著挑戰心的盧恩工匠。既然如此，就值得我信賴。再說我接下來要離開這座都市一段時間，只是借給你們到我回來罷了。」

矮人端正坐姿。

「……原來如此，那就借用一下了，陛下。」

矮人深深低頭行禮，恭謹地收下寶劍。

「對了，我對盧恩工匠的技術知道有限，想問一下：不能用工具將盧恩文字刻在刀身上，然後直接進行魔化嗎？」

「這樣是不行的，魔導王陛下。盧恩文字是隱藏了魔力的文字，因此刻在武器上，會與魔化不相容。或者如果由強大的魔法吟唱者進行魔化，會使得盧恩文字歪曲變形。」

「原來是這樣啊……」

「對了，陛下說要暫離費傲．侏拉，請問是要移駕何方呢？」

「喔，就是你們以前的王都。」

矮人們一陣呻吟。

聽到的都是「那個毀滅的——」「要去那麼危險的地方——」「如今受到掘土獸人們支配的——」等聲音。

這些貢多都知道，但也有一些是不能聽聽就算了的。

「從這裡過去，將會面臨三項考驗，不要緊嗎？」

「你是說人稱不可能入侵的三個難關嗎。即使第一個難關能安全通過……但死亡迷宮是不可能突破的吧。」

說這些話的幾乎都是年長者，不愧是活得較久，似乎知道一些貢多所不知道的事。等會問個清楚，讓魔導王知道一下比較好。

正襟危坐的年長盧恩工匠對魔導王提出忠告：

「陛下，該地如今應該也成了龍的巢穴。說不定霜龍之王——白龍王就在那裡。那頭龍就是造成過去西方都市費傲．泰華茲滅亡的原因。我想魔導王陛下法力強大，但竊以為那龍王的力量也不在陛下之下，請陛下千萬小心。」

「……龍嗎，真令我興味盎然，我就提防點，小心謹慎地應對吧。」

之後，結束了幾個簡單的問答後，這場聚會就解散了。貢多覺得大家是顧慮到魔導王接下來要動身奪回王都，不好意思占用他太多時間。

還是說大家是想早點檢查拿到的劍？

貢多不能確定哪個才是對的，不過回想起盧恩工匠們眼中蘊藏的火焰，就覺得似乎是後者。

●

呀呵——！安茲巴不得能這樣歡呼。

每次做完簡報，他都是這種心情。這點從還是鈴木悟的時候就沒變，無論成功還是失敗都無所謂，他只想沉浸在解放感當中，這種感受引發了內心的呼喊。

「太厲害了，安茲大人！那些傢伙完全動心了呢！」

「實在是太了不起了呀，在納薩力克當中，只有安茲大人才能做得那樣漂亮！」

亞烏菈與夏提雅的讚美，讓安茲好不容易才忍住想害羞地說「沒有啦～」的心情。如果對方是迪米烏哥斯或雅兒貝德，安茲會偷偷觀察他們是在酸人還是真心話；但換成她們倆，就能坦然接受了。要是鈴木悟的話可能會邊說「妳們累了吧，要不要喝點什麼」邊走去自動販賣機，但身為納薩力克的統治者，又是魔導國的國君之人可不能說這種話。

「——嗯，沒什麼大不了的。換成雅兒貝德或迪米烏哥斯想必比我更能煽動人心。」

「絕沒有那樣的事！」

「就是啊！他們倆一定也沒辦法像安茲大人這樣巧妙操控人心的！」

這很難說吧。安茲雖然這樣想，不過的確，他也沒想到事情會發展得這麼順遂。應該說他都有點罪惡感了，擔心這樣做似乎不太好。

當然，拿給矮人們看的那把劍，是ＹＧＧＤＲＡＳＩＬ的產物。

ＹＧＧＤＲＡＳＩＬ沒有盧恩文字的系統。說不定系統上是有的，只是玩家直到最後都沒發現；總之刻在那把劍上的盧恩只不過是外裝——普通的裝飾罷了。

安茲只是希望大家好奇那把劍是怎麼做的，沒想到他們會那樣興奮，如果他們是因為想做那把劍而前往魔導國，安茲會有點過意不去。

然而，安茲把這份心情吞了下去。

納薩力克地下大墳墓亟需強化，為了對抗將來必定現身的世界級道具持有者，以及說不定身在某處的玩家，他需要增強戰力。

安茲望著夏提雅。

有些害羞地染紅雙頰——仔細想想她會臉紅還真不可思議——的吸血鬼少女，是好友佩羅羅奇諾留下的獨生女，也是安茲第一個必須親手殺死的ＮＰＣ。

膨脹的憎惡急速受到抑制，即使如此，安茲永遠無法忘懷，忘記那個逼自己下手的世界級道具持有者留下的陰影。

為此，安茲才不在乎說謊會造成他人不幸。在這世界上最寶貴的，是隸屬於納薩力克之人，其他人的生命價值可就差了一大截。

什麼生命平等，那是瘋人瘋語。

如果生命的價值都是平等，那麼一把電椅坐著將人凌虐致死的殺人犯，另一把電椅坐著宣稱生命平等之人的摯愛，叫他選一個人殺看看。如果那人能當場擲骰子決定殺哪一個，那他的信念是真的。

然而換做安茲，他會毫不猶豫地殺死前者，因為安茲知道生命的價值並不平等。納薩力克的ＮＰＣ與其他生命，也一樣有著極大差距。

「真不愧是安茲大人！」

「亞烏菈說得沒錯呀！」

兩人持續不斷的過度讚賞，開始刺進安茲的內心了，更何況——

「——說什麼操控，這麼難聽。我只是跟他們講實話罷了。」

安茲告訴兩人，故意讓應該還在背後的貢多聽見。
然而背後沒傳來任何反應，安茲訝異地回頭一看。
只見跟來送行的貢多低垂著頭，無精打采地走著。
「……你怎麼了嗎，貢多？」
安茲一問，貢多抬起頭來。
「……魔導王陛下，既然你剛才在眾人面前那樣說，是否表示攝政會答應把盧恩工匠送走了？」
「正是，他們表示日後會派調查團前來，看看我有沒有把工匠們當成奴隸，不過整件事都同意了。」
「這樣啊……那些大人物已經認定盧恩工匠真的不再有用了呢……」
貢多流下了滂沱淚水。
安茲吃了一驚，除了小時候，男兒淚不是容易看到的東西。
或許是他所嚮往，引以為傲的技術被國家認定不再有價值，所以才會這樣流淚；但安茲心想也許並非如此。因為矮人國目前所處的狀況，讓他們很難拒絕答應提供援軍的國家拜託的事。
棄小利保大局，以國家決策來說很正確。

安茲若是為了納薩力克，要殺害幾億的人類都行。

不過，這種事沒必要對貢多說。

「是啊，貢多，這個國家似乎不再需要盧恩工匠了。因為我一告訴他們我想要盧恩工匠，他們沒什麼抵抗，就把你們交給我了。」

安茲必須讓貢多以及可能聽他說起的盧恩工匠，在某種程度上對這個國家死心。要他們完全拋棄祖國或許很難，但還是得設法讓他們對魔導國盡忠勝過祖國。

安茲溫柔地拍拍貢多的肩膀。

「不過，我不一樣，我從盧恩工匠身上感覺到了可能性。」

即使貢多的理想得不到實現，只要獨占這種特殊技工，讓他們進行研究，若是有一天遇到持有盧恩武器的敵人也有辦法可想。

知識就是力量。

「……即使你們被一個國家捨棄，還有一個國家要你們。既然如此就不算結束，難道不是嗎？」

安茲溫柔地拍了幾下貢多的肩膀後，他粗魯地擦了擦臉。

「……感謝你，魔導王陛下，讓老子盡全力回應你的期待吧。」

「嗯，嗯，期待你的表現。」

安茲為了得到他的信任，親暱地——雖然臉不會動——微笑了。

不過，安茲又想……

能獲得少許矮人王都的情報，實在很幸運。他得讓貢多去試探看看矮人們還有沒有更多情報，而且也得向總司令問問。

（龍在ＹＧＧＤＲＡＳＩＬ被設定為沒有壽命的種族，即使有哪個個體擁有超乎想像的力量也不奇怪。在那裡等著我的，很可能是霜龍嗎……）

無意間，少年——不對，少女的容貌從逐漸淡去的記憶中浮現。

「記得她那時候說要幫我調查一下……真遺憾。」

第五章 冰霜龍王

1

隔天早上，安茲正打算出發前去奪回矮人的舊王都費傲·伯卡納時，大門前出現一張漸漸看熟了的臉。

是貢多。

安茲稍微偏偏頭，因為想不到他為什麼出現在這裡。

「——你來送行？」

「不，老子負責帶路。」

安茲驚訝得直眨眼，的確，他是提過希望有矮人帶他們前往王都。安茲猜想他的這項要求之所以立刻獲得同意，是因為對方想監視他，所以還以為會選個毫無關係的矮人來。

「昨天跟你分手後，老子問過其他盧恩工匠了，現在老子應該比任何矮人都熟悉前往王都的路。」

「即使通往王都的地下道發生了坍方，需要走迂迴路線時也是嗎。我認為有可能需要臨機應變，你可以嗎？」

「這方面老子也盡量問了，就跟昨天一樣，希望你能繼續讓老子帶路。」

「嗯——」安茲想了想。

坦白講，帶貢多去壞處比較多。但如果他已經跟攝政會談好，恐怕不太可能因為安茲單方面的不滿就換人帶路。

「……你有做為戰士的力量，或是有什麼戰鬥的手段嗎？」

「沒……沒有，老子對這方面完全沒自信。但老子已做好覺悟面對危險，死了也沒人會責怪你。況且老子有父親留下的這件披風，這點也是老子獲選的原因吧。」

隱形披風的確有說服力。

安茲本來就打算保護隨行者，但帶著完全無法戰鬥的矮人同行，還是有所不安。若是等級不低，好歹復活魔法還能發揮效果；然而貢多如果死了，很有可能就這樣永眠了。

「帶路人不是還要確認我是否真的把掘土獸人趕出王都了嗎，若是在半路上死亡，我會很困擾的……況且還有盧恩工匠那件事，我是希望你能留下來。」

貢多慢慢湊向安茲，壓低聲音對他說道：

「王都有座巨大的寶物庫，如果沒被撬開，應該藏有矮人製作的各種寶物，其中應該也有老子的父親打造的武具。除此之外，還有王室相傳的技術書。說不定還有過去的盧恩工匠著述的祖傳秘方。」

「哦。」

安茲應了一聲，催促他繼續說下去。

「老子想把那些偷偷弄到手……這樣講對魔導王陛下雖然失禮，但在奪回王都時，能不能對老子的行動睜隻眼閉隻眼？」

「……但你有辦法打開寶物庫嗎？」

「沒有，不過……魔導王陛下應該有辦法吧？」

（你把我當成無所不能了嗎？）

「你要我跟你一起做賊？」

「魔導王陛下只要打開寶物庫，看看有沒有被洗劫一空，之後再稍微分神一下就行了。賊是老子，跟陛下毫無關係。」

「……矮人王族確實是滅亡了嗎，關於寶物庫裡的財寶，有沒有目錄？」

「應該沒有吧。」

「這點一定要確認清楚，如果有目錄，這樣做就太危險了，我不能答應……再說那些是你們國家的寶藏吧，你不覺得偷竊國寶很可恥嗎？」

貢多酸溜溜地笑了。

「國家都不可惜我們跟盧恩技術了，留著祕傳書又有什麼意義？」

完全在鬧彆扭呢——安茲雖這麼想，但對自己沒壞處。反而是讓那種古籍沉睡在矮人王國才叫做嚴重損失。

而且更大的一點是，貢多的竊盜行為將會徹底分化貢多與矮人王國。矮人王國不可能接納偷竊國寶的罪犯，而且這點可用做威脅，等於用枷鎖套住貢多，使他無法背叛魔導國。

只不過，這對安茲方面來說也可能成為枷鎖。

「……你說得的確沒錯，讓用不到的人拿著也不能怎樣。我感覺我似乎會剛好在那個時候瞎眼。不過我剛才也說過，你可要盡量找找看有沒有目錄喔。我想避免將來起糾紛。」

「了解，老子會遵從陛下所言。」

「既然如此，這事就講到這裡吧。」雖說是站在較遠處談話，但不能保證沒有人聽力特別敏銳。「那麼換個話題——在抵達矮人王都前，告訴我有哪些地方可能發生危險等等，粗略的地點也沒關係。」

「問得好，在抵達王都的路上，據說有三個難關。」

「難關，真令人感興趣，先大致說來聽聽吧。」

「嗯，首先第一個難關是大裂縫。那扇門的前方是斜坡，往下走就會看見要塞入口。大裂縫就在穿過要塞的前方，是一條穿透大地的裂縫。總之大裂縫上架有吊橋，現在不再是難關了，但過橋時必須有心理準備面對敵人的集中攻擊。」

「掘土獸人會用射擊武器嗎？」

「嗯……老子沒聽說過，但認定他們不會使用太危險了吧？」

說得很對，說不定對方會使用要塞裡的魔法道具。

「再來是有熔岩河的地點，那條河光是熱氣就可能奪命，必須走岩壁上挖掘出來的棧道，而聽說那裡會不時出現巨大魔物。」

「你說魔物？」

安茲腦中浮現出第七層領域守護者紅蓮的身影。

如果是類似的魔物，那就相當難對付了。

（……說到這個，史萊姆與人類社會有密切關係，在這個國家也是嗎。如果他們有使用稀有種類的史萊姆，真想拿一些帶回去呢。）

安茲正想起在下水道做類似過濾工作的史萊姆時，貢多講到了最後一個難關。

「然後最後是死亡迷宮，這是無數分歧路線組成的洞窟，據說每隔一段固定時間就會噴出劇毒氣體。一旦吸入會從四肢開始麻痺，最後連心臟也停止跳動。」

貢多的視線看向亞烏菈與夏提雅。

那動作看起來像是在說：安茲是不受影響，但她們倆會有危險。

（其實她們倆也不受影響……算了，這方面等到了那裡再跟他說吧。）

「那麼那個洞窟的正確路線呢？」

「很遺憾，好像沒人知道。老子用了各種門路，但就連老人家都沒人知道，參加攝政會的成員也是。說不定在哪本古籍上有記載……」

「但沒人找到就是了。好吧，那種與國防相關的文件，自然不可能輕易發現。等到了該地再收集情報，見招拆招吧。」

安茲將這三個難關記在心裡，對其他成員做出指示。

「那麼我們走吧。」

由安茲、夏提雅與亞烏菈帶頭，貢多、一同前往要塞的十名矮人士兵與一名指揮官等成員排在後面，門扉大大地敞開了。由於先有一股臭味從稍微開啟的門縫飄來，因此早已可想而知，但那裡呈現的仍是一片淒慘的景象。

和緩的下坡坑道還算寬敞，地面整平得適於行走，然而放眼望去都黏滿了血汙、內臟與碎肉，彷彿覆蓋整片地板與牆壁。地上還有掘土獸人的屍體。

「嗚噁！」

滿是血液與內臟濃重酸臭的空間，對未曾做為戰士打鬥過的貢多來說似乎有些難熬，噁心欲嘔地叫出聲來。就連矮人士兵們都臉色發青，恐怕不是光源亮度的問題。

安茲的身體永遠不會反胃，因此不受影響，但也不會喜歡這種臭味。

腳下發出咕渣一聲，一看，一個斷成兩截的掘土獸人肚破腸流，安茲似乎是踩爛了他的一部分內臟。

安茲嘆了口氣後發動「全體飛行」的魔法，讓全體人員成為飛行狀態。

死亡騎士似乎相當享受殺戮的樂趣，要是在這滿是鮮血的坑道裡摔倒，肯定會因為髒汙與惡臭而喪失氣力。更重要的是安茲才不要讓自己身邊走著一個渾身是血的傢伙，所以才會這樣處置。

一行人藉由飛行魔法，不用弄髒身體就下了斜坡。

路上鑲嵌了散發微光的石頭，因此並非伸手不見五指，不過石頭與石頭之間還是一片完全的黑暗。當然安茲擁有夜視能力，所以絲毫不受影響。

走完整條斜坡後——大約有一百公尺吧——前方就看到要塞的入口。不，應該說是後門比較正確。

一行人從敞開的門進入要塞，前面——越過要塞的前方應該架著吊橋。然後從那裡再往西走幾天，據說就能看見過去的王都。

要塞入口也是一地的掘土獸人屍體，其中有些屍體看起來不像被死亡騎士所殺，而是被咬死的，這些應該是殭屍造成的。

安茲的不死者探測能力之所以沒反應，想必是因為死亡騎士被擊倒時，變回了普通的屍體之故。

安茲環視周圍，現在雖沒有不死者的反應，但是考慮到這個世界的不死者特性，繼續放著屍體不管會有危險。

「以人類世界的常識來說，把這裡放著不管有可能造成不死者誕生，你們打算如何處理？」

安茲向一同來到這裡的士兵們問道。

「回陛下，我們會打掃這裡。」指揮官回答：「說是打掃，其實就是從稍遠一點的地方把屍體扔進大裂縫，這樣即使引起魔物的興趣也不要緊。」

「這個部分處理完，接著還要修補要塞，並且調查掘土獸人們是使用何種路線進犯的嗎，真是份苦差事啊。」

與他們在此處告別，前去奪回王都的只有安茲、亞烏菈、夏提雅與貢多四人。雖然半藏也在，不過他們並不知情。

矮人們苦笑了，他們大概是覺得自己雖然要進行危險的調查——涉險前往很可能遇到掘土獸人的地方，但還不到讓前去攻打掘土獸人大本營的安茲同情的地步吧。

「那就進入要塞吧，我們先進去確認要塞內的安全，你們在外面等著。為了以防萬一，可以請你保護貢多嗎？」

聽到指揮官表示了解，安茲走進開啟的要塞後門。
他站在慘劇現場，對跟隨身後的亞烏菈問道：
「亞烏菈，妳有感覺到任何人使用隱身能力，潛伏於此的氣息嗎？」
「沒有，這座要塞內似乎沒有生物存在。」
亞烏菈用手貼著長耳朵，做出細聽聲音的動作後回答。既然擁有游擊兵(Ranger)職業的亞烏菈都這麼說，這座要塞裡應該是沒有活人了。
話雖如此，仍然不可大意。
能夠打倒安茲製作的死亡騎士的強者，應該來過這座要塞。如果那人專練擅於祕密行動的職業，說不定甚至能騙過亞烏菈的調查能力。
不過那樣的話會犧牲戰鬥能力，所以即使遭到偷襲也很容易應對就是。
要塞中也有很多屍體，不過跟剛才的斜坡不同，還零星散布了幾具矮人屍體。
安茲橫越要塞，走向與進來時相反位置的大門。大門沒關，門外有一條巨大裂縫穿透了前方大地，即使憑著安茲的視力，也無法看見底部。
而裂縫對面沒有掘土獸人的身影，看來他們沒建構陣地，而是撤退了。
「這就是大裂縫不會錯，但是……」安茲轉動臉部，確認左右兩方。「並沒有什麼吊橋啊。不對，那個叫做橋台嗎，既然有殘骸就表示……」

「可能是敵人撤退時，把橋砍斷了呀。」

站到安茲旁邊的夏提雅說道。

「唔……」

如果對方是能輕易殺掉死亡騎士的強者，會特地砍斷吊橋嗎？設法阻止我軍進攻，表示對自己的力量沒有自信——不對。安茲搖搖頭。

死亡騎士在這世界是稀有的存在，一下有兩隻出現在眼前，一定會看穿死亡騎士的背後有著力量強大的役使者。而且對方必定是認為，失去吊橋也不構成巨大損失。

「挺有一套的嘛……去告訴矮人們，這邊已經確認安全了。」

「是！」

望著夏提雅去找矮人的背影時，安茲看到亞烏菈蹲了下去在看地面。安茲不知道她在做什麼，但看她很認真的樣子，就不多問害她分心了。

安茲將視線轉回大裂縫，撿起掉在地上的小石頭扔去。這沒有任何意義，只是隨手做的小動作，不過沒聽見石頭掉到底部的聲音。

「大裂縫的深度不明，陛下。」大概是看到了安茲的動作，被夏提雅帶過來的矮人指揮官告訴他：「我們派了兩次調查隊調查這條裂縫，但沒有人回來。」

「這樣啊，應該是有某種魔物潛伏其中吧……他們不會跑出來嗎？」

「是，至今從來沒有現身過。所以我們不再派調查隊來了，以免打草驚蛇。」

「哎，這倒是說得對。」

換成安茲，可以製作出類似幽靈的非實體型不死者，使用視野同步的魔法，就能安全進行調查了。不過，現在不是做這種事的時候。

目前來說，調查這裡的優先度比較低。不過，並不是完全沒有調查的必要。因為如果在ＹＧＧＤＲＡＳＩＬ的話，這種場所常常放著珍貴寶物，或是藏有迷宮。

（如果是那個爛製作，絕對會在這條裂縫的某處安插個橫穴，然後裡面可以採得到稀有礦石什麼的。這是肯定的，應該說實際上就有過。）

「——好，我們到大裂縫的對岸追趕從那裡撤退的掘土獸人，就這樣攻進王都吧。」

飛行魔法仍然有效，飛越大裂縫不成問題，但安茲不禁想像起某種東西從這黑暗中冷不防出現的討厭光景。

在ＹＧＧＤＲＡＳＩＬ就曾經發生過，正在越過湖泊之時，發現一條巨蛇般魔物在底下游泳，這種討厭的回憶重現腦海。而這方面令人不愉快的經驗，後來活用於第五層的製作過程——

安茲向指揮官告別後，讓夏提雅與亞烏菈警戒下方狀況，四人騰空飛起。剛才的擔憂看來只是杞人憂天，沒有任何東西從下方現身，一行人就這樣到了對岸。

話雖如此，腳一著地的時候，安茲還是稍微安心地呼了口氣，就不要讓其他人知道了。

安茲環顧周圍。

這邊的敵人屍體只有四具，也就是說死亡騎士是在這裡被打倒的。

「夏提雅啊，我現在有幾個注意事項要告訴妳。」

安茲叫來夏提雅後，瞄了一眼，亞烏菈還在掃視地面。

安茲本來想到是不是該把亞烏菈也叫來，不過這次主要上陣的是夏提雅，亞烏菈那邊之後簡單提醒兩句就行了。

「請稍等一下，安茲大人。」夏提雅拿出筆記本，打開來。「大人請說。」

「唔……唔嗯，做筆記啊……真有心。咳哼！呃——接下來我們將要闖進相當危險的地帶。之所以說危險，是因為那裡有著強敵，能輕易打倒我的兩隻死亡騎士。拿死亡騎士跟妳比，雖然可說是侮辱——」

「——沒有那種事，若是遇上能打倒安茲大人製作的死亡騎士的強者，屬下一定會全力以赴。」

「不，妳絕不能使出全力。」

「這……這是為什麼呢？既然是強敵，不是應該使出真本事進攻——屬下失禮了，竟敢違抗安茲大人的話語！」

「沒那種事，妳會有疑問是理所當然的。」

安茲雙手在背後合握，告訴她與未知敵人對峙時的方法。

「然而，妳要想到對手可能採取的行動。對手最想要的是我方情報——也就是戰力。他很有可能派出襲擊部隊當砲灰或是其他方式，藉以估計我方的戰力。換個說法，就是一項一項確認我方的能力，判斷有勝算了，才會布下必殺陣形來襲，讓我們逃不出他的手掌心。」

「竟然是這樣……」

「我不知道對手會不會做到這種地步，不過——」

「那個——安茲大人……」

亞烏菈用一反常態的怯怯語氣呼喚安茲，如果是平常的話，安茲會暫時中斷對夏提雅的說明，聽亞烏菈要說什麼。

但無論是誰，講到自己擅長的領域都會很起勁。

所以安茲對著亞烏菈，做出了以食指擋住嘴巴的手勢。

「啊，是！」

亞烏菈的臉上顯露出理解的光彩，大概是明白安茲正在認真講課，希望她安靜一下吧。

「我繼續說，夏提雅。換作是我，遇到強者就會這麼做；不，就連我的同伴們也都是如此。」

「諸位無上至尊也是嗎！可是，這次的敵人怎麼可能與無上至尊匹敵……」

「是嗎，我做得到，就該認為對手也做得到。以為自己最特別而做事得意忘形，那就太笨了，不可大意。還有，我打算讓對手無法看透我方的全部戰力。」

讓半藏埋伏，也是為了打亂對手的計算。

「所以，夏提雅，在妳與我一同前往矮人王都──打擊敵人大本營之前，我要給妳幾項限制。」

「遵命！是什麼樣的限制呢？」

「嗯，關於魔法，准妳使用第十位階，但不可使用多種魔法，最多只能一或兩種。」

「……原來如此，這樣可以給予對手錯誤情報，引誘他疏忽大意，再用反擊的方式打倒對手，對吧。這樣的話，是不是應該使用更低階的魔法……最高只到第五位階比較好呢？」

「不，這樣恐怕無法誘使對方大意。要讓敵人確定已經看穿了我方的力量，出手要擊潰我們的那一瞬間，才是給予對手致命傷的大好機會。換成我，若是知道敵人以少許兵力進攻，卻只使用區區第五位階的魔法，會判斷敵人是在謹慎行動，不讓情報外洩。」

「這樣的話，安茲大人會如何應對呢？」

「想辦法獲得更多情報，如果是失去不足惜的據點，可以先拱手讓給對手。之後再慢慢獲得情報。一旦得到據點，就會變得不願失去它，這樣會抑制行動自由，一定會將情報外洩給我的。」

「需要警戒到如此地步嗎？」

如果是遊戲的話，小輸幾次還能挽回。但在這個世界，敗北有可能是無法挽回的。尤其是安茲還沒做過玩家死亡的實驗，就更是如此了。

「我的意思是在某些情況下，必須做到這個地步。夏提雅啊，妳可要多用腦喔。」

說到這裡，安茲把臉轉向亞烏菈。

「那麼亞烏菈，妳剛才有什麼事嗎？」

「不，沒事！」

亞烏菈眼中有著閃亮的光輝。

安茲不明白她突然是怎麼了，或許是對自己講給夏提雅聽的戰略感到佩服？

（嗯……那些是基礎中的基礎耶，是不是也該好好教教亞烏菈……該把那本ＰＫ術的書借給她們嗎，可是那是我在ＮＰＣ們面前唯一能耍帥的知識……該怎麼辦呢……而且人家教過我，不可以讓知識擴散出去……）

安茲正在沉思時，貢多問他：

「欸，抱歉打擾陛下思考戰術，但我們是不是該走了，如果道路坍方，我們還得找別的路咧。」

「說得也是……要騎魔獸移動嗎？」

「還是不要比較好，途中應該會經過細窄洞窟等地，到時候就得把牠們拋下了。」

安茲覺得像噬魂魔之類的不死者坐騎可以每次重做也沒關係，不過還是聽帶路人的話好了。

「知道了，那就出發吧。」

●

「陛下出發啦！」

組成攝政會的矮人當中，六人——大地神殿長、糧食產業長、事務總長、酒廠長、洞窟礦山長與商人會議長高興得發抖。

的確，魔導王沒做什麼。但是力量那樣駭人的不死者——憎恨活人的存在待在城裡，實在令人不安。

聚集在此的幾人是為了這座城市的安全，為了人民而存在。他們行動時必須料想到最糟的狀況，這一整天甚至擔心魔導王會不會忽然失控，開始虐殺兒童。他們摸索了各種對策，商討有用的計畫。

而讓他們討論到嗓子沙啞的對象終於消失了，誰能責怪他們沉浸在解放感之中呢？

「拿酒來！拿酒來！」

如同乾燥的大地需要雨露，疲勞至極的心靈也需要酒漿滋潤。

在場不可能有人提出異議。

「可是……他還會再回來吧？」

現場氣氛一瞬間變得陰暗混濁。

筆直往上打的拳頭軟趴趴地掉了下去。

「要逃跑嗎？」

「能跑去哪，都已經跟對方定下那麼多契約了，現在要是逃走……不過我們不是委託他奪回王都嗎，要是立場顛倒過來，你們不生氣？」

「或許會生氣，但老子沒自信跟那麼強大的存在吵。」

「啊——說得也是，老子了解你的心情。」

「……這樣對嗎，管理商人會議的矮人的驕傲蕩然無存了嗎？」

「不是，跟那種對手是要老子怎麼好好交易啊。一般所謂的交易，是雙方在某種程度上對等才談得起來喔，跟那種壓倒性的強者根本沒得談。」

矮人們一齊嘆了口氣。

在場已經沒人認為魔導王會搶不回王都了，只消看一眼他留下的那些魔獸，誰都會明白。因為敵人那邊明明有龍，他卻從容不迫，那麼強的一群怪物都留下來了。

「那麼回到正題，有沒有人能預估他什麼時候回來？」

「誰會知道啊，又不能問他本人。要是那傢伙邪笑著跟老子說『馬上』，老子鐵定會尿褲子。」

雖然講這種話很可悲，但沒有一個矮人取笑他。

「……沒辦法啦，他如果這樣對老子，老子也會尿出來的。」

「是啊，老子也是，連大的都會拉出來。」

所有人講著些不入流的話，又面面相覷。

「沒有什麼新情報嗎，有沒有人得到那個叫貢多的矮人的相關情報？」

「完全沒有，只知道那傢伙把盧恩工匠都找去了。」

「盧恩工匠，為了去魔導國那件事？」

「誰曉得，要不要找人來問問？」

「這應該是最好的辦法，可是這樣一來會被陛下知道喔。輕舉妄動也很危險吧，只有笨蛋才會伸手去碰燒熱的火爐。」

「那這樣好了，我們總得親口提出要盧恩工匠去魔導國，不如就順便問一下怎樣？」

「……老子沒自信能問得不落痕跡。」

矮人們紛紛應聲附和「老子也是」「老子也是」。

「好，那就別問了。老子可不想沒事挖洞，掉下去摔死。」

所有人都贊成，要是打草驚蛇觸怒了對方，結果造成許多人喪命，那可是慘不忍睹。

「那麼請你們轉告沒來的兩人，說明天的事跟盧恩工匠的事就不用再管了。聽說總司令晚點會過來，鍛冶工房長那邊呢？」

「那就老子去吧。」事務總長說。「老子很好奇他做了多棒的鎧甲，應該說不知道那個魔導王給他的是哪種金屬。」

「他說是很稀奇的金屬，但總不會比精鋼更稀少吧。」

「那大概跟山銅差不多？」

即使沒有參與鍛冶工作，對於矮人這種土種族而言，未曾看過的金屬總是十分吸引人。

「早知道就叫住他，跟他借來看一下了。只是看他那時候很急，沒那時間。」

當時鍛冶工房長一從魔導王手中接過金屬，就急忙回去工作室了。大家都知道他著急的理由，沒能叫住他。

「好吧，他的話應該已經有點進度了。做鍊甲衫的話應該會剩一些金屬圈，你可以借幾個過來嗎？」

眾人表示同意，攝政會就此結束。

之後大家說身子都累壞了，決定好好休息一下。不過矮人這種種族，總是嘴上說休息，卻大開酒宴。

眾人一邊說著「在職場喝的酒最棒了」，一邊暢飲矮人特有的烈酒；在這當中，事務總長心有牽掛，溜出了化為酒宴會場的議場。

事務總長當然是去找鍛冶工房長了。

鍛冶工房長的工房不愧是管理著矮人王國的鍛冶事業，相當巨大。在這費傲．侏拉當中規模想必是數一數二的。這裡僱用了眾多矮人技工，連精鋼都能鎔化的熱氣從未冷卻，打鐵鎚演奏的音色不絕於耳。然而這一天，工房卻安靜得令人毛骨悚然。

不會錯，鎔爐有生火。

因為越是靠近，室溫就越高。

那怎麼會這麼安靜？

彷彿受到流露的不安所推動，事務總長的腳步加快了。

他來過好幾次了，因此步伐毫無遲疑，前往技工們理應正在幹活的鎔爐旁。

只見他所熟悉的那些鍛冶師都在那裡。

事務總長不禁鬆了口氣，然而，看到鍛冶師們的困惑表情，以及他們視線對準的方向，一種心臟縮緊的不安感受又回來了。

「你們是怎麼了？」

他出聲一問，那些視線都好像在說：救星出現了。

「那位大人窩在裡面不出來。」

除了擁有巨大鎔爐的這座鍛冶場之外，還有另外一座鍛冶場，可說是鍛冶工房長專用的工房。工匠性情的鍛冶工房長在有重要工作之類的時候，常常好幾天窩在那裡。

那種狀況是常態，鍛冶工房長的徒弟與鍛冶工匠們不會露出這種表情。

「……這不稀奇吧？」

「窩在工房裡頭工作的確不稀奇……可是都沒聽見打鐵鎚的聲音。而且——已經半天……不對，應該快一天了。」

「是不是為了設計造型，正在發揮想像力？」

「他以前從來不會這樣的。」

事務總長捋捋鬍鬚。

就事務總長的感覺，他不覺得有那麼不可思議，但既然與鍛冶工房長共事的鍛冶師們全都這麼認為，那情況應該很嚴重。

「既然如此，你們為何不開門，是上鎖了嗎？」

「不，沒有上鎖，但那位大人窩在裡面時，非常討厭有人來開門。」

「原來如此……所以你們希望老子來開門，對吧。」

也就是說徒弟們不好下手，但地位相等的人應該比較不容易把事情鬧大。

真是抽到了下下籤，但也沒辦法。

「知道了，那老子就去吧，你們可以解散了。只要當作是老子擅自闖進去的，你們應該就不會被牽連了。」

鍛冶師們連聲感謝，事務總長來到門前敲敲門。

然而，沒有回應，重複幾次都一樣。

受到內心的焦慮所驅使，他猛然打開了門。

室內還是老樣子，即使與巨大鎔爐之間只隔了一扇門，卻沒有一點熱氣，這是拜魔法換氣系統所賜。他繼續移動視線，只見室內深處的鎔爐冒著火紅烈焰。

而在那裡，有個人影面對著爐火。

什麼嘛，他在啊。事務總長如此心想，正要鬆一口氣時忽然停住。

因為他感覺得到，從那背影傳達出一種難以言喻的異樣氛圍。首先，事務總長是擅自闖進來的，那個鍛冶工房長為什麼沒有一句抱怨？按照剛才那些鍛冶師的說法，一有人進來，他應該就會有所反應才對。

「喂。」

第一次呼喚就像黏在喉嚨裡，既沙啞又微弱。即使如此，鍛冶工房長應該還是聽得見，但他不做反應。

「喂！」

事務總長擔心起來，大聲呼喚，但鍛冶工房長還是沒反應。

他呼吸粗重地走到鍛冶工房長身旁。

「——喂！」

「幹麼？」

終於得到了回應，事務總長渾身無力，差點跌坐在地。

「幹麼，幹麼，害老子擔心——」

講到一半，話卡在喉嚨裡了。

為什麼鍛冶工房長一次也不肯轉頭看他？

事務總長戰戰兢兢地繞到前面，探頭看看朋友的臉。

那神情跟平常不同，就像被逼進死路的野獸——甚至比那更可怕，是一張好像要殺了同族的嚇人表情。

「……你是怎麼了？」

聽到事務總長脫口而出的一句話，鍛冶工房長這才第一次轉頭。不對，他只是眼珠子猛地一轉，瞪著事務總長的臉。

「問老子怎麼了，是嗎，怎麼了……是嗎？哼！」

鍛冶工房長動了動手，抓起鐵鉗，從鎔爐裡夾出燒燙的鑄塊，往事務總長扔去。

「喔哇啊！」

事務總長死命躲開了鑄塊，鑄塊碰一聲掉在地上。

「你……你幹麼！想殺了老子啊！」

就算是朋友也太過分了。

然而，鍛冶工房長臉上浮現出冷笑。

「想殺你，你當然會這麼覺得了。」

然後他伸手抓起了鑄塊。鍛冶師都會戴耐熱手套，這是基本。但令人驚訝的是，鍛冶工房長沒戴手套，也並未持有具耐熱效果的魔法道具。

他真的是空手握住了加熱過的鑄塊。

目睹這令人震驚的一幕，事務總長瞠目結舌，以為聽見了人肉烤熟的聲音，聞到了皮焦肉爛的臭味。但鍛冶工房長氣沖沖地說了：

「根本不燙！」

「你……你說什麼？」

「老子說這玩意兒一點都沒變燙！」

鑄塊從空中拋來，事務總長不假思索地接住了它。一瞬間他以為感受到高溫熱氣，但看來只是錯覺，的確一點都不燙。令人驚愕的是，甚至還有點涼涼的。

「這……這是？」

本來這問題是不用問的，即使加熱也完全不會變燙的金屬，就事務總長所知，天底下只有一種。所以他問的問題，只不過是忍不住脫口而出的一部分心情罷了。

事實上，鍛冶工房長的下一句話，也肯定了他的想像。

「就是那個不死者拿來的鑄塊！老子加熱了一整天，卻一點都沒變熱！怎麼敲也不變形！連一點傷痕都沒有！用這種金屬是要怎麼做鎧甲！」

「他……他說不定是拿他自己都無法處理的金屬給你？」

「老子也很想這麼認為，但明明就有一把短劍是用相同金屬打的！老子用那把短劍一割，的確留下傷痕了！什麼最有經驗的工匠！只不過是個看到未知的金屬就一籌莫展的蠢蛋！」

事務總長拚命思考如何才能安撫情緒激動的鍛冶工房長。

「那……那麼只要問那個不死者該怎麼打——」

「『——不恥下問比不問聰明』。對啊，大概是吧。說得沒錯，以前的矮人說話真有智慧。可是——老子的經驗到底算什麼！看看老子這隻拳頭。」

他把手伸了出來，那是一隻厚實，帶有燙傷痕跡的工匠之手。只要是工匠，都會為這種手感到驕傲。

「老子從還是個笨徒弟的時候就在碰金屬了，比誰接觸金屬的時間都久。所以人家說老子是最好的工匠，老子覺得是理所當然，因為老子向來比任何人都要努力！」

鍛冶工房長的臉皺成一團。

「老子一輩子都花在鍛冶上，甚至覺得沒什麼是老子辦不到的，一直相信不管是哪種金屬，老子都能做出想要的形狀——真是個滑稽透頂的男人！哈哈！老子是在自戀什麼啊，躲在這麼個小天地裡！自以為是天才，其實老子才是個大笨蛋。」

「從……從現在開始重新學起，不就成了嗎？」

「說得對，沒錯，說得對極了，真是忠言逆耳……」

鍛冶工房長用力握緊了拿在手上的鑄塊。

那張面無表情的臉孔，令事務總長忐忑不安。

「不要緊的，對啊，再重新學起也就是了。所以你來有何貴幹？」

「有何貴幹……你啊……好吧，算了。老子是來告訴你，那個不死者離開我們都市了，所以關於今後的計畫，明天還會召開攝政會。還有，大家決定不要去管盧恩工匠那邊的事了。」

「是嗎……知道了，那明天見吧。」

事務總長感到些許不安，但不知該怎麼表達。

身體疲勞，心靈也會跟著疲勞。只要好好休息個一晚，鍛冶工房長一定也會恢復正常的。事務總長如此安慰自己，當天就這樣回家去了。

而到了第二天，他才知道鍛冶工房長帶著鑄塊從都市失蹤了。

2

據說前往過去的矮人王都時，會遇到三個難關。

第一個難關是大裂縫。

不用說也知道，徒步是絕不可能突破這裡的。因此勢必只能尋找繞遠路的路線，但這樣一來，與魔物的遭遇機率自然也會提高。潛藏在這種地形的掠食魔物，對人類或矮人而言是超乎想像的威脅。

有的魔物能探測腳步聲，從地底來襲，要躲過這種魔物的第一擊相當困難，一個大意甚至可能直接被活吞，等著被消化。其他還有魔物能對精神造成衝擊，趁獵物意識不清之際給予致命一擊等等。

在這裡，人類、矮人或森林精靈等人類種族，都只是被掠食的脆弱存在。

最安全的路線是走到地表，穿越整座山脈；但這對活在地面上的種族而言，又是極大的困難。因為自高空來襲的佩利冬、哈耳庇厄、以津真天、巨鷹等魔物或大型飛行動物等等的襲擊，將會令旅人時時恐懼。人的視野上下幅度總是較窄，因此一個不小心，可能看漏來自高空的奇襲，而沒人能夠保證僅僅一擊不會致命。

就像這樣，大裂縫即使選擇繞道而行，仍然是一大難關。

所以矮人們才會在大裂縫附近建立都市，在大裂縫上架設吊橋。因為只要砍斷吊橋，就能利用無人能夠跨越並攻克的城牆保護自己的都市。

如今吊橋被掘土獸人砍斷了，大裂縫成了名符其實的一處難關。

然而——

安茲一行人絲毫不受影響，因為只要靠「飛行」就解決了。

下一個難關——第二個難關是熔岩地帶。

刺眼光芒把灼熱大海照得亮如白晝，只要吸進一大口氣，滾燙空氣就會給予肺部損傷，屬於超危險地帶。

即使距離地表不過幾公里，這裡卻有岩漿流動，是因為這個世界受到魔法常識所支配。藉由性質類似傳送門的天然門扉，此地的熔岩流與遙遠地帶的熔岩流相連。

還有一個原因，讓這片高溫海洋成了更大的難關。

那就是：有魔獸徜徉於這片灼熱大海中。

那是一條身長超過五十公尺的巨大魚形魔物，但真要說起來，牠比較像是燈籠魚。只不過頭上的假餌能夠當成手來使用，可抓住遠處的敵人，扔進自己的大嘴。

外皮也又硬又厚，全身像魚一樣長滿硬度遠勝山銅的鱗片。

在魔獸當中，有些生物活得久，獲得了強大力量。這種魔獸被稱為高階種族，很多時候會與原本種族區分為不同種族。而且這種魔物還經過了特殊進化，成為世界僅此一隻，沒有同類的獨立生物。

以傳送門相連的拉巴史雷亞山，有著所謂的三大支配者，分別是——

支配天空的不死鳥統治者。

支配地表的古老火龍。

以及支配地底熔岩海的太陽鮫鱇．熔岩統治者。

這個熔岩統治者以冒險者使用的難度計算，相當於一百四十，一旦進入戰鬥絕對別想活著回去。

幸運的是，牠不擅長在陸上活動，因此只要遠離熔岩就不會遇襲。不過前往矮人王都的必經之路，是在離熔岩海面不算太高的斷崖上挖出的棧道。就只有這麼一條令人腳底發毛的細窄小路。

只要承受不住從下往上吹來的熱氣，身體一個不穩，就會滑落熔岩大海。

掘土獸人們在入侵矮人都市時，也有好幾個摔下去，掉進熔岩之中。

然而——

只要準備好對火焰的完全抗性，再加上飛行魔法就萬無一失了。安茲一行人在太陽鮫鱇．熔岩統治者的遙遠頭頂上，雙方互不侵擾，就這樣越過了熔岩海。

目前的難關只要使用飛行魔法都還能攻略，因此很難說是真正的難關。但最後一個難關，可就是貨真價實的難了。

那裡是個漫長蜿蜒，且有著無數分歧路線的洞窟。

可稱為迷途之境。

的確，光是如此就要稱為難關太輕鬆了。這個區域不會出現魔物，因此只要花時間繪製地圖，總有一天能夠攻略完成。光是這樣的話，只有未攜帶糧食與水，時間有限之人才會將此處視為難關。

沒錯——之所以稱為難關有其他主因。

這個區域有著孔穴，每隔一定時間就會噴出火山氣體，而且還有累積毒氣的空間。換言之這個區域散布噴發著看不見的致命劇毒，形同地獄。

雖然有好幾條路線可抵達出口，但只有一條路線不會吸到毒氣，而且就連那條路線都得在固定時間通過，否則有可能一頭栽進毒氣區。

就算用輕易攻略之前難關的「飛行」緊貼天頂前進，有時噴出的毒氣還會瀰漫到天頂。運氣再好，或許也只能避免誤闖毒氣區。

然而——

安茲等人做好了空氣對策，絲毫不受影響。應該說本來就只有貢多會受影響。不死者擁有抗性，只要不是造成酸或火焰損傷的毒氣，就不會有任何問題。亞烏菈利用魔法道具，能夠用新鮮空氣領域包住自己一個人，因此不受毒氣侵犯。

換言之，只要用魔法保護貢多，即使毒氣四處噴發也能安然突破。
藉由這些方法，三個難關——在沒有準備，沒有資訊的情況下不可能攻略的地形要害——就這樣被安茲一行人輕鬆解決了。
安茲的魔法，能以最佳路線攻略迷宮的「仙后祝福（Bless of Titania）」漸漸消失。與其說是時間到了，毋寧說是因為完成了自己的職責而消失。
「……唔，那個洞窟裡有一些掘土獸人的新鮮屍體，但還沒追上他們的軍隊呢，看來一天的時間差距實在蠻大的。」
「不過，距離似乎縮小不少了，看起來幾乎沒有時間差距。」
亞烏菈望著掘土獸人們留在地上的腳印，如此斷言。
「……這樣啊，那麼來討論一下接下來怎麼做吧……貢多，再過不久就到王都了吧。」
「對，老子雖然也只是聽說，不過只要剛才那個洞窟就是傳聞中的死亡迷宮，那應該不遠了。」講到這裡，貢多臉色有點黯沉。「那真的是死亡迷宮嗎……人家跟老子說，不認識路的人一定會死在那裡耶……」
安茲拿不出答案給他，的確是太簡單了。說不定那裡其實是假迷宮，讓攻略者以為已經脫險了，再讓人落入真正的陷阱。

「……若是那樣的話，到時候再突破陷阱即可。話雖如此，預料到有陷阱還自己跳進去是最蠢的行為。我們稍微放慢速度前進，一邊提高警戒一邊走吧。」

至今為了追上敵人，他們一直維持著滿快的速度前進。不過，既然來到這裡都沒追上，那就必須當成敵人已經回到據點，重新擬定作戰計畫。

「好了，那麼接下來考慮一下抵達敵人大本營時的狀況。」確定所有人都點頭了，安茲看向矮人。「首先由我與貢多兩人攻陷王城，潛藏其中的龍由我來對付。」

兩名守護者與貢多都沒反對。

最高階的龍即使在ＹＧＧＤＲＡＳＩＬ也是最高水準的強敵，在不清楚對手有多少力量時，與兩名守護者分頭行動很有風險。但安茲握有世界級道具，這個道具擁有多種力量，其中一項能力對龍特別有效。因此就算遇到最糟的情況，應該也能脫身。相反地，如果將守護者帶去，當敵人強大到超乎預料時，還得多費勞力讓守護者逃走。

在最糟的情況下，安茲可以捨棄貢多，卻不能拋下如同朋友子女的兩人逃走。因此，從一開始安茲就不讓她們跟自己並肩作戰。

（龍啊……真令人期待。）

在ＹＧＧＤＲＡＳＩＬ，龍是強敵，同時也是寶山。

他們掉落的電腦數據水晶都是好東西，工藝品的掉落率也比一般魔物更高。更棒的是從龍身上採集到的皮、肉、血、牙齒、爪子、眼珠或鱗片等部位都有各種用途。

可以說是很好賺的敵人。

再過不久就要在這個世界第一次遇到龍了，不安、期待與欲望，讓安茲無法壓抑內心的雀躍。

聽矮人所說，過去摧毀了西方都市，強大無比的霜龍或許就在那裡。既然如此，說不定繼夏提雅之後，安茲將要再度投身勝算不明的戰鬥。

（打倒了死亡騎士的強者與龍……如果是同一個存在就方便了，但若是兩個人，那就有點麻煩了。除了隱身跟在後面的半藏之外，或許該再帶其他人——不，還是算了，這個選擇應該沒錯。）

「——安茲大人？」

「嗯，喔，夏提雅啊。抱歉，想事情想得太專心了。那麼亞烏菈與夏提雅，我命令妳們去對付掘土獸人們。如果對方願意臣服於我，就饒了他們。若是他們拒絕——就展現納薩力克的威力吧！」

兩名守護者以充滿霸氣的語氣領命。

安茲視線瞄了貢多一眼，不過他沒有要說什麼的樣子，似乎打算遵從安茲的決定。

這次安茲答應矮人們會掃蕩掘土獸人，不過他並不打算趕盡殺絕。

他只是覺得殲滅ＹＧＧＤＲＡＳＩＬ沒有的種族有點可惜。如果在這裡將他們全數殲滅，也許這個種族就從這世上絕種了。不，就算不覺得可惜，也該考慮到今後他們給納薩力克帶來利益的可能性。

當然同樣地，他們也可能對納薩力克造成危害，但安茲覺得還沒弄清這一點就殲滅他們，似乎太浪費了。

（要殺容易，復活卻難。既然如此，該做的事就只有一件。況且——）

「如果他們愚蠢到不願效忠我們——就把數量減少到一萬左右。盡量留下強者，而且考慮到將來用途，也不要光以強弱做選擇，還需要同樣數量的母獸人。還有，一隻都不可放過喔。尤其是等同於大王的存在。」

「可是……安茲大人……」

看到亞烏菈臉色一沉，安茲要她繼續說。

「不知道矮人王都有多大，但我想應該有相當大的規模。在那樣廣大的場所要讓掘土獸人一個都跑不掉，光憑我們兩人實在有點困難。我們該怎麼做呢？」

「嗯，問得好，所以——亞烏菈，輪到妳表現了，使用我交給妳的世界級道具吧。」

「可……可以嗎？」

「嗯，那個道具就是要在這種時候使用。」

「遵……遵命！」

兩人臉上寫著緊張二字。

「那個世界級道具雖然沒有限制使用次數，但如果讓對方在達成了特定條件的狀態下逃走，所有權就會轉到對方手上。這是最糟的狀況，只有這個無論如何都得避免。」

他想起「安茲．烏爾．恭」奪走這件道具時的事。

那時對方公會不知喊了多少次「還來」。

安茲嗤之以鼻。

「不想被搶就不要用」，那個公會連這麼簡單的答案都無法理性接受，真是蠢到不能再蠢了。如果不想被人搶走，就該寶貝地收在寶箱裡，不要拿到外頭來。所以安茲雖然覺得不用擔心，但還是提醒一下。

「還有，特別需要注意的是沒被吸進去的對手，因為那就表示對方擁有世界級道具。」

「這樣的話，安茲大人是否也進不來呢？」

「展開空間時進不去，但之後可以選擇是否要進去，妳要特別留意那一瞬間的時間間隔……好，那我們走吧。」

由亞烏菈走在前頭，一行人邁出腳步。

可能因為離過去的矮人王都不遠，雖然身處在天然洞裡，地面卻很好走。大概是把石筍等障礙物全都切斷，把道路整頓得利於通行了吧。一行人感受著昔日矮人們的努力，走了一會兒。

走在前頭的亞烏菈停下腳步，然後將手貼在耳朵後面，做出細聽聲音的動作。

安茲等人不發出任何聲音，屏氣凝神等亞烏菈說話。

「安茲大人……前方傳來複數生物發出的聲音，推測少說有數百隻。正確距離不明，但我想大概再過幾分鐘就會遇敵了。」

「哦……追上了嗎？」

「不，那不是走路的聲音，感覺像是——組成了陣形。」

「原來如此，是察覺到我方追上他們了吧，也就是迎擊部隊了？」

那麼對方想必是用了某種情報魔法，緊盯我方的一舉一動吧。

安茲面露冷笑。

到目前為止，他幾乎沒讓對手看到自己的底牌。所以對手才會在這裡派出部隊迎擊，藉以測試我方的能力吧。

安茲從敵人不惜犧牲人員的覺悟與行動中感覺到焦慮，覺得與對手的鬥智是自己贏了。

「安茲大人，屬下可以將他們抓起來。」

「這個嘛，到目前為止，我應該沒給對手什麼情報。既然如此，在一口氣踐踏敵方本營之前，必須先收集一下情報。」

「是！」

即使得到了情報，也無法輕易做出對策。

ＹＧＧＤＲＡＳＩＬ的角色基本上有兩種類型。

一種是專精一種能力的角色；另一種是能力製作平均的角色。

若是前者的話，即使得到情報，如果情報內容與那單一能力無關就很難對應。後者的話有辦法對應，但由於對方是平均型角色，因此也無法面面俱到。

雖然也有像安茲這種擁有多樣魔法與同伴留下的道具，應對範圍較廣的角色，或是塔其・米那種異常強悍的平均型角色，但這些都是例外，不是基本；所以需要警戒的只有一點。

（那就是強者的人數，這點仍然成謎，有點可怕。如果無法完全查清這點，我得想到撤退的必要性——嗯，無論如何，我得先揍對方一拳查清對方手中的牌才能再做計議——喔，夜舞子桑的靈魂附體了。）

「……夏提雅，這次妳可不許失控喔！」

「這是當然！」

夏提雅拿出了滴管長槍。

「很好。本來我是不想讓對手知道我們擁有神器級道具，不過除非對手調查系的能力特強，否則也不可能看穿——好，上吧。」

「是！」

●

該地建造於矮人文明最強盛的時期，既莊嚴又華麗。在過去的矮人王都——費傲．伯卡納，除了王城之外，最大的建築物就是工商會議所。因為這裡有開會用的許多房間，還有暫時存放資材的儲藏庫等等。

眾多矮人曾經使用過的這棟建築物，比其他都市的任何建築物都要寬敞。而現在，這裡成了掘土獸人們的氏族王貝．里尤洛的居城。

猶雉回來時，里尤洛正坐在柔軟而巨大的靠墊裡。即使他已經收到猶雉的敗退報告，卻不顯得煩躁或焦急，仍是一副神色自若的模樣。

猶雉低垂著頭，解釋發生了什麼事。

重要事項應該已經由傳令兵通報氏族王了，但他還是得解釋得更詳細點。尤其是他親眼看見矮人王國的殺手鋼黑鎧，更是得重點式地說明一番。

里尤洛默默聽著，手緩慢地動起來，伸進一旁貼身侍衛拿著的籠子裡。然後他抓起了籠子裡嘰嘰叫的蜥蜴，那蜥蜴肥嘟嘟的，配得上獻給氏族王享用。

里尤洛把握著蜥蜴的手朝向猶雉。

「──要吃嗎？」

「不了，謝謝大人美意。」

「是嗎？」里尤洛喃喃自語，把蜥蜴從頭咬斷，猶雉聞到了一絲鮮血與內臟的腥味。

全長約二十公分的蜥蜴，三口就完全進了里尤洛的嘴裡。

里尤洛用放在旁邊的毛巾，擦拭染血的手與嘴角。

「……於是你就撤退了，是吧。追兵呢？」

「屬下不清楚，因為──」

既然那座吊橋已經斷裂，猶雉不認為敵人還能追上來。最重要的是，他們已經殺到了矮人的喉頭。對方應該會選擇強化防衛陣地，接著封鎖發現的迂迴路線，然後才反過來攻打我方。

在要塞被奪取的狀況下，矮人之所以只投入兩隻黑鎧，除非因為他們笨到分散戰力，否則那應該就是他們的最大兵力了。

猶雉將自己的這些看法，解釋給里尤洛聽。

沉默半晌後，里尤洛輕聲說道：

「我看恐怕還有一兩隻。」

猶雉不禁一臉詫異。大概是注意到他的反應，里尤洛隨手用尖爪戳著籠裡的蜥蜴，慵懶地補充說明。

矮人們對要塞的防衛力很有自信，一旦那裡遭到占領，必定會覺得整座都市淪陷的危險性提高了。派出迎擊的黑鎧與總數相比，應該會偏多。

但他們應該還不知道掘土獸人是如何攻陷要塞的，把所有戰力投進一處戰線，會變成危險的賭注。因為如果入侵路線不只一條，後果將會無可挽回。

狀況不允許一點一點地派遣戰力；但想全力反擊，情報又不足。

因此結論是：如果他們還有黑鎧，那就還有一隻，或是兩隻。

猶雉覺得氏族王說得對極了，對自己大王的過人智慧尊敬不已。

「那麼，說到那個哥雷姆，有誰能戰勝他？」

「只要氏族王親自出馬，必能戰勝！」

里尤洛是立於掘土獸人八氏族頂點的強者，實際上，他的戰鬥能力確實超群出眾。

猶雉甚至覺得就算與全體掘土獸人為敵，里尤洛搞不好也能獲勝。在掘土獸人自古至今的歷史當中，從未出現過里尤洛這樣的強者。
猶雉腦中浮現的，是里尤洛過去與魔物展開激戰的英姿。那強大實力在哥雷姆之上，猶稚有絕對的自信敢這樣說。
「……你不是在捧我，而是真的這麼覺得嗎？」
「是！我是這麼覺得！」
里尤洛的語氣中帶有苦笑，但猶雉直率地回答。沒有別的答案了。
「……我忘了，你是哪個氏族出身的？」
這問題問得莫名其妙，猶雉說出自己的出身氏族後，里尤洛又陷入了沉思。
「原來如此……那麼，你是真的認為我能打贏了？」
「大……大人為何這樣問？」
「我只是在懷疑，你是不是在找機會讓我死。我的確比同族的任何人都要強，所以你故意把哥雷姆講得弱一點，好讓我前去挑戰，希望我就這樣被哥雷姆殺死。不過這樣一來，就沒人能打倒哥雷姆了……但與我交戰後，哥雷姆應該也受了些傷，所以你或許會認為能夠以多擊寡。」
雖然遭到效忠的氏族王懷疑，但猶雉心中只有敬意。
換做是自己，絕對想不到這麼多。

猶雉確信只有眼前名為里尤洛的掘土獸人，才是王者的不二人選，忠誠之心因此更加強烈了。

對於這樣的他，里尤洛懷疑地問道：

「……你為什麼沒立刻回答我，你沒這麼想？」

「是！非……非常抱歉！屬下聽氏族王的細密心思，聽得入神了！大人說得對，屬下並沒有那種想法！」

里尤洛呵呵大笑。

「你真是個有意思的傢伙！……你白白喪失了我交給你的兵力，我應該處罰你，但我不會給予體罰，影響到你接下來的職務。實際上，你發現了哥雷姆的存在，看出這是重要情報，並且帶了回來。不只如此，你還預料到敵人的追擊，已經將我給你的一部分軍隊用來防衛這座都市，諸如此類都看得出你夠機靈。」

「謝大人！」

猶雉深深低頭行禮。

「我要問問你這個優秀的將領，我想收集那個哥雷姆的情報，我該怎麼做？」

「可對矮子們的國家發動襲擊。」

「這是一個辦法，如此也能同時得知矮人是否真的還藏有哥雷姆。」

「是！如果沒有，竊以為無論造成多大損失，都該在短期間內攻陷矮人都市。」

「嗯。」里尤洛點點頭。

生物必須花時間生育長大，但哥雷姆只要再做一個就行了。時間是己方的敵人，卻是敵方的朋友。

「除此之外還有什麼辦法嗎？」

「非常抱歉，屬下一時想不到。」

里尤洛把手伸進裝蜥蜴的籠子，再度抓起蜥蜴。

「……要吃嗎？」

自己看起來有那麼嘴饞嗎？

的確，猶雉一路用最快速度趕回來，幾乎沒吃沒喝，也沒好好休息，但也不至於餓到想要跟大王討東西吃。

「不了，謝謝大人美意。」

「是嗎？」里尤洛回答後，跟剛才一樣從頭部開始吞噬嘰嘰叫的蜥蜴。等里尤洛用同一種方式把蜥蜴吃完後，猶雉問道：

「那麼，氏族王，您有想到其他辦法嗎？」

「嗯，有。只要問他們就行了，他們的智慧在我們之上……只是麻煩在於必須支付昂貴的代價。」

「必須支付代價……難道是！」

這句話讓猶雉馬上想到了答案。

「沒錯，就是——」

里尤洛正要開口時，外面嘈雜起來，然後門扉發出巨響被打開。

「氏族王！」

一名警備兵現身了。

「看來是緊急狀況啊，發生什麼事了？」

「回大人！似乎有某人往這座都市來了。」

「從哪裡來的？」

聽警備兵所說，是從猶雉布署了部隊的方向來的，也就是矮人國的方向。

「送追擊部隊來了啊……我太看輕那些矮子了。」

里尤洛只說完這句話，就站起來。

猶雉以眼神詢問里尤洛要去哪裡，里尤洛看出來了，回答：

「這下省得我想東想西，我現在就去見那些龍。」

「您要去打聽哥雷姆的情報嗎？」

「不是，我要說動那些傢伙，讓他們去打入侵者。我看來者八成是那些矮子，既然來到這裡，很可能帶著哥雷姆。既然如此，只要讓龍去打他們，就能同時減損雙方戰力……哼，就讓那些傢伙好好幹點活吧。」

龍占據的王城是這座都市當中最好的地點，氏族王對他們恨之入骨，這件事氏族王身邊最信賴的幾名親信無人不知。而他們也知道氏族王總是巧妙隱藏起這種情感，對龍族鞠躬哈腰。

龍與掘土獸人之間，有著壓倒性的力量差距。

所以在減弱龍的力量之前，氏族王不得不擺出低聲下氣的態度。但是在這座山脈，能與龍平分秋色的戰力少之又少，只有霜巨人(Frost Giant)能與之抗衡。

而里尤洛說，現在這個機會終於來臨了。

「猶雉，我是覺得不可能，不過為以防萬一，你開始準備前往廢棄地區。我們可不想被龍族的戰鬥波及。」

這座矮人王都在成為掘土獸人們的支配地區之前，就有一個區域已經完全毀壞。掘土獸人們從不重建那個區域，讓該處容易布下大軍。而現在，那裡似乎終於要派上用場了。

「遵命。」

「還有……也麻煩你準備好要獻給龍的貢品喔。像是寶石什麼的，就準備點那些傢伙會喜歡的東西吧。我想你應該知道，那些傢伙貪婪無度。我方一開始提出的金額，他們一定不會點頭，而會試著提高價碼。你必須以此為前提，準備價值較低的物品。」

猶雉低頭回應里尤洛所言，表示了解之後，就立刻去執行命令。

●

這世界最強的種族是龍，即使是人類幾乎不可能抵達的嚴苛土地，也可以說一定有適應環境的龍族。而在這安傑利西亞山脈也不例外，以龍做為此地的統治階級。

而這裡的龍族，就稱為霜龍。

一般來說，龍族都具有苗條的身段。那種體型與其說類似蜥蜴等爬蟲類，倒比較容易聯想起貓科動物。其中霜龍又更瘦一點，有點像是蛇類。

鱗片呈現藍白色，但隨著年紀增長，會漸漸變成彷彿一身冰霜的白色。他們適應環境，擁有對寒氣的絕對抗性；反過來說，弱點是怕火焰攻擊。

龍族做為殺手鐧而受到許多人畏懼的攻擊是龍族吐息，而霜龍的吐息蘊藏了寒氣。

如今，霜龍之王奧拉薩德克·海力利亞爾蜷曲於自己的王座上，冷漠地俯視前來求見的掘土獸人。

「歡迎你來，有什麼事嗎？」

「是！有幸得見偉大的白龍王奧拉薩德克大人……」

「——馬屁就免了，講重點吧。」

說是這樣說，奧拉薩德克卻稍微瞇細了眼。

龍王這個頭銜在龍族當中具有特別意義。基本上只有達到最高年齡（古老級）階段的龍、擁有特別力量的龍族強者，以及能夠使用異類魔法的龍等優秀龍族，才能享有如此殊榮。

被人用這樣光榮的頭銜稱呼，實在相當愉快。

「是！首先感謝龍王陛下准許拜謁，請接受小人的謝禮。」

在掘土獸人王身後待命的掘土獸人們拿出了粗陋的大袋子。

打開袋口一看，果不其然，裡面流瀉出黃金的光輝。

雖然份量不夠令人滿意，但這大概是掘土獸人的極限了，只能將就點。

「好吧，那麼你有什麼事？」

「回陛下！是這樣的，有不肖之徒想攻擊我們的住處，小人斗膽，希望能借用偉大白龍王的力量擊退敵人。」

「唔嗯……」

對奧拉薩德克而言，掘土獸人是下等種族，理應侍奉他們這些強大的龍，換個說法就是他們的財產。如果有人擅自殺死這些生物，會讓奧拉薩德克有些不悅；但為了區區下等種族而親自動身，又會令他一肚子火。

奧拉薩德克的視線落在耀眼王位——成堆的黃金與寶石上。

做為龍族共通的習性，不知道為什麼，他們都很喜歡貴金屬、寶石與魔法道具等財寶，這點奧拉薩德克也不例外。

不過，他們雖然能自己挖洞得到貴金屬或原石，卻沒有辦法加工，而且那也不是強者該做的事，他認為這些工作應該交由奴隸們去做。

而為自己做牛做馬的奴隸，現在正在請求自己幫助。奧拉薩德克多少發揮了點寬大的心胸，覺得稍微費點勞力幫幫忙也不會怎樣。

「那麼對手是什麼人？」

「不清楚，小人還沒能掌握對手的真面目，但小人認為應該是矮人。」

「矮人……唔嗯。」

奧拉薩德克看了看自己身後的巨大門扉。

據說此地還是矮人都市時，那扇門的後面就是矮人的寶物庫。

不管奧拉薩德克如何攻擊，門扉都打不開，也打不壞。矮人的盧恩工匠施加的守護魔法長期以來保護寶物免於他的攻擊。

如今奧拉薩德克對裡面的財寶已經不那麼執著，只會偶爾拿門扉磨磨指甲；但一聽到矮人二字，內心悶燒的火焰又再度變得旺盛。

來到這裡的矮人，或許有辦法能打開這扇門。

（是不是該捨棄掘土獸人們了，比起掘土獸人，矮人的可用性多多了。）

奧拉薩德克一面如此計算，一面冷酷地俯視掘土獸人，掘土獸人王的懇求也將近尾聲：

「憑白龍王大人的力量，要打倒區區矮人易如反掌！懇請大人助我們一臂之力！當然，只要大人能為我們打倒矮人，小人會獻上比剛才多一倍的……不，是更多的財寶！」

最後一句話刺激了奧拉薩德克的欲望，臉孔抽動了一下。

「……知道了，我考慮一下。」

「且慢！白龍王大人！敵人已經迫近眉梢了！再說那些矮人一定會想搶回這座都市！」

奧拉薩德克狠狠瞪著掘土獸人。

「什麼意思，你以為區區矮人能把我趕出巢穴嗎？」

「小人不敢這麼說！但矮人們會做出什麼事難以預料，或許他們知道讓這座都市崩毀的方法！」

「如果知道，他們早就做了吧？」

「竊以為也有可能在都市內準備了毀滅用的引爆點！」

奧拉薩德克沉吟一會兒，雖然完全是憑空想像，但不能保證絕對不可能。

為了建立龍族帝國，此地是絕對不可或缺的。

他獲得了矮人王城遺跡，命令妻室們在此地生蛋，並在此將孩子撫養長大。

以往那樣隨處生蛋，放著不管，或是出生約一年後就扔出巢穴的做法無法增強龍族的力量。奧拉薩德克打算多生孩子，令霜巨人臣服，然後完全統治這座山脈。

霜巨人與霜龍在這山脈當中並列為頂級掠食者。為此雙方長年進行勢力鬥爭，想分出誰才是真正的頂點。

霜龍的殺手鐧寒氣吐息，無法傷到對寒氣具有完全抗性的霜巨人。而巨人揮動巨大武器的攻擊力，即使是龍也無法小覷。對手人數一多，龍甚至可能落敗。實際上也的確有霜龍敗給霜巨人，而被當成看門犬使喚。

而霜巨人也知道這件事實，換成奧拉薩德克，一定會趁強敵尚未增加前掌握機會進攻。一旦放棄此地，還沒獲得新的城堡，霜巨人的部落就會聯手進攻了。

奧拉薩德克環顧躺臥四周的妃子們。

三頭母龍。

妃子中最年輕的，生著一支青白長角的米亞娜塔瓏・芙尼斯。

與奧拉薩德克進行過多次領土之爭的穆薇妮亞・伊力司斯利姆。

棲息此地的龍族當中，雖然只到第一位階，但唯一能使用信仰系魔法的奇麗斯多蘭・丹舒殊亞。

「妳們覺得呢？」

「……就幫助他們也行吧。矮人不是什麼大不了的敵人。」

「我也贊成。這人說什麼都不重要。但矮人如果明知道我們在這裡還攻打進來，就是沒把我們放在眼裡。對於那些得意忘形的矮小生物，必須在他們的心臟上刻下難以磨滅的恐懼才行。」

奧拉薩德克原本看著以利爪刮傷地板的穆薇妮亞，視線接著轉向奇麗斯多蘭。

「那麼妳覺得呢？」

他向最後剩下的奇麗斯多蘭問道，她偏偏頭。

「我反對，但也贊成。反對是因為不知道來者是否真是矮人，而且對方明知我們在這裡卻仍選擇進攻，我們應該稍微思考一下對手的力量。不過他說對方有可能讓都市崩毀，聽起來很荒唐，但實際上憑矮人的技術力，或許真有可能建構出那種機關，所以不設法處理就太傻了。」

奧拉薩德克面露苦笑，這頭母龍個性真彆扭，太合他的口味了。

「贊成的比較多是嗎——也罷，那就答應下等掘土獸人的請求吧。」

「是！謝大人！」

掘土獸人跪拜在地表示感謝，奧拉薩德克高高在上地冷眼盯著他，強調道：

「獻上的禮金要剛才的十倍。」

「十！您說十倍嗎！」

掘土獸人王抬起頭來，奧拉薩德克嗤之以鼻。

「連進攻者是誰都沒弄清楚，這點要求是理所當然的……所以你打算怎麼辦，不肯付的話你們就自己想辦法吧。」

「請……請等一下！小人願意進獻！請讓小人進獻！」

奧拉薩德克忽然有個想法。

掘土獸人們真有這麼多黃金能付給自己嗎，還是說因為矮人是料想不到的強敵，所以寧可努力支付禮金？

（算了，都無所謂。如果他們沒有支付說好的禮金，我就像穆薇妮亞所說的那樣，對得意忘形的弱者（掘土獸人）的心臟刻下永不磨滅的恐懼也就罷了。）

「你可以滾了。」

「是！那麼大人何時願意前來呢？」

「很快就去，你們等著就是了。」

「是！」

望著掘土獸人漸漸遠去的背影，米亞娜塔瓏向奧拉薩德克問道：

「您要親自前往嗎？」

「怎麼可能，我才不要。」

奧拉薩德克可是此地最強的龍，就算收取了報酬，為了奴隸而與敵人戰鬥簡直是荒唐可笑。所以——

「我要派人過去，妳們覺得哪個孩子好？」

哪個孩子都是自己的孩子，這裡除了妃子之外，都是奧拉薩德克的親骨肉。

「那就派我的孩子過去吧。」

「妳的，哪一個？」

奇麗斯多蘭與奧拉薩德克之間有四個孩子，每個都是活了至少百年的龍，比掘土獸人們強多了。

「最大的。」

「海吉馬爾啊。」

奧拉薩德克一臉不高興。

「別看那孩子那樣，腦袋裡可是很有料的。我認為他可以看穿對手的真面目，而如果來者是矮人，一定能進行交涉，為您帶來最大的利益。您也已經漸漸厭倦拿掘土獸人當佣人了吧？」

「那孩子有這麼大能耐嗎，還是派別的孩子去吧。」

他也贊成米亞娜塔瓏這句話。

「總比特拉吉利特好吧。」

「……奇麗斯多蘭，對龍而言最重要的是肉體強壯，用頭腦是不可能敵過力量與速度的。奧拉薩德克之所以能贏過我，是因為他的肉體比我更強壯。給我記清楚，體格強健的特拉吉利特比海吉馬爾那種貨色優秀多了。」

特拉吉利特是奧拉薩德克的孩子之一，生母是穆薇妮亞。而以力氣來說，他在所有孩子當中是最優秀的。

「可是腦袋空空是不行的，要是派出隨意屠殺掘土獸人的孩子過去，誰知道他會做出什麼好事。」

「妳們吵夠了吧。」

奧拉薩德克打斷了還想說什麼的穆薇妮亞，在視野角落，可以看到米亞娜塔瓏因為兩人沒吵起來而一臉掃興。

「我採用奇麗斯多蘭的建議，去把海吉馬爾叫來。」

「想得美，他不會出來的。」
奧拉薩德克感覺自己的計畫從一開始就受挫了。
穆薇妮亞發出一絲酸溜溜的笑聲，要是她們又吵起來就麻煩了。奧拉薩德克稍微提高了音量說：
「把門打壞，把他硬拉出來就是了。」
「哎呀，是你說不要破壞你的城堡，我們才沒把門打壞喔。所以你准嗎，說不定壞掉的不只是門就是了。」
的確，奧拉薩德克也記得自己說過。龍雖然手巧，但沒辦法打壞門扉之後重做一扇，也沒學會那種魔法。因此只要把門弄壞，就只能那樣擺著了。
他覺得自己貴為白龍王，住在那種坑坑巴巴的城裡太可恥了，才會嚴令妃子與孩子們不可弄壞東西。
只要他一聲命令，妃子應該會去，不過——
「沒辦法了，我去吧。」
「拜託嘍。」
奧拉薩德克怏怏不樂地看著奇麗斯多蘭。
貴為君王的自己親自去叫人，仍然讓他難以釋懷。也許應該為了這種時候，讓一部分的掘土獸人住在這座城堡裡幹活。

但奧拉薩德克捨棄了這個想過好幾次的念頭。

他無法忍受掘土獸人那種下等生物在自己的城堡裡走來走去，等有朝一日時機成熟，他要滅了巨人，把一部分當成奴隸使喚，在那之前就忍忍吧。

●

矮人王城以他們的身高來考量，可說大得驚人。所以身體巨大的龍才能住在裡面，而從外圍移動到另一個外圍，是相當長的一段距離。

奧拉薩德克不斷爬上王城的高樓，來到幾乎位於最高樓層的大門前。

然後他對門內出聲道：

「是我，開門。」

之後奧拉薩德克等了一會兒，但門後沒有移動的聲音。

他不可能不在，這房間裡的兒子是個繭居族。奧拉薩德克從沒看過他出來，聽說連三餐都是弟妹送來的。

父王到來竟敢假裝不在，這種態度令奧拉薩德克一肚子氣。

「我再說一次，是我，開門。」

龍的感知能力很敏銳，這樣大聲怒吼，就算窩在房間裡也聽得見，睡著了也會嚇醒。

但是——門沒開。

奧拉薩德克氣上心頭，直接付諸行動。

他把尾巴狠狠打在門上。

承受如巨木一般粗，覆蓋鱗片硬度超過鋼鐵的一擊，門扉發出被打爛的聲音。過去建造這個房間的矮人，也實在沒想到會遭受龍尾攻擊吧。

房裡雖然有了某人移動的氣息，但不足以壓抑奧拉薩德克的憤怒。

又一擊打在門上，門扉半毀，碎裂四散的石子如散彈般往內部飛散。

房間裡傳出窩囊的「噫欸欸欸」哀叫。

「現在立刻給我出來！」

被這樣一吼，一頭龍像被電到般現身了。

霜龍都擁有纖瘦的肢體，然而現身的龍卻是不同的模樣，說得明白點就是很胖。

鼻子前端戴了副小眼鏡的龍，用怯怯的目光抬眼看著奧拉薩德克。

看到自己的孩子擺出這種窩囊至極的態度，奧拉薩德克嘆了口氣。

自己是此地的統治者，別人面對自己提心吊膽無可厚非。但他是自己的孩子，至少希望眼神能再有力一點。

還有這副可悲的體態，與其說是龍，不如乾脆叫肥龍算了。

說真的，讓這種小孩代替自己戰鬥，也許是一種家醜外揚的行為。

奧拉薩德克正在思考時，兒子好像被父親盯得怕了，詢問道：

「父……父王，您……您有什麼事嗎？」

即使長成這樣，龍畢竟還是龍。而龍會隨著成長越來越強，這樣想來，縱然是這麼一個胖子應該也還能打鬥。

「有工作要你做，海吉馬爾。」

「工……工作嗎？」

「對，疑似矮人的某者似乎攻進了掘土獸人的住處，我要你去擊退來者。」

「噫欸……」

「噫欸？」

「呃，不，沒什麼，父王。但……但是我，那個，該怎麼說，其實我對打鬥不是很有自信……」

「那你對什麼有自信，你能用魔法殺死對手嗎？」

龍在成長過程中，會漸漸學會使用魔力系魔法的技巧。但也只是會點皮毛而已，遠遠稱不上什麼魔法吟唱者。不過，其中也有一些龍學會了使用魔法的方式。
他的妃子之一奇麗斯多蘭．丹舒殊亞就是一例。其他還有評議國的評議員之一「青空龍王」斯維瑞亞．麥龍希盧克就具有森林祭司的力量，能使用信仰系魔法。此外遙遠的東方之地據說也有龍修得了聖騎士職業，會使用其他系統的魔法。
「……這個嘛……那個沒有師傅教，自學很難學得起來……」
「那麼你整天窩在房間裡，都在做什麼？」
海吉馬爾的眼中開始蘊藏光輝。
「讀書，我在累積知識。」
「……什麼，知識，你在摸索能運用魔力系魔法的力量嗎？」
「不……不是的。父王，讀書不是為了使用魔法。我是在加深教養，學習這座都市是如何建立的，而這個世界上又有哪些種族，諸如此類的知識。」
「……我不明白，學這些能變強嗎，不能變強的話豈不是沒有意義？」
這世界上沒有任何事情比變強更重要，因為這是弱肉強食的世界。既然如此，活著就代表要變強。反之如果不變強，就等於否定生命。
海吉馬爾一聽，雖然立刻掩飾過去，但奧拉薩德克仍能看出他的神情當中，有那麼一絲無奈。

「怎麼，有什麼想說的就說出來。」

兒子什麼也沒說，這種窩囊的態度讓奧拉薩德克更生氣了。

他正想吼兒子兩句，忽然想起自己來這裡的目的。

奧拉薩德克才不管掘土獸人會怎樣，但他需要報酬。

「窩在房間裡搞得遲鈍笨重，成天啃書是沒用的。想獲得新知就離開這裡，去周遊世界增廣見聞吧。」

奧拉薩德克已漸漸對海吉馬爾不感興趣了，為了得到無聊透頂的東西，代價就是這副腦滿腸肥的肉體。這種驚愕使他對自己的孩子完全喪失了興趣。

「我……我正是在為此做準備。不知道世界上有什麼樣的人，也許在見識世界之前就會喪命了。」

「死了就算了啊——你真是愚蠢，為什麼不先追求強大力量，只要得到力量，出了世界也什麼都不用怕啊！就像我一樣。」

「父王，但是知道哪裡有什麼樣的強者是很重要的。像是父王，還有霜巨人不也是強敵嗎！在不了解對手的情況下與之為敵……」

「——我才不怕霜巨人。」

「失……失禮了，父王。」

看著海吉馬爾把頭緊貼在地上，奧拉薩德克垂頭喪氣。

「夠了，現在我要命令你，你必須去執行。然後，一個月之後我就要把你趕出去，之後你愛怎麼過就過吧。」

3

「唉。」

海吉馬爾待在通往王都的坑道裡，像父親一樣嘆了口氣。

「我很不擅長打鬥耶……」

豈止不擅長，坦白講，他弱到連跟年紀比自己差一輪的弟弟打鬥恐怕都會輸。不安造成他的自言自語越來越多。

「對方……要是能被我的外貌嚇跑就好了……」

海吉馬爾猛吸一口氣，用力把凸出的肚子縮回去。然後他舉起爪子，張大嘴巴，這樣看起來應該會比較像龍一點。

「啊，差點忘了。」

他小心翼翼地拿掉戴在鼻子前端的眼鏡，藏在附近。雖然不是魔法道具，但要是壞了就沒有第二副了，得小心保存才行。

「唉……雖然聽說龍鱗可以做成刀槍不入的鎧甲……只能祈禱矮人不是那麼野蠻的種族了……」

如果他們就那麼野蠻，該怎麼辦？

不，絕對是的。因為關於龍素材的情報，就是從矮人的書籍得知的。

海吉馬爾死命壓抑住身體的顫抖。

他知道王都的掘土獸人都在看自己，其實如果可以，他很想沿著坑道再往前走一點，到觀眾看不到的地方戰鬥；但父親禁止他這樣做，因為這樣就無法讓掘土獸人們目睹龍戰鬥的模樣了。

父親要海吉馬爾盡量查明對手的真面目，如果能收為部下就收；然而父親的意思可不是要海吉馬爾勸降，而是命令他展現自己的力量，以強者的身分支配弱者。

因此，敗北就等於死亡。打鬥輸了會死，即使輸了留一條命，因此降低掘土獸人們對他們的敬意，也會惹惱父親而丟掉小命。

既然如此，乾脆直接逃走好了，反正一個月後就會被掃地出門了。

這點子本身並不壞，但他捨不得那一個月的準備時間。

最好的辦法還是打贏戰鬥，令矮人臣服。

海吉馬爾吐出吐息。

嚴寒氣息把整面牆壁凍得雪白。

「很好！吐息照樣能吐，也符合年齡水準。」

這是龍最大的殺手鐧之一——龍族吐息，以霜龍來說是寒氣吐息，會隨著成長而漸漸強化。海吉馬爾的吐息也隨著成長而變得夠強，比體能什麼的更可靠。

「……可是啊……」

只要是有點知識的人，誰都知道龍的吐息有多可怕，因為這是所有龍族都具有的力量。

事實上，矮人們的書籍中也有記載。來到這裡的矮人不可能沒做對策。

他心中充滿了絕望。

照父親對他說的，要是他真的會用魔法什麼的，也許情況會有所不同——

「我看我應該是棄卒吧……」

海吉馬爾的兄弟們很聽父母親的話，都是標準的龍族性格。父親不用他們，而派海吉馬爾上陣，大概就是因為自己這個繭居族死不足惜吧。

只能怨恨自己的命運了。

要不是遇見了書籍，知道了滿足求知慾的快感，大概也不會落得這般田地，但現在後悔也來不及了。
海吉馬爾的鼻子震動了一下。
然後他側耳細聽，聽見沿著洞窟走來的好幾對腳步聲。
聽腳步聲有穿鞋就知道，那很明顯的不是掘土獸人。
（是矮人嗎！人數少就表示……光憑這點人就能贏，還是說他們是先行偵察隊？我如果打倒他們，可以當作工作結束了回家嗎？）
只要擊退先行偵察部隊，或許可以硬是說完成命令了，問題是這種藉口不知能不能讓父親放他一馬。
在礦石微光照亮的洞窟裡，漸漸走來的人影──雖然還有距離，看不清楚──似乎有四個人。
（三個小的是矮人吧，那麼大的那個是什麼？矮人的近親裡也沒有那麼大的種族，會不會像掘土獸人們向老爸求援，矮人們也找了那人幫忙？）
那人無論是不是矮人找來的幫手，都是最需要警戒的對象。
不過雖說大，但還是比龍小。
自己是否該先下手為強，直接吐出吐息攻擊？海吉馬爾立刻否定了這種想法。
（不行，應該問對方有什麼目的，找出以談判解決的方法。）

換成一般的龍早就開打了，但海吉馬爾對自己沒自信，不想吃苦頭。為此，他在尋找能最安全解決問題的手段。

不久，龍的敏銳視力——雖然海吉馬爾的有點減弱——確認到走在前頭的不是矮人。

（那個我在書上有看過喔！應該是據說住在深邃森林裡的黑暗精靈吧。）

那種存在不可能出現在這個地區。

（不過，書上有寫到黑暗精靈的平均身高，相比之下，那個人實在太小了。會不會是黑暗精靈與矮人的混血兒，還是就只是黑暗精靈的小孩？）

海吉馬爾東想西想，視線一移向出現在黑暗精靈身後的大影子，瞪大了雙眼。

（啊，那是死者大魔法師嗎，怎麼會跑來那種的！這下麻煩了，那個對寒氣吐息具有完全抗性，而且還會用「火球（Fire Ball）」攻擊。）

火焰是霜龍的弱點，換言之，死者大魔法師不怕海吉馬爾的最強攻擊，但他的攻擊卻能給予自己極大損傷。

（而且……那件看起來很昂貴的長袍是什麼？）

龍能隱約看出寶物的價值，能夠大略判斷一件珍寶有多昂貴。這種眼光告訴海吉馬爾，那個死者大魔法師穿的長袍具有超乎想像的價值。

（……不，仔細一看，那個走在前頭的黑暗精靈穿的衣服也是。在我看過的寶物當中，好像沒有一件比那些衣服貴。）

由於海吉馬爾一直窩在房間裡，而且對他來說矮人留下的書籍更有價值，因此嗅出寶物價值的「嗅覺」本能有可能已經遲鈍了。即使是本能，不常用還是會退化。但海吉馬爾不覺得自己有看走眼。

（下一個人以輪廓來看應該是母的……好像也不是矮人呢。也不是黑暗精靈，這人似乎也穿著價值連城的服裝……嗯——是我的嗅覺遲鈍了嗎，但如果不是的話……）

看到走在最後尾端的矮人，海吉馬爾放下了心。

（就只是個矮人呢，穿的衣服似乎沒什麼價值。）

這時海吉馬爾搖搖頭。

（這種想法太天真了喔！前面三個人完全不是普通人，說不定那個矮人也有哪裡不同，鬆懈大意太危險了。）

海吉馬爾正在看著，只見黑暗精靈指著他，好像在告訴所有人海吉馬爾的存在。

他本來在想，如果對方劈頭就殺過來——尤其是用「火球」——該怎麼辦，但對方只是稍微佇足討論了一下，又立刻往海吉馬爾這邊走來。

（……看來我最好料想到最糟的狀況。）

如果對方立刻開始攻擊，可能表示對自己有所戒備。那麼相反的情況代表什麼意思？

（嗚～胃好痛。希望那個不死者心地善良，只是來談判的！）

自己說不定會被殺，至今生活在安全環境下的海吉馬爾苦苦等著一行人停下腳步，這段時間對他來說實在煎熬。

不久，一行人走到了離海吉馬爾不遠的地方。

海吉馬爾吸一口氣，注意說話時不要顯得太霸道。

因為那群人毫不猶豫地接近他這頭龍，他判斷擺出高壓態度會有危險。

「前方是掘土獸人與我們龍族的巢穴，您——咳哼！各位來此有何貴幹？」

站在前頭的黑暗精靈與身後的死者大魔法師交換位置，在這一瞬間，這群人的領導者是誰不言自明。

「嗯，我們是來發動攻擊的，你們那邊卻只派一頭龍來？就我所知，龍隨著年紀增長——體格變得越是巨大就越強。從你的大小來看，我覺得應該不強……這是怎麼回事？」

怎麼回事是指什麼意思？海吉馬爾不明白，但果不其然，這個死者大魔法師絲毫沒在提防身為龍的自己。

（啊，這下真的慘了。我不知道該怎麼形容，但真的慘了。）

「再怎麼說，想收集我方情報的話，只派一頭龍來也太離譜了……這也在對手的計算之中嗎，還是我提防過度了？不過剛才分析從抓來的那群掘土獸人身上獲得的情報，應該是後者。」

從剛才到現在，死者大魔法師說的話，海吉馬爾一句都聽不懂。他似乎也沒打算講得讓海吉馬爾聽懂，換言之就是自言自語，但怎麼會這麼可怕？

「……我懶得想了，讓我看看你是多強的龍吧。」

一陣毛骨悚然的寒意貫穿海吉馬爾全身上下。

那種語氣輕鬆自在，簡直就像撿起路邊小石頭一樣，一聽就知道他確定自己辦得到。

海吉馬爾一看到他突然抬起手的瞬間──

「『心──』」

「請等一下！」

海吉馬爾大聲咆哮，然後把頭貼在地上。

這是龍族能做出的最大敬意──服從的姿勢。

「臟──』，什麼？」

看到死者大魔法師停住了抬起的手，海吉馬爾苦苦哀求：

「請等一下！我的名字是海吉馬爾，我有這個榮幸知道您的名字嗎！」

在視野角落，他看到矮人張口結舌的模樣。但黑暗精靈與像是森林精靈的人都沒有類似的驚愕反應，換句話說她們認為是理所當然的。

海吉馬爾確定自己的判斷沒錯。

「……我的名字是安茲．烏爾．恭……你這姿勢是什麼意思？」

「回大人的話！記得人類種族可以用後面的名字相稱，恭大人！這是我們龍族表示最大敬意的姿勢！」

「唔嗯……你為什麼要這樣做？」

「當然是因為我馬上就知道，恭大人絕非泛泛之輩。面對偉大的人士，除了這個姿勢以外我還能有其他反應嗎！不，不能！」

這是賭注，拿自己的一切當籌碼。

聽說矮人會用燒紅的鐵形容賭興濃厚，但海吉馬爾只覺得寒徹心肺。

經過幾秒彷彿凍結的時間，死者大魔法師終於「嗯」了一聲。

「……你要服從於我？」

「是的！只要恭大人恩准！」

偷瞄一眼其他人的反應，黑暗精靈與森林精靈還是一樣，一副理所當然的態度。

「……但龍無論是肉、皮、牙齒或鱗片都有各種用途呢。嗯，你站起來讓我看看。」

那態度相當慣於命令人，完全不覺得海吉馬爾服從自己有什麼奇怪的。這個死者大魔法師肯定從一開始就沒把海吉馬爾這頭龍放在眼裡。

沒錯，龍是最強的種族，但不是無敵的種族。能屠龍的存在多得是，霜巨人就是個好例子。

不過，比較兩個種族，結論來說龍仍然是比較強的種族。

原因在於成長性，龍族會經年累月不斷成長，最後成為最強的生物。光是壽命夠長又能不斷成長，就是一大強項了。

從這個觀點來看，也許可以說不死者比龍更強。高階不死者雖然肉體不會成長，但能累積知識，充實經驗。

而海吉馬爾曾在書上讀過傳說級不死者的故事。

像是吞噬活人靈魂的「噬魂魔（Soul Eater）」；散播傳染病的「蠕動瘟疫（Wriggle Pestilence）」；以死者大魔法師為中心，多種不死者魔法師組成的魔法師集團；潛伏於死者之山，使用精神系魔法的不死龍「克方它拉·安格魯斯」；徘徊於陰影幽谷的剪影不死者「幽冥界開膛手（Astral Ripper）」等等。

如同這些傳說級的不死者，這個死者大魔法師或許也是名留青史的存在，只是正好沒寫在矮人的書上罷了。

海吉馬爾慢慢挺起背脊。

他感覺到死者大魔法師目不轉睛地打量著自己的身體，對於自己這沒個龍樣的體型感到羞恥。

「原來如此，生長在這種寒冷地帶的龍會累積皮下脂肪是吧。我以為霜龍做為種族特性，會對寒氣具有抗性……還是說因為有可能找不到糧食，為了儲存養分才會變成這種體型？」

「呃，不是，只有我是這種體型……」

「哦，也就是說是你是稀有種了？」

是否具有稀有價值尚有待商榷，不過家裡的確沒人像他這麼胖，所以或許不算錯？

「或許是這樣，恭大人。」

「這樣啊。」死者大魔法師回答，接著小聲低語：「那殺掉或許可惜了。」這句話被龍的敏銳聽覺聽見了。

海吉馬爾死命壓抑住幾乎變得粗重的呼吸，看來他又一次勉強選對了求生的選擇。

「還有其他龍嗎？」

「回大人，有。比我大的龍四頭，跟我差不多的龍六頭，比我更小的龍大約九頭。」

「哦！」

海吉馬爾敢肯定，他回答得這麼高興一定是在打邪惡主意。

「那麼其中比你強的龍大概有幾頭？」

「大龍全都比我強，跟我同樣大小的龍也應該都比我強。」

海吉馬爾實在不敢說「搞不好連弟妹都能打贏我」。自己的價值若是降低，搞不好會立刻丟掉小命。

「原來如此，那麼那些大龍最多能使用第幾位階的魔法，只會用魔力系魔法嗎？」

「最強的到第三位階，正如大人所言，是魔力系魔法。」

龍族隨著成長，做為種族的特徵，不用特地學習也能學會如何使用魔力系魔法。只不過能使用的魔法很少，就連海吉馬爾的父親，都只能使用大約三種第三位階的魔法。

「什麼，最多只會第三位階嗎……」看那態度似乎是失去了興趣，但他又好像想到了什麼，語氣恢復了力量：「不，我問你，那會不會只是假象。俗話說真人不露相，有沒有可能那頭最強的龍其實能用到第八位階魔法，卻隱瞞起來？」

「不可能，應該說——」

應該說第八位階魔法根本不存在，但告訴他真相好嗎？

辦不到。真相有時比謊言更傷人。讓這個死者大魔法師受辱，海吉馬爾也不可能好過。

「——不，他不可能會用那樣高階的魔法，我記得曾聽說他只學會了第三位階的火焰防禦魔法。」

這點應該告訴他一聲，自己的父親絕非可以小看的對手。

「哦，這樣啊。也是，想對策彌補自己的弱點是理所當然的。」

對方不怎麼認真的回答讓海吉馬爾很不安。

「亞烏菈。」

「是，安茲大人。」

黑暗精靈似乎叫做亞烏菈，從氣味推測是母的。

另一名像是森林精靈的母人類沒有味道，簡直就跟死者大魔法師一樣毫無體味。

「這頭龍給妳吧，我記得妳說過想要一頭龍吧？」

「謝謝大人，可是，這傢伙會飛嗎？」

一個是懷疑的視線，一個是覺得有道理的眼光對著海吉馬爾。

「大……大概飛得起來。」

雖然海吉馬爾長久窩在房間裡，但總不至於飛不起來。對龍而言，飛行就等於步行，不可能忘記怎麼飛的。海吉馬爾一邊後悔應該用飛的過來這裡，一邊說道。

「那麼，安茲大人，這傢伙我就收下了喔。呃，那麼，我要先讓這傢伙明白我才是老大。」

海吉馬爾還來不及猜到自己會被怎樣，幾千把酷寒刀刃先貫穿了全身。

死了。鐵定死了。足以令他產生如此直覺的恐懼，化為看不見的刀刃貫穿全身。

一瞬間，意識飄遠。在逐漸淡去的意識中，海吉馬爾確實感覺到自己的心跳停了。

「——嗚哇！」

覆蓋全身的紫黑寒顫，發出沙沙聲煙消霧散。

心肌小心謹慎地再度開始活動，四肢顫抖不止，肺部急促地吸取氧氣。

有一本書上提過，那應該就是所謂的「殺氣」。換言之，黑暗精靈——今後將成為自己主人的亞烏菈，能夠散發出瞬間令霜龍幾乎休克死亡的殺氣。

那麼如此強大的存在以「大人」相稱的死者大魔法師，又有多麼可怕？

不用說也知道，正確到令他不願去思考。

那是至高無上的強者——超越者(Overlord)。

自己沒做錯任何一個選擇。

海吉馬爾猛一回神，看看四人，發現他們稍微站遠了點，一臉驚訝。

他先是疑惑發生了什麼事，接著才發現自己腰部以下有種不舒服的感覺。往腳下一看，海吉馬爾大受打擊。

他似乎胯下沒縮緊，失禁了。一片湖泊般的水窪在腳下擴散開來。

「我……」

該怎麼解釋？如果讓他們感到不快，搞不好會被殺。

「因……因為太高興，我不慎失禁了！」

死馬當活馬醫了，海吉馬爾不認為他們會相信，但總比說嚇到尿失禁來得好。

「今後我願為亞烏菈大人效命，絕無二心。」

「好討厭喔……」

她一臉排斥。

這下不妙，自己若是被她認定毫無價值，搞不好會被當成垃圾丟掉。強者都是這樣的，事實上，自己的父親不就是這樣嗎？不過，一個意想不到的人伸出了援手。

「原來如此……那就沒辦法了。」

「咦，是這樣的嗎，安茲大人？」

「嗯，過去我聽同伴——紅豆包麻糬桑說過，她說狗狗興奮漏尿得很嚴重，讓她傷透了腦筋。情緒一亢奮起來，有時候就是會這樣吧。」

「紅豆包麻糬大人這樣說！原來是這樣啊！是不是就像芬恩等一部分魔獸會用尿尿的方式劃地盤？」

「或許吧，我雖然不清楚龍的生態，但這傢伙都這麼說了，那就是這樣吧。」

看似森林精靈的人本來一直保持沉默，這時偏著頭，向死者大魔法師問道：

「安茲大人，我們是不是也該這麼做呀？」

「夏提雅，一開口就講這種話不太好吧……」

「嗯，亞烏菈說得對。妳們如果做這種事，我可是會經不起打擊而昏倒的，這種行為要由小寵物來做才可愛……不過紅豆桑之所以傷腦筋，是因為她說那狗有點年紀了就是。還記得她那時說要想辦法不讓狗狗激動，真懷念呢。」

三人的態度都變了，呈現出跟剛才的殺氣正好相反的氛圍。

總之海吉馬爾先稍微移動一下，在牆壁等地方擦擦尿溼的部分去汙。

「是說那麼接下來要怎麼辦？」

原本一語不發地觀察情形的矮人開口了，這個矮人跟那三人不同，感覺並不強。

也許矮人們僱用了這些人當傭兵，而這個矮人是監督。若是如此，海吉馬爾是否也該對這個矮人表示敬意；自己做為這三人的屬下，會被安排在什麼樣的位置；今後會收到什麼樣的命令？混雜著不安感受的疑問在腦中交相飛舞。

「這個嘛，掘土獸人們就交給亞烏菈與夏提雅，我跟這頭龍一起去處理掉所有與我為敵的龍吧。」

一陣令人悚慄的寒顫竄過全身。

多輕鬆的口氣啊，他只把龍當成這點程度的貨色，擺出強者應有的態度。

海吉馬爾不知道該怎麼辦，不確定在這裡為其他龍求饒是不是聰明的行動。

他細細考量過自己可得到的好處，然後開口道：

「……恭大人、亞烏菈大人，可否准許我發言？」
「可以，說來聽聽。」
「是！我在想，大家並不知道恭大人有多偉大，希望大人能對這些愚人大發慈悲。換句話說，竊以為恭大人應該讓其他龍知道您的偉大！」
「嗯……妳們覺得呢？」
「全聽安茲大人的。」
「說得對，我們不可能對安茲大人的判斷有任何異議。」
「總之只要能讓龍離開王都就行了吧。嗯——那邊那頭龍，老子可以問個問題嗎？」
矮人向海吉馬爾問道。
海吉馬爾偷偷觀察主人們的臉色。說真的，他不知道對這個矮人該採取何種態度。話雖如此，擺出太高傲的態度恐怕有危險。可是，僕役若是動不動對人鞠躬哈腰，又怕折損了主人的價值。
「請說。」
猶豫半天後，海吉馬爾選擇簡短回話，以達到模稜兩可之效。
「嗯……不過竟然能完全支配龍……不，既然都展現了那麼強大的力量，當然了。喔，抱歉。除了這裡以外，還有其他地方有龍嗎？」

「或許有。」

「或許，是嗎。如果有，能同樣命令他們嗎？」

「不行，他們屬於其他部落。」

「嗯……那麼應該先回去通報一聲，說已經達成委託，把此地的龍都趕走了。然後再告訴他們可能還有其他部落的龍，這樣他們為了保衛奪回的王都，一定會想借用陛下的力量。好不容易奪回這塊土地，他們不可能捨得再次放手的。照老子看，這樣獲得的利益應該最多吧！」

海吉馬爾聽到了一個不容忽視的字眼。

看來這個死者大魔法師似乎貴為君王，而森林精靈與黑暗精靈可能是他的下屬。

「我壓榨你的同族，你不在乎？」

矮人半開玩笑地聳聳肩，好像在說：你在說什麼啊。

「如果要問哪邊比較重要，老子會以選擇了老子與其他工匠的陛下優先，這是互相的關係。」

「我要感謝你，貢多。」

「別說了，老子再怎麼感謝陛下也不夠。長久以來折磨老子的所有苦惱，都在見到陛下的這幾天一掃而空了，陛下是老子的救世主啊。」

「很高興能建立互惠的關係。」

「老子還不認為自己有回饋利益給陛下，這份恩情老子一定會報。」

海吉馬爾雖只是個局外人，也明白了這兩人的關係。

這個矮人對死者大魔法師感恩戴德，而且寧可背叛自己的所有同族也要報恩。

「……只要你願意，我是無所謂……」死者大魔法師聳聳肩，視線朝向海吉馬爾：「好了，那麼你帶我們去找比你更強的龍吧。還有，據說過去的矮人王都有座寶物庫，你知道在哪裡嗎？」

海吉馬爾知道它在哪裡，充滿自信地點頭：

「這樣的話正好，應該說目的地是同一個。」

●

海吉馬爾讓大主人與矮人坐在自己的背上走向父親的所在處。即使是運動不足的身體，好歹也是頭龍，揹兩個人並不辛苦。

他邊走邊聽死者大魔法師之所以被稱為陛下的原由等等，感想是：所謂的知識以及直覺果然是這世界上最重要的力量。

如果那時候，海吉馬爾擺出龍常有的傲慢態度，必定早已慘遭殺害。不對，若不是自己那時大聲發誓效忠，引起了對方的興趣，他根本還沒搞清楚狀況就已經沒命了。

真是名符其實的九死一生。

海吉馬爾腰部使力，栓住快要鬆開的膀胱。

要是再漏尿一次，自己的評價就不是掃地，而是埋到地底下去了。

所幸一路上沒遇到其他龍，就直接來到父親的房間——換個說法就是寶物庫兼王座之廳——的附近。

海吉馬爾吸了口氣。

「偉大的陛下，除了父親之外，這裡還有三頭龍妃。您要帶那位矮人入內嗎？」

他擔心霜龍放出的嚴寒吐息一次飛來四發，會使矮人喪命。

「有問題嗎？」

「沒……沒有，只要偉大的陛下沒有問題，我也沒有。」

「我已經替他做好寒氣的完全抗性，所以沒有問題。不過如果飛來幾發屬性各有不同的範圍攻擊魔法，那就麻煩了。」

「我想這點不用擔心，偉大的陛下。對龍而言，吐息是引以為傲的攻擊。基本上都是先用這招攻擊對手，不會用到比吐息弱得多的魔力系魔法。」

「那就無所謂了。」

「欸，陛下，老子也可以問個問題嗎。只要陛下出馬，四頭龍想必不算什麼，不過這傢伙的母親似乎也在裡面，至少能不能放他母親一條生路？」

「唔嗯……」

海吉馬爾扭轉長長的脖子，觀察主人會下什麼樣的判斷。

海吉馬爾並不打算繼續要求主人放過自己的母親，他是覺得如果母親像自己一樣有機會獲救，那也很好，但並不想賭上自己的性命求情。他並不恨母親，只是對龍而言，血親之情並不是那麼強烈。

成年離巢後，即使是父母兄弟也會為了生存圈而相爭，這是很普遍的現象。而且龍最愛寶物，有時也會為了搶奪其他龍的寶藏而大打出手。

許多的龍──到了離巢年紀的龍──很少會住在同一場所，除非有強悍無比的龍起而領導，否則一般是沒有這種狀況的。

就這層意義而論，自己的父親奧拉薩德克包容家人，讓上下團結對抗外敵，稱得上是個異類，換個說法就是有智慧。

「好吧，我會留意，盡量讓你的母親活命。」

「感謝您，偉大的陛下。」

海吉馬爾立刻以言詞表達感謝，因為人家好意以溫情相待，他不想讓對方不高興。況且母親得救，今後似乎能為自己分憂解勞。但相對地，數量增加會降低海吉馬爾的稀有性，難保不會讓主人覺得他死了也不可惜，所以一舉一動更要懂得討主人歡心。

「……偉大的陛下這種稱呼有點那個，今後就叫我魔導王，或是安茲吧。」

是陷阱，還是測試？海吉馬爾一刻都不猶豫，說出他認為正確的答案：

「是！魔導王陛下！」

他當然不可能不加敬稱就呼喚主人。

「嗯，走吧。」

「是！」

海吉馬爾安心地偷偷嘆口氣。

剛才果然是在測試自己，若是大意省略了敬稱，一定會受到該有的懲罰。搞不好還會被殺害，慘遭解體。

海吉馬爾強烈地銘記於心，要自己無論如何都絕不能得寸進尺。

不久，一行人抵達了目的地門前。

那是一扇要靠龍的臂力才能勉強打開的大門，據說過去的矮人們都是開關旁邊較小的一扇門進出，只有典禮等場合才會用上這扇大門。

海吉馬爾將肩膀抵在門上使力——同時注意不讓背上的主人摔落——頂開了門。

父親——奧拉薩德克蜷曲於黃金王座。還有自己的母親——妃子奇麗斯多蘭，以及其他妃子——米亞娜塔瓏與穆薇妮亞都在。

三道視線詫異地望著走進來的海吉馬爾，一道視線盯著不同的地方——坐在自己背上的主人。母親奇麗斯多蘭就是這最後一道視線。

海吉馬爾搶在任何人開口之前吼道：

「騎乘於我背上的是安茲．烏爾．恭魔導王陛下！他是今後統治此地，役使龍族的君王！」

正確而言自己是侍奉黑暗精靈亞烏菈，不過這樣講比較快，海吉馬爾是獲得了許可這麼說的。

話一說完，現場一瞬間為沉默所支配。眾人花了一小段時間理解他們所聽到的話。

「你瘋了嗎，小子！」

霎時間，父親勃然大怒。

這是當然的，父親是統治此地的君王——不對，是前君王，所以有這種反應很合理。

原本躺臥著的他抬起身子，做出隨時要撲上來的戰鬥態勢。

（噫欸！）

老實說，好可怕。

如果要問自己與奧拉薩德克誰比較強，那還用說，當然是父親了。不只單論實力，戰鬥經驗也有著壓倒性差距。就連體格跟海吉馬爾比較起來都細瘦多了。

根本連毫無勝算都稱不上。

然而，海吉馬爾不得不做出剛才的宣言。因為海吉馬爾看過的書上寫著，沒有隨從會讓主人自己報上名號。

所以他想用眼神讓父親知道他不是自願的，但父親絲毫沒有察覺。燃燒著怒火的眼光，只貫穿了海吉馬爾一個人。向來將龍視為最強種族的父親，大概根本沒把自己的主人或矮人放在心上吧。

「——龍族之王啊，只要你願意臣服於我，我可以放你一條生路，如何？」

「你是什麼東西！骷髏嗎！」

怎麼可能會是骷髏啊。海吉馬爾在心中大叫。

海吉馬爾甚至火大起來，覺得父親身為龍的感知能力，竟然會察覺不到主人一身的金銀財寶；但他又改變想法，覺得父親可能是太過憤怒，而注意不到其他事。

（該不會如果我沒激怒他，他也不會擺出這種態度……？）

不，應該不可能，說不定還會擺出更糟的態度。海吉馬爾正著急時，父親忽然露出狐疑的表情。

「……不對，你穿在身上的衣服是什麼？」

大概是稍稍恢復了冷靜，龍的寶物嗅覺生效了吧。

海吉馬爾心想「這下慘了」。他環顧眾人想求援，但妃子們也跟父親一樣，對主人一副興味盎然的樣子。大家都露出貪戀財寶的眼神，唯一只有母親悄悄移動想開溜，但似乎無意幫助兒子。

「我第一次看到如此極品，把你那件衣服獻給我，我就饒恕你無禮的態度，骷髏。」

「嗯……跟愚蠢至此的人交談，真是一種折磨。」

冷淡的聲音響起。

為什麼父親做為生物的本能，沒有告訴他死亡將近？恐怕是龍愛財如命的欲望妨礙了這種本能吧。

「蠢貨！你捨棄你唯一能存活的手段了！不對，我大可先殺了你——」

「——『心臟掌握(Grasp Heart)』。」

咚的一聲，龍父倒下了。

所有人視線聚集在此地最強的龍身上。

那身影文風不動，像是正在沉睡，但絕不可能是那樣。

冰冷的氣氛支配現場，這時絕對王者開口道：

「我沒興趣聽廢話。那麼海吉馬爾，哪個是你的母親？只有那一頭不用死，其他就拆一拆做有效活用吧。」

「是我！」

「是我！」

「是我！」

三個聲音同時響起，連海吉馬爾都差點說「是我！」了。

「……怎麼回事，生母、養母，然後還有個孵蛋母嗎？」

海吉馬爾看看跟自己毫無血緣關係的兩頭龍。

兩頭龍嚇得失了魂。

她們的雙眼都因為恐懼而渾濁。可想而知，畢竟最強的龍可是被瞬殺了。大家都不會想到要戰鬥或逃走，只是一看到救命的繩子垂下來就撲上去，就跟自己一樣，是為了生存所做的正確選擇。

嚇壞了的雙眼移向海吉馬爾，討好似的看著他。在這狀況下他如果說「不，我只有一個母親」事情會變成怎樣。至高無上的主人必定會毫不猶豫地殺死另外兩頭吧。

此刻，兩頭龍的生殺大權正握在海吉馬爾手上。但海吉馬爾心裡一點也不愉快，只是對於身處同樣境遇的同族產生了強烈的同情。除此之外，為了將來著想，他也想對這些「母親」賣個人情。

「正是如此，陛下，我有三個母親！」

「是嗎，那真是遺憾，但約定就是約定。好吧，我就不殺這幾個了……結果龍的屍體只得到一具啊，龍的用途太多，一具屍體實在不夠……真是太遺憾了。」

偷瞄一眼，三頭龍妃一齊低頭，表示服從之意。

「妳們出去，把所有龍召集過來。然後告訴他們，我將成為你們的主子……如果有人不服，就由我親自應對。好了，去吧。」

妃子們飛也似的跑走，速度快到令人目瞪口呆，甚至都有點佩服了。

海吉馬爾不認為她們會逃走，碰上這個大魔法吟唱者，逃亡只是毫無勝算的賭注，這是再明顯不過的事了。不，其實以海吉馬爾的立場來說，她們逃走也無所謂。因為這樣就能知道魔導王是如何抓到逃兵，又會如何處置。

海吉馬爾的脖子被人輕輕敲了一下，回頭一看，主人正看著自己。

「我要給你別的命令，這個命令非常重要。你把弄到手的矮人書籍當中，還沒看完的都拿過來。還有除了你的房間以外，其他地方的書也統統都拿來。」

「是！遵命！我立刻火速拿來！」

海吉馬爾趕緊放兩人下去，自己也用最快速度跑走。

●

「好，都走了。」

安茲目送海吉馬爾的背影消失，他已經問過海吉馬爾此地的龍隻數量，如果數量有少那更好。

龍的屍體只有一具，想到那許許多多的用途，安茲很想再多得到幾具。只是，無故懲罰下屬以得到屍體，會違反安茲對自己要求的信賞必罰理念。

安茲吃吃竊笑。

如果有龍敢逃跑，就追上去殺掉，把屍體回收利用。安茲計算龍屍的用途之餘，視線轉向龍躺臥著的那座耀眼金山。

「……真不愧是龍，財寶堆積如山呢。」

雖然比起納薩力克的寶物殿只是小意思，但比安茲在這世界看到任何人獨自擁有的財寶都要多。

有金幣，不過更多的是看似內含黃金的金屬，還有類似寶石原石的礦物。

其中還有長達五公尺以上的黃金鎖鏈、某種動物的毛皮、鑲滿寶石的黃金手套、像是魔杖的質樸手杖等等。這些道具究竟都是從哪裡弄來的？

也許只有已然化為死屍的龍才知道。

「嗯——好像都不是黃鐵礦或黃銅礦咧，大部分都是自然金，這大概就是龍的嗅覺使然吧……」

貢多認真觀察散發黃金光輝的礦物，嘴裡這樣說著。安茲一邊想「跟黃金有什麼不同嗎？」一邊打算回去之後再叫他鑑定。

「這裡的龍族寶藏都歸我所有，沒問題吧？」

「這是陛下應得的權利吧，不過在那之前，可以趁沒人在的時候把那個打開嗎？」

「呵呵，你也真壞呢。」

「這都是為了研究。好了，那麼如果有什麼是陛下想帶回去的，麻煩告訴老子一下。照那頭龍的說法是沒有目錄，但如果是太過有名的矮人寶物會有點麻煩。」

「能不能當作是被龍拿走了？」

「這樣的話，龍族寶藏是陛下拿走的，老子想他們應該會要求陛下歸還喔。老子不認為攝政會能對陛下要求什麼，但將來不留禍根應該很重要吧。」

「說的一點也沒錯。那麼我去關入口的門，接下來發生的事，知道的人越少越好。」

「拜託你了，陛下。」

安茲與貢多分頭行動，各自完成自己的事。

安茲首先用「傳送門」叫出八肢刀暗殺蟲。

「——我命你們搜索這座王城，包括隱藏房間，並把所有書籍都拿來。遇到龍的時候，就說你們是我的部下。如果對方攻擊你們，可以殺了對方，但絕不可主動攻擊。還有……我是覺得沒有，但考慮到強者現身的可能性，你們要組隊行動，遇到強者時，以帶回情報為優先。」

以矮人語寫的書籍，只能叫貢多唸給自己聽了。

看到屬下分散到王城各處，安茲接著將龍屍扔進「傳送門」。

（嗯——如果剝下素材加工後，龍願意接受復活魔法的話，就能再做一套了，但應該不可能吧……）

戰鬥女僕由莉‧阿爾法探出頭來，安茲命令她將屍體放在第五層，冰凍起來防腐。

「陛下！果不其然，門都沒開，寶藏應該沒人動過。」

「是嗎，那就我來開吧。」

與由莉道別後，安茲關上入口的門，站到寶物庫門前。

回想起ＹＧＧＤＲＡＳＩＬ時代，安茲心跳加速。寶箱形狀的掉寶總是讓人難以抗拒，就算裡面只有一塊電腦數據水晶，在打開之前也是不知道的。現在他在這裡又嚐受到同一種興奮。

然而——隨即鎮靜下來。

每次快樂心情遭到抑止時的不悅湧上心頭，不過，還留有一點點雀躍感。

安茲拿出板狀的魔法道具。

工藝品「七門粉碎者(Epigonoi)」。

這件道具雖然只能使用七次，但具有的開鎖能力可與九十級盜賊匹敵。

如果可以，安茲不太想用這件極為珍貴的道具，但他沒有召喚擁有高階開鎖能力的僕役。八肢刀暗殺蟲專精的是匿蹤戰鬥，開鎖能力很差。

「——沒辦法了。」

換做是平常的話，安茲即使擁有稀有道具也總是捨不得用，這次卻只是猶豫了一下就用了，可見對寶藏的期待感有多大。

他把工藝品貼在寶物庫上，解放力量。

安茲從開啟的門縫往裡面看看，然後與貢多用力握手。

兩人都沒有說話，但表情勝過千言萬語。

黃金的光輝來自光線反射，沒有光源照射就不會發亮。然而那龐大的財寶，卻簡直像從內部閃爍光彩似的。只可惜放眼望去，毫無整理收納的概念可言。

「……真令人驚嘆。」

跟龍的財寶一樣，矮人的財寶比起納薩力克也沒什麼，但以安茲個人而言，卻是值得讚嘆的寶山。

安茲拾起一枚金幣，他沒看過這種金幣，也不是交易通用金幣，但又覺得跟矮人鑄造的金幣有點不同，因為金幣上刻了像是人類側臉的圖案。

「據說這裡過去曾跟統治山脈周邊的人類大國做過交易，所以應該是那個國王的側臉吧。那段時期盧恩工匠出手闊綽，可說是黃金時代啊。」

「是喔。」

安茲「叮」一聲彈了一下金幣，讓它掉回金山裡。它撞上堆積如山的金幣，發出清脆的聲響。

「那老子要稍微失禮一下了，老子要找找有沒有技術書，或是盧恩工匠做的道具，看能不能用在研究上。」

「去吧，我也來找找看。」

潘朵拉．亞克特若是在這裡，也許會很興奮。

安茲一邊回想起他那種異常的態度，一邊確認門已從內部鎖好，於是輕飄飄地浮上半空。

他看到武器與防具埋在金幣裡，這樣恐怕會刮傷，矮人們為什麼不介意呢？

（我懂了，如果整理得整整齊齊，一旦遭竊，盜賊馬上就能找到自己要的財寶，所以才故意亂放。嗯，這樣的話也有可能會用常見的那招……）

「貢多，我有個問題想問你，這堆金幣底下有沒有可能做了暗門？」

貢多一臉驚愕地轉過頭來。

「原來如此！……老子不敢說絕對沒有，但就算有也很難找到。因為真要找的話，得把這所有寶物統統搬出去才行。」

至少也得搬動金幣才行。

「從樓下測量樓上高度，如果厚度異常，會不會就表示有？」

「不，就算這底下真的做了暗門，老子想應該也是只能放幾件寶物的滑動式小型寶物庫，恐怕很難用厚度判斷。況且一般來說，寶物庫的牆壁、地板與天花板都會設計得比較厚。」

貢多以眼神詢問安茲的打算，安茲搖搖頭。從這裡拿道具回去，只不過是想充當車馬費而已。若是為了這件事而用上全力，那就本末倒置了。

「我不是為此而來，花時間找不確定有的東西也太傻了。總之將來矮人奪回此地時，再請他們讓我到場，以適當金額買下來，賣個人情吧。」
「了解，那就各自找找有沒有要的東西吧。」
貢多再度開始物色，安茲則挑了幾件魔力較強的道具。
「嗯，這是？」
在這當中，安茲發現了一把劍。
在這裡的寶物之中，或許具有最大魔力的就是這把劍了。
「嗯……換算成等級大約五十嗎？」
這把劍長度如同長劍，做了優美的裝飾。
是不是產自ＹＧＧＤＲＡＳＩＬ不知道，不過如果是這個世界的武器，那魔力量可是大得難以置信。安茲舉起出鞘的劍，用手指滑過刀身，觸感十分平滑。
「真是把精美的好劍，沒有刻盧恩嗎，那怎麼會……？」
安茲握緊了劍，霎時間，劍振動了，感覺就像魔力流竄其上。
「這是……連我都能使用？」
安茲出於職業因素，無法揮舞長劍。然而這把劍不知是何種魔法功效，似乎不受那種因素束縛。
「有意思。」

安茲揮了幾次劍，隨意將劍插進自己的手上。

果然毫無痛楚，安茲擁有的六十級以下攻擊無效化能力仍然有效。看來這件武器並不像葛傑夫那把劍，具有特別的魔法力量。

安茲有點失去興趣，發動了魔法。

「『道具高階──』」

「魔導王陛下！怎麼樣！找到有趣的東西了嗎？」

「──找到了幾件，我接下來會決定要帶什麼走。」

「這樣啊！再麻煩你嘍！」

魔法施展到一半被貢多打斷，安茲把劍扔進寶山裡。

安茲能裝備的劍雖然很有意思，但目前來說也不過如此而已。要從這裡帶走的話，應該選個更不一樣的，對安茲更有利的道具。

（只有這點程度的魔法道具啊，真遺憾，不過算了，是我不好，不該妄想這裡會有世界級道具。）

安茲物色了一會兒，找到了自己看得上眼的道具。

「貢多，我選好了。可以幫我檢查一下，看看是不是國寶嗎？」

4

「那，我要開始嘍。」

亞烏菈對站在身旁的夏提雅說完後，打開帶來的世界級道具——卷軸，啟動它的能力。

山河社稷圖。

這件道具簡單來說，就是能夠把對手關進隔離空間。更正確來說，是讓繪畫世界與現實世界掉換過來，將現實世界竄改得像繪畫一樣。

這裡所謂的「對手」與超位魔法「天地改變」相同，以處於同一區域的所有存在——不分生物無生物——為對象，只要待在那個場所，連抵抗的餘地都沒有。

這次包括王都在內，整個巨大洞窟的內部空間，都被困進山河社稷圖製造出的異界。

夏提雅與安茲由於有世界級道具保護，當然沒被困在異界裡，而是出現在代替被吞沒的現實具現化的繪畫世界裡。亞烏菈由於是發動者，因此強制進入其中。

這個繪畫世界與現實世界完全相同，沒有任何迴異之處。然而這個世界終究只是幻象，只要山河社稷圖的效果結束，或是走出發動效果的場地，一切就會如煙一般消失。換言之，假設在繪畫世界裡獲得了寶物，那麼寶物也會消失。

當然，兩人是自願入侵受困的現實世界。一般來說，世界級道具無法對擁有世界級道具的人生效，除非對方接受道具的效果。其實更正確來說，是營運團隊不希望玩家用這招設陷阱，而做了這種效果的補丁。

塗改現實世界具現化而成的異界共有一百種，擁有道具者可以從中選擇。

例如持續給予火焰損傷的熔岩地帶；給予冰屬性損傷的嚴寒地帶；每隔一定時間就會打雷的雷擊地帶；能見度極低的豪雨地帶或濃霧籠罩的世界等等，算是較基本的例子。

比較特別的，還有被包圍的戰場。這個世界每隔一定時間會出現為數不少的援軍，替玩家攻擊敵人。只不過援軍實力只有敵人平均等級的六成左右，因此頂多只能用來削減對手的力量。

如果選擇單挑的戰場，可以引發的特效是召喚使用者等級八成左右的強者，而且數量等同於敵方人數，因此若是想打倒敵人，應該使用的是這個世界。

這件道具最可怕的地方不是將對手拖進異界，而是使用者可以任選特效影響的對象。換言之做出熔岩地帶時，使用者選出的人是不會遭受火焰損傷的。

但也有個弱點。

除了特定異空間之外，每次會從四十個逃脫方法當中隨機選出一個，如果對手用這種方法成功脫身，這件道具的所有權就會轉給對手。當然，每種逃脫方法都不簡單，但是就不用打倒擁有者也能奪得道具這點而論，可說比其他世界級道具簡單。

這次亞烏菈選的是特定異空間之一，就是個單純的封閉空間。

這個空間除了對手無法逃走之外，不會給對手任何負面影響。然而這個空間的逃脫方法也就只限一種。

「那麼，半藏，我想請你去盯住這個世界的脫逃路線，不然要是被對手跑掉就麻煩了。耳朵借我。」

半藏從影子中現身，亞烏菈湊到他耳邊，把脫逃方法告訴他。

亞烏菈覺得自己的感知範圍中應該沒有人躲著，但還是小心為上。

「那麼亞烏菈，有幾個人是之後入侵這個世界的？」

「嗯，只有兩個。」

這個答案表示敵方沒有人擁有世界級道具，難怪兩人要安心地呼一口氣了。

夏提雅環顧舊王都裡櫛比鱗次的房屋，雖然這是座相當大的都市，但居民好像全都逃難去了一樣，四下悄然無聲。

她必須趕緊抓住統治掘土獸人的氏族王，傳達無上至尊的金言玉語，但視野卻這麼不開闊，看不到那傢伙待著的房屋。

「沒辦法把這些屋子也弄不見嗎？」

「嗯，沒辦法喔。不過可以弄出持續給予損傷的區域，破壞建築物就是了。比方說如果有整排木造建築，可以做出熔岩地帶，把它們燒光光。」
「但是那樣說不定會把敵人也殺光，所以妳才沒這樣做，對吧？」
「對啊，我也可以只發動一段時間，然後再回收活著的人……可是要是把礦石什麼的鎔化掉就可惜了。」
掘土獸人們由於會餵小孩子吃金屬，因此這座都市內想必收集了大量金屬、原石或礦石。亞烏菈說燒掉太浪費，夏提雅也覺得有道理。
「況且安茲大人的命令，是先確認對方要不要臣服嘛。」
「如果拒絕就把他們殺到剩下一定數量，對吧。」
「……夏提雅。」
看到亞烏菈半睜著的冷眼，夏提雅明白了她想說什麼。
「不要緊的呀，這次我絕對，絕對，絕對，絕、對！不會犯錯的。」
「那就好。」
「妳好像終於相信我了呢，我可是有在用腦的喲。那我們走吧。」
「嗯，好。減少數量的事就交給夏提雅，沒問題吧？」
「我是覺得我比妳適合這項工作，妳不介意吧？」

亞烏菈要使喚魔獸部下才能發揮十全力量，不適合處理這類工作。

「妳說得對……如果馬雷在的話，就能引發地震什麼的，一口氣減少數量了。」

「畢竟那孩子在廣範圍攻擊方面可是納薩力克第一呀，我雖然也頗有自信，但在這種場所力量會受限的。」

不過如果用地震消滅敵人，就無法執行主人的「揀選」指令了。要是能這麼做，她打從一開始就用豢畜等方式隨機殲滅了。

「所以大人才會那樣命令妳吧。我覺得這次的一連串工作，也具有讓夏提雅學習的意義在喔。」

亞烏菈重複一遍主人命令過自己好幾次的事。

「說得對。」夏提雅一面回答，一面不經意地說出自己在意的部分：

「從遭遇到的敵人的實力來想，這裡應該沒有打倒死亡騎士的人呢。這樣想來，我覺得比較可能是湊巧打倒的，或是用了某種道具遣返召喚出來的魔物……安茲大人竟然會估計錯誤，真是稀奇呀。」

夏提雅發現亞烏菈半睜著眼看著自己。她不覺得自己有問什麼該遭人白眼的問題。

「怎麼，我有看漏什麼部分嗎？」

「不是那個意思啦——嗯……唉，妳好笨喔——」

夏提雅忍不住不滿地看著她。

如果自己有看漏什麼，直接說出來不就得了。亞烏菈猶疑一會兒，才終於說出答案：

「我說啊——安茲大人怎麼可能犯這種錯嘛。」

「妳是說死亡騎士被打倒，也是安茲大人的計畫之一嗎？的確，安茲大人製作的死亡騎士性能優越，以直到今天這一刻遇過的對手來說，不可能打倒他們……」

亞烏菈敲了一下手，說：「這也有可能呢。」

「對耶，也有可能是故意讓對手殺掉死亡騎士啊——我是沒想到那麼多，我想說的是『大人沒有估計錯誤』。那個死亡騎士要不就是跟吊橋一起摔下去了，要不就是被推落大裂縫摔死了。因為越過那座要塞的地方還有死亡騎士的足跡，但對岸就沒有了。也就是說死亡騎士是在途中被打倒的，那死因當然只有一個嘍。」

「這樣的話，不就表示安茲大人想錯了嗎？」

「就說不是了嘛，如果安茲大人是認真那樣說，那妳說的是沒錯啦。」

「究竟是什麼意思？」

見夏提雅一頭霧水地皺起眉頭，亞烏菈邊喊著「哎喲——！」邊急躁地跺腳。

「就是這個意思啊，我跟妳說，安茲大人早就察覺死亡騎士是摔落那條大裂縫而死的了。」

「咦？」

「唉～回想一下當時的情形啦。妳看嘛，就是大人解釋給夏提雅妳聽的時候啊。我那時正想問死亡騎士是不是被推落大裂縫而死，結果安茲大人看向我，指示我不要說出口。妳沒看到大人做出指示的那一瞬間嗎？」

夏提雅不禁驚訝得直眨眼，的確，她記得主人有比出那種手勢。她本來以為那是因為亞烏菈要說話，所以叫她安靜；但如果是那位無上至尊，如果是那位天才級的策略家，比起推測錯誤，亞烏菈的說法比較能令她接受。

但若是如此，主人為什麼要對自己做那些說明？

「看妳一臉疑惑呢，稍微想一下不就懂了？」

亞烏菈一副拿自己沒轍的語氣，使得夏提雅內心打轉的思緒全部指向一個結論：

「莫非都是為了我，也就是說大人是為了訓練我，才故意那樣做的？」

「……除此之外還有其他可能嗎！一路上，夏提雅妳為了提防強敵，對安茲大人問了很多問題，對吧。如果妳知道死亡騎士是摔落大裂縫而死，還會問那麼多嗎。啊，不可以讓安茲大人知道我洩密喔！都是妳講那種話，好像懷疑安茲大人的能力……」

「我怎會懷疑大人的能力！那是不可能的！」

什麼懷疑無上至尊的能力，夏提雅真想拜託她別若無其事地講出這麼大不敬的話來。

「哎，反正要保密喔。因為安茲大人有比手勢，要我瞞著妳。」
「這是當然了。」
冷靜一想，亞烏菈的行為可是大罪，因為這樣等於無視無上至尊的命令。但她之所以這樣做，是因為她覺得夏提雅對無上至尊出言不遜——
（所以到底是亞烏菈犯上，還是我犯上，還是說這樣不算犯上？嗯——）
夏提雅開始頭痛起來，總之決定不要胡思亂想，瞞著不說也就是了，打算就此不再多想。
（……可是，這樣做會不會也算犯上？嗯——）
「……嗯～說到這個，安茲大人不是說如果對方不服從，就要把數量減少到一萬左右。那時大人說也要留些母的，那小孩子呢？」
「我有打算讓一些活命喲。」
「可是，那些傢伙不是會因為小時候吃的金屬而變強嗎。再說既然要支配，小孩子應該比較好洗腦吧。夏提雅——」亞烏菈調皮地咧嘴一笑。「安茲大人沒有詳細說明，就表示……我看這是測驗吧，派半藏去請示大人也是個辦法，但那時大人的說法，感覺像是交給妳處理吧。也就是說，我想大人應該會看妳如何應付……我們的守護者負責人不知道辦不辦得到喔～」

夏提雅以一絲淺笑作答，她從那時就在考慮這個問題了。

「公母各四千，小孩有兩千就夠了吧。」

「唔唔，嗯～應該差不多吧，妳好像很有把握——嗯？」

亞烏菈話講到一半停住，把手貼在長耳朵後面。夏提雅知道她在做什麼，就盡可能不發出聲音。不久，少女面帶笑容看著她。

「啊，我聽到大量掘土獸人移動的聲音了喔。」

「是在逃難嗎，還是在排兵布陣呀？」

「光聽聲音我不敢確定，不過好像不是在逃難，聽起來像是擴散到都市外。」

聽聞這裡的掘土獸人有八萬人。亞人類種族會隨著成長而變強，換個說法，這裡所有人都是士兵。動員至少超過一萬的兵力，並投入都市地帶時，人數的優勢會減半。

進攻方的人數少到稱不上軍隊，但武力卻達到了非比尋常的等級，這點在龍的那件事之後，應該已經傳遍了掘土獸人之間。這麼一來，只要是稍微有點頭腦的人，應該會趁殿軍應戰時讓所有人到都市外避難，組成陣形後再將敵人引誘出來交戰。如果人數少的敵人在都市內固守不出，那就包圍都市，重複進行零星的牽制攻擊，等敵人疲累再以精銳突襲，算是比較妥當的戰略。

無論如何，對手都需要能布下大軍的開闊場所。

這正是夏提雅等人的目標。

「在那邊。那就先從談判開始吧。」

「當然了呀，我可得好好加油，不要讓安茲大人久候了。」

●

總數超過六萬的掘土獸人戰士，做好準備等著敵人過來。並未懷孕或正在生產的母獸人能夠與公獸人同等地戰鬥，所以才能動員這麼大的人數。即使調動了有史以來最大數量的軍隊，氏族王貝・里尤洛仍然悶悶不樂。

情況實在太不尋常了，包含王都在內，如此巨大的洞窟內空間，突然被朦朧的霧靄所籠罩。這究竟是怎麼回事？

整裝待發的軍伍朝著王都列隊，若是對手被這麼大的人數嚇得不敢出來，那就再好不過了。軍隊只帶上了最低限度的糧食，寶物等矮人會喜歡的東西都原封不動。除非對手太笨，否則應該知道交戰沒有好處。

然而有人從王都走了出來。

是身穿紅鎧的人，以及黑皮膚，種族異於矮人的某人。

有些人偷看過王都前一行人與龍的對話，照那些人的說法，應該還有兩個人，但不見人影。也許那兩人在回收寶物，這兩人則來爭取時間？

「我確認一下，那不是哥雷姆，對吧？」

「是的，那個不是。」

照猶雉的說法，哥雷姆是穿著黑鎧的高大存在，那麼紅鎧人應該不是了。不對——

（最好認為那個也可能是一種哥雷姆。不過，對方竟敢堂而皇之地出現在我們數萬大軍的面前，究竟是為什麼？該不會是有自信能殲滅這裡的所有人，所以才正面現身吧——不可能。太扯了，再怎麼說也太離譜了。）

里尤洛搖搖頭，取消內心浮現的可怕想像。

的確，對方能做出這個異常空間讓他大感驚愕，可以想見對方擁有超乎想像的力量。而且據說對方還沒動武，龍就低頭臣服了，可見實力一定是相當強大。

但再怎麼說，己方可是有六萬以上的兵力，跟數百或數千是不能比的。對方不可能與這樣的大軍抗衡。

不過如果是哥雷姆的話，那還稍微說得過去。

哥雷姆沒有生物無可避免的疲勞，能夠永遠戰鬥下去，所以只要力量足以打倒里尤洛，理論上是能夠殺死己方的所有人。

但理論終究是理論。

假設幾個人當中有一人，幸運地給了對手擦傷，重複幾千次，累積起來的擦傷就能構成打倒對手的損傷。

數量就是力量，憑著這六萬軍隊，只要是地面戰，就算是龍王應該也殺得死。

「──我先去跟對方談談，你們在這裡待命。如果我遭遇不測……也罷，到時候你們就看著辦吧。」

「太危險了！」

一名侍從說出了理所當然的話來。

「……如果是哥雷姆的話不能交談，所以得跟旁邊那個黑皮膚，不同於矮人的傢伙談了。不過我得問出對方的目的，不然情況不妙。」

無論別人說什麼，里尤洛都想先理性溝通。

對方肯定是強敵，既然如此應該先問出目的，如果可以談判，就支付相應的代價也行。假使對方願意為掘土獸人趕走龍王，里尤洛甚至願意擁戴他們成為取代龍的新主人。即使不行，只要他們願意站在掘土獸人這邊，里尤洛可以支付比矮人更高的報酬。

「你們都不要跟來，我方光是太多人過去，就有可能開啟戰端了。」

里尤洛沒再對侍從們說什麼，就邁開腳步。

看到行伍往左右兩邊大幅分開，對方應該也發現里尤洛走過來了。他們停下動作，觀察著里尤洛的舉動。

「讓你們久等了。」

聽到里尤洛的第一句話，兩個敵人互看一眼。

里尤洛環視四周，果然不在。沒看到與龍僵持不下的另外兩人——矮人與戴著骷髏頭盔的傢伙。

「是喔，你誰啊？」

黑皮膚，個頭小的那個出聲了。

那麼紅鎧人真的是哥雷姆了。看起來就像把旁邊這個人類種族的膚色變白，個頭變大的種族。只是側眼觀察之下，總覺得看起來有點像人偶，又好像不是，完全無法掌握真面目。

「我是統治此地掘土獸人的氏族王貝．里尤洛。妳——兩位是？」

「我們是受共同前來此地的偉大君王命令，來此支配你們的。」

（說話了！）

紅鎧人開口了。里尤洛聽說哥雷姆不會說話，看來這人不是哥雷姆了。

里尤洛拚命壓抑住內心動搖，回答：

「支配？」

「沒錯，我們的君王是為了支配你們而來的，下跪低頭吧。」

這下該怎麼做？里尤洛讓頭腦高速運轉。

他不反對低頭歡迎新的統治者，只要在統治者底下增強勢力，日後再加以推翻就行了。

但有一個問題，就是還不知道對手的力量就加入麾下，或許不太妥當。有一頭龍似乎已經臣服於他們，但那頭龍不是龍王。說不定一加入麾下，他們就會命令掘土獸人與龍王戰鬥。

「……我以為還有兩位人士一起前來，請問他們怎麼了？」

「你沒有必要知道，我只准你回答投降，或是不投降呀。」

看來對方無意提供任何情報，既然如此，得查明對方的真正想法──究竟有沒有打算與己方交戰。對方充滿自信的態度說不定只是虛張聲勢，實力到底強不強也是未知數。

「……你說要支配我們，但我們不知道各位的實力，在這種狀況下很難接受你的要求，你能明白嗎？」

言外之意就是：只要能讓我知道你們有多強，我們願意受你們支配。然而兩人面面相覷，聳了聳肩。

「這樣呀，我收到的命令是你們不願意投降，就減少你們的數量，強迫你們低頭。我要你們現在互相殘殺，把數量減少到公的四千、母的四千、小孩兩千。你比較能看出哪些人有價值吧？」

「等你們減少到一萬人了，就帶你們到我們的國度，讓你們在魔導國幹活。」

氏族王一瞬間因恐懼嚇呆了。

不是因為講話的內容太過分，而是對方講話毫無傲慢口吻，只是用正常語氣說出理所當然的一番話。

這兩人必定是認為辦得到，才會這樣說。

沒錯。

這兩人毫無疑問地認為光靠自己，就能把這裡的六萬兵士屠殺殆盡。

是瘋子，還是自視過高，或者是——

難以理解的態度讓里尤洛完全不知所措。

怎麼可以仗都沒打，就聽從對方蠻不講理的命令？

也許是感覺到里尤洛的敵意了，兩人你看我，我看你，表情扭曲起來。

矮人有毛，所以勉強還看得出來，但這兩人只有頭頂有毛，很難掌握表情。不同種族之間的隔閡實在太深了。

「等……等一——」

里尤洛想說「等一下」，但對方不等他說完。

「——那麼，現在我先減少一點數量。所以，你可別把身上的衣服拿給別人喲。」
一般來說，掘土獸人沒有穿衣服的習慣，因為他們有覆蓋全身的毛皮。
然而，王者有王者的權威，需要一些清楚易懂的象徵。為此里尤洛才會穿起衣服，戴上讓矮人打造的氏族王王冠。同時他也在打如意算盤，萬一有什麼狀況時可以讓別人穿上當替身，不同種族的人必定認不出來。
難道對方是看出了這點，才警告里尤洛？
的確，殺死君王是最簡單易懂的勝利條件。但若是如此，為什麼不現在實行？
（不，不對，是為了其他理由……難道……不，錯不了。他不是為了殺我才這麼說，反而是怕不小心殺了我，才要我這樣做！）
不同種族之間難以分辨，但只要穿上衣服就認得出誰是氏族王，所以對方那樣說是在施恩於他，要饒了他的命。
「那麼，你是不是可以回去了。你們那邊一往這邊來，我就要開始了，所以在那之前，希望你可以把要留下來的人選一選喔。」
「快回去呀。」
對方揮揮手指示里尤洛回去，一副無意再談判的態度。
這跟里尤洛預料的差太多了。

（我已經說我方願意屈膝了，他們竟毫不讓步！一點讓步的意思都沒有，就表示……我們的性命對他們真的毫無價值……）

看到對方冷淡的反應，氏族王拚命壓抑心中湧昇的恐懼。

（再怎麼說……也不可能把這裡的六萬兵士減少到一萬……沒錯，不可能。他們是看到這麼龐大的兵力，嚇瘋了！）

以常識來想，這個答案應該比較合理。就算是龍，也不可能殺光這麼多人——

霎時間，氏族王靈光一閃。

（莫非是想採取飛上空中，攻擊後逃走的戰術嗎！）

要是對方像龍那樣戰鬥，那就棘手了。

這麼一來，在這開闊場所布下軍陣就適得其反了。

那麼是否該立刻將全軍調回住宅區？

可是，那樣太危險了。假使對手擁有某種破壞房屋的手段，住宅就會受到嚴重損害。看來除了這裡，的確沒其他地方能充當戰場了。

氏族王回到自己的軍隊裡，侍從們都聚集到他身邊。

「結果那是哥雷姆嗎……您怎麼了嗎？看起來似乎不太舒服……」

看來對那兩人的恐懼寫在臉上了，氏族王摸了摸臉，下達命令：

「嗯……總之把藍掘土獸人與紅掘土獸人召集過來。」
「您是說親衛隊嗎？」
「不只親衛隊，各氏族的英雄豪傑統統集合。」

●

里尤洛雄赳赳氣昂昂地吼叫，這是當他成為氏族王，立於眾人之上時獲得的吶喊，具有特別的力量。聽了這聲吶喊，一萬以上的軍勢殺向敵人的模樣看起來甚至很過癮。然而，結果卻慘不忍睹。如同拍打在牆上的流水，展開突擊的士兵們撞上看不見的牆壁彈飛出去。

飛濺的可不是水花，而是掘土獸人，或是掘土獸人的殘骸。如果敵人是龍或巨人，這或許是有可能的；但對手卻是比掘土獸人更小的生物。

「飛出去了……」

某個侍從呆愣地喃喃自語。

襲擊的掘土獸人們飛上半空中，這種說法絕不只是譬喻。而且不是一次一隻，是幾十隻一起被打飛。

淪為碎肉殘肢的屍塊灑落在同胞的頭頂上。身上黏著肉片的士兵們卻毫不介意，繼續突擊，然後自己也變成肉片灑在同胞身上。那副光景有如惡夢情境。

不知道為什麼，看起來好像沒有噴出血花，更使得整個場面缺乏真實感。

「那……那那……那到底是什麼啊！」

侍從發出近似慘叫的聲音，但里尤洛已經無力回答了，只有心裡的想法化為言詞溢滿而出。

「想不到竟然那麼……」

「氏族王！那個究竟是什麼啊！跟我看到的哥雷姆根本不能比！」

每一下攻擊都把來襲的掘土獸人一齊打飛。那已經不叫戰爭，連殺戮都不是，只是處理罷了。為了擴大勢力而四處召集的同族們，如今成了廢棄物遭到大量處理。

「只……只能逃跑了吧！」

「能往哪跑！」

里尤洛對慌張失措的侍從大喝一聲。

「在這奇怪的空間裡，能跑去哪裡！那人已經說了，要殺到我們剩下不到一萬！」

侍從們都啞然無語。

目睹那壓倒性的——真正有如怪物的力量，就能明白那番話不是威脅或玩笑之類。雖然難以置信，但也只能相信，這超過八萬的人民當中，只有僅僅一萬能允許活命。

里尤洛想過現在去求饒或許還不遲，但那兩人看著他們的眼神毫無溫情，可以說那個龍王都還比較宅心仁厚。

（他們一定不會收回把數量減少到一萬的說法。）

「這太離譜了！氏族王！那個到底是什麼東西啊！矮人究竟叫來了什麼樣的魔鬼啊！」

「那麼矮小的生物，怎麼會有那麼大的力量……」

聽到侍從說的話，一個想法忽然閃現里尤洛的腦海。

「該不會那個紅鎧人也是矮人派來的兵器吧。他們知道哥雷姆壞了，所以派來了更強大的兵器……」

「……那如果打倒那個紅鎧人，是不是會派更強的兵器來？」

在士兵們的哀嚎當中，只有里尤洛的周遭急速安靜下來。

「退兵——」

「住手！讓他們戰！除此之外別無他法了！不管那傢伙擁有多過人的力量，應該都會累。既然如此，我們就看準對手揮不動武器的時候，再做一次談判，誘使對方稍微讓步就行了。」

「原……原來如此……可是……那個東西真的會累嗎？」

這句話說中了里尤洛的心聲，但是——

「不管再怎麼樣，活著就是會累才對。的確，那人的體力應該在我們之上，但一定會疲勞，所以只能讓那傢伙揮武器揮到累！……也許不用等到他累，只要他殺膩了，或許會願意談判。」

氏族王說出了不想說但非說不可的話：

「況且打也不可能打贏的！那麼可怕的怪物！」

士兵絕不會因為灰心喪志而臨陣脫逃，里尤洛使用的突擊吶喊，能將下屬變成無所畏懼的戰士。這就像狂戰士（Berserker）的狂戰士化（Berserk），具有攻擊力上昇，但相對地防禦力下降等效果。而最重要的是，它能賦予兵士對任何恐懼效果的完全抗性。只不過對於氏族王的命令不管再危險都不會拒絕，是優點，同時也是缺點。

置生死於度外的士兵們繼續突擊，原本那樣龐大的兵力，就在一段短得無法置信的時間內減少了一半。

這時，已經沒有人還有力氣開口了。

看到眼前的大慘劇，尤其是單單只由一個人造成的慘狀，沒有人能不灰心喪志。

除了一個人之外。

那唯一的一個人——里尤洛擠出最後的勇氣。

「萬中選一的英雄們！」

沒人回應。

里尤洛眼睛看著的，是紅掘土獸人、藍掘土獸人等擁有非凡力量的掘土獸人們集合而成，全氏族最優秀的小隊。

他們之所以沒回應里尤洛的呼喊，是因為每個人都用絕望的目光看著那個紅鎧。

他們自己大概完全不覺得有勝算吧，起初召集他們時眼中還有光輝。但如今放眼望去，一排一排都是失魂落魄的黯淡眼瞳。

為避免降低防禦能力，里尤洛沒讓他們狂化，但也許是做錯了。

為了稍微振奮他們的精神，氏族王高聲喊道：

「你們是我們的最後王牌！對方殺死了許多弟兄，應該已經疲憊不堪！只要你們出馬，必能給予那人應得的痛楚！」

應該已經疲憊不堪——里尤洛雖然這樣說，但那人看起來毫無倦色。那個紅鎧好像不知疲勞為何物，把來襲的掘土獸人大卸八塊後打上半空，憑著那把形狀怪異的槍形武器。

「沒錯！不管再怎麼說，那人既然活著就會累！你們辦得到！上啊！眾英雄！」

里尤洛懷抱著祈求的心情嘶吼，送英雄們上戰場。

他指示士兵們開路，好讓英雄們能到達紅鎧面前。然後英雄們殺向紅鎧——

——里尤洛慢慢閉上眼睛。

「大……大王，我們偉大的氏族王……」
他一面聽著侍從顫抖的聲音，一面慢慢睜開眼睛。
「什麼……什麼都不用說了。我知道，我……我也看見了……」
沒有任何不同，對，如出一轍。
就跟普通士兵一樣，精挑細選的英雄們化為屍塊四處飛散。而且真的只在一瞬間，就跟一般小兵是一樣的死狀。
「……這實在太……這實在太……」
里尤洛說不出其他話來了，他無法理解紅鎧是何方神聖，但肯定是比龍更強的存在。
里尤洛已經無心做任何事了，只要默默靜待時間經過，對手就會得到他們要的結果。
「……他們說小孩留兩千，去選出兩千人吧。」
「氏族王……」
「……已經無計可施了，只要有一萬人存活，應該……應該會有東山再起的機會……」
沒人回答里尤洛說的話，因為大家都心知肚明。
知道沒有其他辦法了。
里尤洛無力地低垂著頭，心情就像走在安全的地方，卻突然遭到魔物襲擊。
「是說魔導國究竟是什麼啊，跟矮人是什麼關係啊，誰來告訴我啊……」

這是發自內心的低語。

但即使如此，眼前的慘劇仍然逼人預料到即將進行的更大慘劇。

無意間，里尤洛看到貼身侍衛拿在手上的籠子。籠子裝的是食用蜥蜴。里尤洛知道現在不是做這種事的時候，但仍然因過度壓力而把手伸進籠子裡，一把抓起活蹦亂跳的蜥蜴，正想從頭部咬下去的瞬間，突然腹部竄過一陣劇痛，讓他身體彎成了く字形。

他們不可能戰勝今後即將統治自己的霸王，東山再起根本是睜眼說瞎話，空虛到自己都無言以對。不論經過幾個世代，都絕對不可能玩陽奉陰違那一套。安傑利西亞山脈的掘土獸人今後世世代代，脖子上都會套著繩子，擁戴令人畏懼的主人。

蜥蜴發瘋般的死命掙扎，溜出里尤洛的掌心，消失在士兵們的腳下。「啊……」里尤洛可悲地哀嘆一聲，因為太過悲慘，而靜靜地啜泣起來。

「有那麼強大的力量，先告訴我不就好了！為什麼，為什麼不肯先告訴我！」

掘土獸人史上，被譽為空前絕後的君王發出的嗚咽，融入孩子們被己方兵士處理掉的哀號中消失。

安茲與貢多一同走出寶物庫，只見一群龍在那裡拜伏於地。數量連同海吉馬爾在內共有十九頭，表示他所說的龍全員到齊。這樣就不用特地追捕了。

（……所有龍臣服於我沒什麼不好，不過沒能得到更多龍屍實在可惜……還是隨便找理由殺掉幾頭？不，那樣太沒人性了。與其這樣，不如讓他們繁殖，增加數量後再回收……嗯，好像都一樣？）

「──偉大的魔導王陛下，我將發誓效忠陛下的龍都召集來了。」

安茲正陷入沉思時，海吉馬爾向他說道。總之安茲先把剛才的念頭放到一邊，回答：

「抬起頭來。」

拜伏的龍群一齊抬起頭來。

畢竟體格龐大，一抬起頭，身高就遠遠超過安茲，但他不覺得自己被蔑視了。

不過，其中有幾道懷疑的視線。

這些龍想必是聽了事情經過，但還無法相信安茲真的一擊殺死了龍父。不，換成安茲站在他們的立場，或許也會這麼懷疑。很多事沒有親眼看見是無法相信的。

安茲正如此想時，一頭龍發出怒吼：

「我無法接受！殺了我父親的人竟然──做什麼？」

安茲走到怒吼的龍面前，然後用笑容動了動手，表示「放馬過來」。
龍爪霎時一揮，逼向了安茲。
雖然快，但比最近才交戰過的食人妖還慢。
安茲躲都不躲，正面接下龍的一擊。龍必定是以為攻擊太快躲不掉，露出了滿面笑容；等看見那副笑容因為明白到對手是不用躲而凍住後，安茲施展魔法：
「『心臟掌握』。」
那龍就像父親一樣癱軟倒下，安茲的視線從他身上移向其他的龍。
「還有誰要來嗎？」
安茲平靜地一問，龍群比剛才更為恭敬地拜伏於地，身軀緊貼在地板上，再也沒有人敢懷疑安茲的力量。
安茲將龍屍扔進「傳送門」，帶著貢多騎到海吉馬爾背上。
海吉馬爾的母親體型較大，比起海吉馬爾，似乎更適合讓統治者騎乘。
不過安茲心想反正都騎來這裡了，就騎到最後吧。
「到外面去，我的屬下應該在那裡等著。」
安茲與龍群一同來到王都外，在半藏的帶路下，來到大量掘土獸人跪拜的地方。
多到數都懶得數的掘土獸人只是拜伏於地，看起來相當異常，看到這光景的貢多，發出了些微沙啞的叫聲。

安茲也很想做出相同的反應，但兩名守護者一副「我們很努力」的笑容，安茲無法對她們擺出那種態度。

「安茲大人！屬下聽從您的命令，就像這樣，全都挑選完成了。數量公的四千，母的四千，小孩兩千，其他都成了屍體。屬下有命令他們回收完好的屍體，收集起來放在別的地方。」

「是嗎，也就是說我們已經慈悲以待，他們卻沒有懷著感謝接受是吧，真是群愚蠢的東西。」

安茲看到在最前面低垂著頭，穿著衣服的掘土獸人渾身一顫。

「那麼哪個是他們的王？」

「那邊那個。」一看夏提雅所指的人，果然是剛才那個掘土獸人。安茲在呼喚對方之前先發動了漆黑光芒。因為根據研究結果，還是要這樣比較有統治者的風範。

聽著龍群騷動不安的聲音，安茲對掘土獸人王出聲道：

「掘土獸人之王啊，抬起頭來。」

「是！」

掘土獸人王渾身發抖地抬起頭來，然後睜大雙眼，像結凍般停住了動作。

他「嗚」地呼了口氣，聽起來格外大聲。

「……人們都知道我是慈悲為懷的君王。你沒有立即答應我的提議，這份罪過，我認為已經由你的同族流血償還了。今後，只要你們為我竭力效命，我保證讓你們繁榮昌盛。」

「謝大人！我等將殫精竭力，子子孫孫為大人賣命！」

「答得好，我喜歡。」

「是！謝大人——！」

安茲揮揮手表示話講完了，掘土獸人王再度低頭致謝。

（好！不枉費我做了各種練習。）

沒白費他對著鏡子練習好幾次，嘗試過各種台詞的說法。安茲內心握拳叫好，然後轉向表現值得嘉許的兩名守護者。

「做得好，妳們真是我的驕傲。」

「謝謝大人！」

「有大人這句話，屬下過去的恥辱都得到洗雪，心裡真是太高興了。」

「呃，嗯……」

看到夏提雅這麼高興，安茲確定自己沒說錯話。

「那麼數量這樣就行了嗎。如果還嫌多，屬下可以再減少到安茲大人要的數量。」

「不……不了……這個數量就可以了。話說回來，妳們有遇到算得上強敵的人嗎，不是與我們做比較，而是以這個世界來說可稱為強者的人。」

「非常抱歉，屬下沒發現那樣的——」

「呃，沒有。剛才與安茲大人說話的氏族王似乎算比較強的，雖然我們沒親眼看過他的力量。」

「這樣啊……」

不知道對手是如何打倒死亡騎士的，或許只是湊巧吧。說不定——

（也有可能是掉進那條大裂縫了……）

安茲到現在才想到這個可能性，覺得好丟臉。那時自己還跟夏提雅講得口沫橫飛，結果根本錯得離譜，一回想起來，就覺得臉好像要著火一般——但這種羞恥感馬上就消失了。只是就像慢慢悶燒一樣，安茲變得想在地上打滾。尤其是一想起夏提雅抄筆記的樣子，他就再次——又恢復平靜了。

這時候應該敷衍過去嗎？

可是一個弄不好，將來可能會有人說「安茲大人那時候雖然這樣說，其實～」之類的話也說不定。

（慘了！真的慘了！實在不該自以為是，講得那麼過癮的。真想哭。）

安茲大嘆一口氣。

（好吧，仔細想想也許這是個好機會，可以告訴守護者我也會失敗。只要從現在慢慢將我從「好像很厲害的統治者」降低到「還過得去的統治者」，也許能從精神上的痛苦稍稍得到解放。而且這樣做，說不定守護者們比較能找出我的失誤，隨時提醒我。）

據說龍的感知能力優秀，因此安茲隨便下個命令將他們趕走，接著移動到稍微遠離掘土獸人的位置。被拋下的貢多看起來好像很寂寞，但只能請他忍耐了。

剩下三個人獨處，安茲喉嚨發出咕嘟一聲。

接下來安茲要做的事，也許會讓至今的努力毀於一旦。對於改變狀況以及即將發生的事，他感到很不安。即使是不會感覺到恐懼的身心，他仍覺得有點害怕，但還是擠出了勇氣。

「妳們倆聽好……還記得我說過，這個地方或許有能夠輕易打倒死亡騎士的存在嗎？」

兩人看看彼此，像是察覺到了什麼。

「對，看來那是我弄錯了。我打倒的龍或許能打倒死亡騎士，但沒有其他強者了。」

「屬下明白的，安茲大人，您那樣說是為了教誨屬下吧。都是屬下不成材，您才會寧可自己丟臉也要幫助屬下——我夏提雅．布拉德弗倫，深深感謝大人滿懷慈悲的心意！」

「……嗯？」

不可思議的是，兩人都用尊敬的眼神看著自己。尤其是夏提雅特別誇張，臉頰紅潤，兩眼淚光閃閃，好像不把嘴抿成一條線就要哭出來了，看起來感動萬分。

這番話有哪裡值得尊敬了，安茲大感困惑。是什麼觸動了兩人的心弦？

（可是這話是夏提雅說的，是不是該否定才是正確答案？不……不對，夏提雅在這次的旅途中有所磨練，既然如此我就相信妳吧，夏提雅！）

「看來被妳看穿了呢，夏提雅。」

「是！」

兩人眼中蘊藏的閃亮光輝更強了。

這怎麼回事——安茲心裡納悶，但還是覺得該說清楚。

「不過我也是會失敗或是估計錯誤的，希望妳們把這點記在心裡。」

「是！屬下實在不認為偉大的統治者安茲大人會犯錯，但屬下明白了！」

夏提雅似乎終於忍不住了，跪拜在地開始發出嗚咽聲。夏提雅咬緊牙關哭哭啼啼，亞烏菈則兩眼含淚地將手放在她的肩上。這似乎是讓人感受到兩人之間友情的感人場面，然而安茲一頭霧水，只能挑戰研究夏提雅明明是不死者卻能分泌眼淚口水等體液的生物學難題，藉以逃避現實。

事情怎麼會變成這樣，安茲完全搞不懂，但總之就先這樣吧。對，世上有很多事即使無法理解也必須接受，才不會惹出問題，例如公司老闆主導的案件說明等等。

安茲覺得這樣好像是把問題扔給將來的自己，但他決定相信自己將來會變得更優秀。安茲做了現在自己唯一明白的事。

他在夏提雅面前蹲下，像父母哄孩子般擦擦她的眼淚。

霎時間，更多淚水從夏提雅的眼眸泉湧而出。

「憨茲大稜……」

「好了，好了。別哭，夏提雅。那時我就說過了，漂亮的臉蛋都糟蹋了喔。」

「偶有幫喪大稜的忙嗎？」

「有啊，妳表現得太好了，不愧是樓層守護者。」

「憨茲大稜——！」

她一把抓住安茲的長袍。

「喔，嗯。好了，妳別哭了。」

「好……好的……」夏提雅抽抽搭搭地擦乾眼淚，抬頭望著安茲。「感謝大人對我如此關愛有加！」

「嗯，嗯。好了，我們進入下一個議題吧，有很多事要做喔。」

從一早就鬧哄哄的攝政會，接到送來的最新消息——頓時一片死寂。
矮人們有的抱頭煩惱，有的亂抓頭髮。沒有一個矮人能維持冷靜的態度。
有人低聲說道：
「……這下好了，他回來了。」
「……也太快了吧，他真的奪回王都……了嗎？」
「……你想跟他找碴？」
「那個怪物——不對，那位英傑可是支配了占據王城為巢的龍凱旋而歸喔，你對他竟敢這麼……還真勇敢啊。能與傳說中的英雄王者匹敵的勇者，就是在形容你這種人……麻煩你順便轉告他，我們都打從心底相信魔導王陛下說過的話。」
據傳令兵所說，魔導王似乎騎著龍回來了。
由於龍身懷強大力量，因此一般認為他們自視甚高。能支配那些龍是令人驚訝的事，甚至讓人好奇魔導王是如何辦到此等偉業。
用常識來想，應該是以魔法強制支配；然而在場所有人知道魔導王的力量無人能敵，覺得也有可能是純粹付諸武力，以恐懼支配龍的。

不，這個可能性反而比較大。他們不認為那個可怕的魔導王，必須用魔法這種小手段才能支配龍。他們甚至產生妄想，覺得魔導王一個視線就讓龍俯首稱臣。

「唉。」糧食產業長大嘆一口氣，表情僵硬而嚴峻地環顧眾人。

「那麼該怎麼辦，已經沒時間了喔。陛下回來了，我們得即早去晉見才行。所以，我們只能現在決定了，決定關於──鍛冶工房長的問題！」

鍛冶工房長帶著魔導王託給他的鑄塊逃出這個國家了。

不用說，帶著外國國王交給自己製作物品的道具逃走，是絕不被允許的重罪。今後矮人與他國開始貿易時，這個汙點肯定會永遠無法抹滅。

對於今後預計以鍛冶事業進行貿易的國家而言，可說是致命傷。

有誰會請出過這種醜聞的國家做外包呢？而且帶著東西逃走的不是一介鍛冶師，而是坐在國家重臣位子上的人，就算被人懷疑是國家在背後牽線也不奇怪。

他們看到了未來可能發生的後果，開始搜捕行動的同時，也一直在討論抓不到人時該怎麼辦。

然而始終找不到大家都能接受的──有可能獲得魔導王原諒的答案。

「……老子到現在還不敢相信，那傢伙居然會帶著礦石逃走……」

事務總長輕聲低語，但在這個場合算是一句廢話。到了這節骨眼，已經沒人會對這句話有所感嘆了。

總司令眼神冰冷地看著事務總長。

「所以您想說什麼。東西就是他帶著逃走的，千真萬確。實際上已經有很多目擊證詞說看到鍛冶工房長外出了。」

「……會不會是被魔導王用魔法操縱了？」

室內變得鴉雀無聲。

沒有一個人表示贊同，總司令更是明顯地一臉不悅。

「就算是因為不能接受同族、朋友犯罪的事實，對於替我們完成我們辦不到的事，成功奪回王都的恩人也不該說這種話……我就明說了，您真是矮人中的敗類。」

「——不要再說了，總司令！你也是知道的，他在我們當中是最費心抓人的一個，身心俱疲！」

「也不能因為累就口無遮攔吧……」

「好啦，好啦，總司令。講這些沒有建設性，之後再說吧。比起這個，我們應該決定更重要的問題。你們認為應該即刻告知魔導王陛下嗎。老子是覺得或許可以先瞞著，一邊爭取時間一邊找人，如何？」

商人會議長搖頭。

「這是下策，我們隱瞞這項情報，又會是一個問題。與其說謊，不如誠實道歉比較好。最重要的一點是：我們找得到他嗎？搞不好他已經被哪裡的魔物吞下肚嘍！當然如果能取回鑄塊還好……那個笨蛋。」

雖然對自己人不該說這種話，但沒有人阻止他責罵惹禍的鍛冶工房長，總司令更是點頭表示同意。

「他沒把短劍一起拿走算是不幸中的大幸。可是呢，道歉賠罪……能得到原諒嗎……不過除了道歉，也沒別的法子了。」

「與其說必須道歉，應該說我們得誠懇地說實話。之後對方不管拿出什麼難題，我們都只能接受了。」

所有人一致同意。

「那你覺得他會要求什麼？」

鍛冶工房長帶著逃走的鑄塊是矮人們不曾接觸過的未知金屬，難以判斷其價值。因此，矮人無法主動提出賠償金額。要是憑著想像隨便提出價格，萬一估得太低，搞不好會更加觸怒對手。

所以只能請魔導王提出賠償金額了。但他們覺得魔導王不會想要錢，而是會要其他不同的東西，只是猜不到是什麼東西。

「老子實在猜不到，反過來說，我們能接受他的多少要求。不對，應該說……他要求什麼時，我們必須拒絕？」

「我們能拒絕嗎，老子看很難吧。這座都市只有歷史價值，沒有具有魔法或物理力量的國寶。」

過去魔神蹂躪王都之際，矮人王族只有一人倖存，其他都滅亡了。由於這位王室最後的君王，尊稱「盧恩工王」帶著強力的魔法道具踏上旅程，因此國內沒有能稱為國寶的道具。

「……唔！有了！王都應該有寶物庫吧，那裡面的寶物怎麼樣？」

「之前老子也說過，對替我國奪回王都的恩人說這種話，未免……不過，也的確沒有其他東西能給了啊。」

放眼四座，大家都點頭表示同意。

「……希望門沒被龍打破就好。」

「別說了……那麼，這次就只請魔導王陛下一人入室吧。」

（嗯，少了一個人，有什麼狀況嗎？）

安茲走進房間，發現所有矮人都一臉嚴肅。

做為代表開口的是——在安茲看來，每個人都長得一個樣，想不起來是誰，只能確定不是總司令。

「感謝陛下奪回王都。」以這句話為開頭的一篇謝詞，長到安茲聽得都累了。而就在他忘記對方一開始說了什麼時，總司令給人的感覺變了。

「再來，我們有事必須向魔導王陛下謝罪。我們當中收了陛下鑄塊的成員，鍛冶工房長帶著鑄塊逃走了。眼下我們正在進行搜捕，但目前還沒發現蹤跡……陛下信賴我們，將鑄塊交給我們保管，卻發生這種違背信賴的醜事，真不知該如何道歉。」

矮人們一齊低頭賠罪。

老實說，安茲完全不明白這是什麼狀況，所以他先問：

「他為什麼要這樣做？」

矮人們說鍛冶工房長帶著鑄塊跑了，難道他想把東西轉賣給別人？獲得的金錢好處，值得讓他捨棄領導矮人國的攝政會成員地位嗎？

一瞬間，安茲想到也許背後有玩家主導。也就是說，有可能是某人潛藏在矮人國裡，採取了行動。但如果是玩家的話，不可能會想要那點程度的鑄塊。就算是等級再低的玩家，那個鑄塊也沒珍貴到讓人捨棄地位。與其偷走那種道具，還不如讓他繼續臥底當國家重臣，好處應該比較大。

「不知道，我們真的不明白，完全想不透他為什麼會做出這種惡劣行為。」

「……那麼下一個問題，我委託的鎧甲怎麼解決？」

矮人們面面相覷。

「……關於這點，我們再怎麼賠罪也不夠。由於他雖然留下了短劍，但把鑄塊帶走了，因此目前我們無法償還。我們已經派出搜索隊，將來找到鑄塊一定歸還陛下。再者，如果陛下願意接受，我們想提供陛下別種鎧甲……雖然比起陛下託給我們的鑄塊要差一些，但這是我們的最大所能了。」

「我們有意準備三件精鋼鍊甲衫，並且以我們的最大力量進行魔化。」

「如果——陛下還需要盾牌等等的話，我們可以準備山銅製盾牌。」

「嗯……」

換做是個奧客肯定已經爭吵不休了，但安茲並不想當奧客。

的確，丟掉一個鑄塊是很——

（——損失慘重嗎，那個稀有度不高，而且那種程度的金屬我還多得是……而且說不定只是這附近數量不多，在其他地方就採得到。這樣的話，能多拿幾件裝備好像比較賺。而且人家還說會幫我魔化……況且鑄塊找到了會還給我，對吧。到時候總不會叫我把之前的裝備還來吧，這樣應該算撿便宜了。）

「……沒有的東西多想也無益，那就照你們說的處理吧。等會請你們跟任倍爾談談，準備他們想要的東西。」
矮人們顯而易見地鬆了口氣。
是不是該再多做點強人所難的要求？可是若是太小家子氣，或許會遭人質疑身為君王的器量。與其那樣，倒不如全面接受對方提出的賠償，或許能讓眾人知道自己是個寬宏大量的人物。
不過，應該可以再多拜託一件小事吧。
「……還有一件事想麻煩你們。」
「……什麼事呢，魔導王陛下。」
聲音聽起來僵硬，應該是有所戒備。
「別這麼緊張，不是什麼大事。只是，在我招聘盧恩工匠前來我國時，希望能得到貴國的支援。」
「陛下的意思是？」
「可以麻煩你們全國上下舉辦典禮，讓國民知道他們要在我國工作嗎。這樣他們應該也會很高興吧。」
矮人們你看我，我看你，二話不說就點頭了。
「是嗎，那麼，典禮上端出的料理等等，我國會負擔一部分費用。為了做這些準備，我要暫時逗留貴國，沒有問題吧？」

矮人們沒有提出異議。

安茲內心不禁竊笑，這樣短期間內就不用回耶・蘭提爾了。

他本以為會花更多時間，想不到三兩下就搞定了談判，也奪回了王都。這樣很不妙。

首先等雅兒貝德回來後，安茲打算用「訊息」告訴她帝國提出屬國化的事情，要她在迪米烏哥斯回去進行定期聯絡時，兩人一起商討屬國計畫。屆時如果自己在場會非常不妙，所以安茲拚了命想找藉口不回去。

而且他還有個極為正派的理由，就是想再跟矮人加深一點友好關係。

安茲的初衷是在矮人都市這裡收集到三項情報：

一、確認有無玩家——看來目前是沒有，以前有沒有不知道。

二、盧恩文字及其來歷的調查——情報不足。他向盧恩工匠打聽了很多，但只知道盧恩文字老早就存在了，卻不知道是何時出現，又是由誰普及的。原因之一是魔神襲擊王都造成的混亂，然而海吉馬爾擁有的書籍中都沒有提及，寶物殿裡似乎也沒有資料。

三、他們的鍛冶技術或礦物的相關知識——這點由於已經獲得了盧恩工匠，因此之後再慢慢問他們就好。不過，好像還是沒有七色礦之類的礦石。

關於第二項，安茲打算今後矮人前往王都時再請他們詳細調查。正因為如此，安茲才想與他們締結堅定的友好關係。

●

一排排擺著的長桌上放了好幾只盤子，盤子裡是滿滿的佳餚。

熱騰騰的料理香氣四溢，香味都傳到安茲這邊了。

身為不死者的安茲．烏爾．恭雖沒有食慾，但鈴木悟的殘渣有。想吃東西的欲求，以及對味道的好奇心受到刺激。

（這個身體真的是有好有壞呢。）

食慾能夠壓抑，但好奇心就難了。因為不死者的肉體——心靈——一樣是會好奇的。

眼前的料理如果是出於耶．蘭提爾或納薩力克的廚師之手，安茲或許不會這麼好奇，但這些是矮人烹調的食物。

盧恩工匠們將舉家遷徙到魔導國來，於是安茲請他們的妻子、母親等女性準備這些料理。當然，恐怕多達兩千人份的大量食材是由安茲——納薩力克負擔。

不用說，安茲這個人就是捨不得用掉道具，所以主要都是在耶．蘭提爾弄得到的食材。肉類由龍從這座山脈裡獵捕，酒類則命令留在耶．蘭提爾的商人們從王國或帝國搜購。

都已經擺出那麼多料理了，女人們仍然繼續把剛做好的料理一一端上桌。

矮人的男女外貌差異不大，比較大的不同處大概是鬍子吧。男人鬍子非常之長，有時還會綁成辮子什麼；相較之下，女性鬍子不太濃密，但也有人類男性的量。不過只剃鼻子下面似乎是她們普遍的愛好。

（我是不知道這算什麼愛好……好吧，這就是所謂的文化吧。魔導國會有各種族群來居住，為這點小事就大驚小怪，將來可吃不消。）

安茲將視線轉向還在端菜的女性們，接著越過前面的眾多矮人，看向台上。

預定前來魔導國的盧恩工匠，有一部分與攝政會成員們坐成一排。

而攝政會的一名成員，開始講起他們今後將前往魔導國的事。

「開始了呢。」

「是啊。」

身旁的貢多回答安茲的話。

「……你不用當代表上台嗎？」

「饒了老子吧，陛下。老子以盧恩工匠來說幾乎是個廢物，像老子這種人一臉代表嘴臉多可恥啊……別說老子了，陛下不用上去嗎？」

「我可不想……這次的主角是你們盧恩工匠，我不該跑去搶風頭。」

安茲與貢多相視而笑，發出低微的笑聲。

當然，安茲不過是死也不想站在台上致詞罷了，剛才那番話是他硬掰的。

「不過……」貢多表情認真起來。「真不知該如何感謝陛下。」

「謝什麼？」

「這場歡送會啊，看看站在上面的大夥兒吧。」

安茲的目光再度轉向台上，只知道他們還沒講完，除此之外安茲沒什麼感想。然而貢多都這麼說了，安茲如果什麼感覺都沒有，會被認為不懂得察言觀色。

「嗯……原來如此……」

結果他只好講句模稜兩可的話，來個模糊其詞。

「就是陛下想的這樣，大家的眼神不一樣了。」

「說得的確沒錯。」安茲雖然這樣附和，但還是沒看出半點不同。「不過，原因是為了什麼？」

貢多笑得開懷。

「他們又像以前一樣得到眾人豔羨的眼光，高興。今天這場典禮——使用新奇食材做成的好菜，還有各色各樣的酒，這些東西讓大家知道，盧恩工匠不是被賣了，是受到招聘而前往魔導國啊。」

「我可是真的對你們寄予期待喔。」

「嗯，之前也說過，老子絕對會回報陛下的恩情。其他人也一樣，真的都很感謝陛下。啊，差不多是時候嘍，陛下。」

安茲從貢多手中接過啤酒杯，然後配合台上的乾杯喊聲，自己也小心不讓滿滿的飲料灑出來，舉起杯子。他不能喝，所以把啤酒杯還給貢多。

矮人們好像壓抑了很久似的又吵又鬧。許多矮人衝向美食，把盤子裝滿，一口接一口地拋進嘴裡。

「這是啥啊，好吃極啦！這真的是你老婆做的嗎！」

「唔嗯，魔導王陛下給了她食材，做了很多錯誤嘗試。」

「嗯——好吃是好吃，但老子這種老頭適合再清淡一點。」

「那是下酒菜啦。」

「是嗎，老子嚐嚐……嗚喔～！這個讚！鹹淡剛剛好！」

「而且酒也好。這菜老子的老婆也做得來嗎？」

「聽說再過不久，魔導國就會送食材來了，到時愛吃多少吃多少。」

「老子比較想喝酒啦，這也是魔導國的酒吧！得把錢準備好了！」

他們邊吃邊興奮地叫嚷，其他還有——

「真羨慕盧恩工匠啊，他們隨時都能吃到這些菜吧？」
「不，這種食材應該蠻貴的吧。」
「聽說其實還好喔。喏，不是說人類國度的蔬菜什麼都便宜嗎，魔導國好像也是。」
「唔，那真是羨慕啊。而且老子嚐了點魔導國的酒，那可是極品喔！」
「嗯，就是只分到一口的那個吧，那真是美酒。不過，用葡萄釀的酒也挺醇的，只是不烈。」
「我們能不能也找理由去魔導國？」
「聽人家說他們在計劃，將來讓兩國人民可以互相往來喔。」
「喂喂，雖說到場的人地位都還算高，但是不是該注意一下情報洩漏的問題？」
「不，據說會公開發表，好像今後我國也會有些措施……雖然只是傳聞，但說是王都已經搶回來了。」
「……聽說陛下支配了盤踞王都的龍族，魔導國真是強大啊。」
安茲也聽到了矮人的這些對話。
他們不像是在拍安茲馬屁，而是真的對魔導國有好感。這樣今後應該能和睦相處。
安茲滿意地笑了，重新轉向貢多：
「你也去跟大家聊聊吧，可能有一陣子回不來了。」

「也是……老子去跟礦山認識的傢伙們講講話吧。」貢多的視線前方有個眼神凶惡的矮人。「陛下有什麼打算？」

「……我國使者來了，我要去跟他說幾句話……那麼之後見。」

安茲稍微舉手告別，就邁出腳步。

他原本是站在這間寬敞室內的角落，現在走出門外，前往貴賓用等候室兼談話室兼會客室。房裡擺放著桌椅、衣櫃等等，還算豪華，迪米烏哥斯就在裡面。

「抱歉讓你特地跑一趟。」

「萬萬別這麼說，安茲大人所在的地方，才是我等該去的地方。」

安茲穿過房間，坐在一把椅子上，然後指示迪米烏哥斯也坐下。

「……文件我看了，不好意思，由於我在這邊處理事務，讓你不能口頭說明，要特地多這麼一道手續。」

文件上寫著迪米烏哥斯在聖王國做的準備以及今後展望等等，當然，安茲是怕迪米烏哥斯口頭說明時，自己會因為某些小原因而露出馬腳，不得已才出此下策。

「……不過話說回來，真不愧是迪米烏哥斯。對於你的表現，我只能說了不起。」

「謝謝安茲大人。」

迪米烏哥斯深深低頭致謝。

「不過，屬下還遠遠不及安茲大人……這次也是，大人對矮人們真是打下了一支巨大楔子呢。」

迪米烏哥斯說巨大楔子，安茲只能想到奪回王都，或是招攬盧恩工匠一事；但真是如此嗎？

「……嗯，早已被迪米烏哥斯看穿了啊。你認為矮人們會發現嗎？」

「想必會發現，但屬下認為他們也無可奈何。」

這裡為什麼沒有第三者呢！要是有就能使用老招了。安茲邊想邊偷看迪米烏哥斯，只見他面露一絲淺笑。

（……有什麼好笑的啦！）

安茲不明就裡，迪米烏哥斯的沉靜微笑令他心痛。雅兒貝德的笑容也總是讓他害怕。只要一想到死撐到現在的統治者演技可能被看穿，不該存在的心臟就好像加快了心跳。

「如果……被矮人們看穿了，你認為我該怎麼做？」

「竊以為大人不用介意，安茲大人只是想為盧恩工匠舉辦歡送會，而準備了食材罷了，不管矮人們跟您說什麼，您都可以一笑置之。」

（……他在說什麼啊？）

「那就好。」

安茲對迪米烏哥斯套話失敗，這個話題就此作罷。因為對於他這樣的智者，繼續追問太危險了。

「那麼帝國的屬國一事辦得如何了？」

「回大人，屬下與雅兒貝德經過協商，完成草案了。之後希望能請安茲大人過目，徵詢您的判斷。」

由迪米烏哥斯與雅兒貝德想出來的草案，我還用得著插嘴嗎？安茲這樣想，不過沒說出口。

「……有給帝國蜜糖嗎；有成為測試案例，讓鄰近諸國知道成為魔導國的屬國能過著多美好的生活嗎？」

「沒有問題。」

安茲心中喃喃自語：那就好。這樣的話，不用看應該就能直接ＯＫ了。

「不過話說回來，安茲大人這次在矮人一事以及帝國問題的處理上，真令屬下佩服得五體投地。我想所謂的鬼神莫測，正是在形容安茲大人這樣的神人。」

「沒那種事，那點小事讓迪米烏哥斯你來，想必輕而易舉。」

迪米烏哥斯露出了少見的表情——苦笑，然後搖搖頭。

「這下該換屬下說『沒有那種事』了。不過話說回來，安茲大人著眼於多久以後的——

幾年後的魔導國呢？」

我連明天都看不見。安茲當然不可能這麼說。

安茲思考該怎麼說才能有統治者的樣子，這時，他忽然想起過去ＹＧＧＤＲＡＳＩＬ時代的一個公會名。

那個公會叫做千年王國。

大概是包含了希望王國能綿延千年的心願在內吧，不過安茲連帶想起了其他記憶。

那個公會的旗幟不知為何，是一種叫做鶴的鳥，所以安茲問過夜舞子那是什麼意思，她告訴安茲，那是取自「鶴壽千歲」這個句子。同時她還說烏龜是——

「——一萬年。」

安茲一時脫口而出，皺起不存在的眉毛。一下子把規模講得太大了。他急忙想改口，然而一看迪米烏哥斯，知道為時已晚。

「您……您的計畫竟然如此遠大？」

迪米烏哥斯瞠目而視，露出那對寶石般的眼瞳。

（啊，慘了。）

「我開玩——」

「——這樣的話，安茲大人採取行動推廣不死者，並非為了讓各界抱著只消動一根手指就能變成我方兵力的危險物，而是要讓全世界依賴您而活？如果是以這麼長的時間展望世界，那的確是這樣比較正確。多麼可怕的一位鬼才啊……」

安茲完全聽不懂他在說什麼，但此時自己該做的反應只有一個，那就是：「不愧是迪米烏哥斯，我的目的全被你看穿了。」然而，也許一切的罪魁禍首就出在這種態度上，因此現在應該——

「呵呵呵，我沒想那麼多啦，迪米烏哥斯。」

「……您是這個意思啊，屬下明白了，這事就擱在我心裡吧。」

看到迪米烏哥斯的沉靜微笑，安茲心中流著冷汗。

（咦，啥，什麼叫我是這個意思……我怎麼有種感覺，好像一頭栽進了更危險的狀況了？）

然而，安茲想不到辦法解決。既然如此，自己也只能以假笑回應了。

「呵呵呵……萬事拜託了，迪米烏哥斯。」

「呵呵呵……遵命，安茲大人。」

相較之下，迪米烏哥斯卻是一副前所未見的燦爛笑容。

安茲雖然欲哭無淚，但還是強迫自己收起差點發顫的聲音，向他問道：

「……那麼迪米烏哥斯，關於你呈交的文件……你認為會是什麼時候？」

「我想秋天開始，到冬天才會麻煩安茲大人。開始的時期沒有問題，不過對方開始行動的時期，即使進行誘導，也還是有可能稍稍提前或延遲。」

「無妨，反正是迪米烏哥斯主導，我就放一百二十個心行動吧。」

「謝謝安茲大人，那麼關於方才的帝國屬國一事——」

「——那事就等我回去再聽吧，可以先提計劃書給我嗎？」

「遵命。」

「……那麼迪米烏哥斯主辦的盛大活動，在時刻來臨之前，我會好好期待的。」

Epilogue

安莉一早醒來，靜靜下床以免吵醒睡在身旁的丈夫。承受到依然冷冽的外界空氣，使得她很想回到兩人體溫弄得溫暖的床，但硬是忍住了。

床鋪發出軋軋聲，不過半年前結婚的丈夫或許是累了，動都沒動一下，像斷了線般繼續沉睡。

由於現在是安莉在管理生活起居，他現在作息比以前正常多了。即使如此，他仍然睡得這麼沉，或許他的睡眠方式本來就是如此。

（……以前不會這樣啊。）

安莉覺得剛結婚的時候，他還沒到這個地步。

（是不是那時候在緊張呢……那就表示他現在習慣了，算好事吧。）

「嗯……」安莉使勁伸展身子。

暴露在外的胸部抖動了一下。

安莉微微羞紅了臉，尋找脫下的衣服。

雖說這個家裡只有安莉與丈夫，但這樣也太不檢點了。

要是妹妹妮姆在，她絕不會這樣裸著身子，但妮姆現在不在這裡——艾默特家，而是在巴雷亞雷家生活。

這是因為祖姑奶奶莉吉告訴她不可以打擾新婚夫妻，再加上他們最後決定不改建艾默特或巴雷亞雷家。

雖說失去雙親那場悲劇以來已過了將近兩年，但妹妹仍然因為當時的恐懼，晚上不太願意離開姊姊；而她現在答應分開住，想必是有所察覺吧。

居住在農村，常常會看到動物的那種行為。或許還聽過收穫祭晚上年輕男女離開跳舞圈子消失在草叢深處，都在做些什麼。妹妹想必隱約知道夫妻晚上會做什麼事。

不過，安莉沒跟她仔細說明過。因為安莉記得自己在妮姆這個年紀時，也沒聽過相關的話題。話雖如此，遲早是要教她的，畢竟知識能害人也能利人。

（露普絲雷其娜小姐搞不好會說一些怪怪的話……）

這個國家的統治者的侍從有時會造訪村莊，幾乎所有村民都對她抱持著尊敬與敬愛。安莉也是其中之一，但無法由衷歡迎她的所有性格。認識了這麼久讓安莉知道，她可說是以整人為樂，或者說是能笑咪咪地看人掉進陷阱的那一型。

感覺除非問她，否則直到事情發生前，她什麼都不會告訴你。

另一方面，在妮姆跑去問露普絲雷其娜之前，安莉必須先叮嚀一聲，否則她恐怕會跟妮姆講得鉅細靡遺。安莉還沒忘記，以前露普絲雷其娜曾經說過，隨時都可以教她大人那方面的知識。

決定盡早攔住露普絲雷其娜的安莉撿起掉在地板上的衣服，用披的方式穿在身上。

她就這樣前往廚房，扭轉水龍頭。

她用小容器盛裝流出來的水，看容器要裝滿了，這次往反方向扭轉水龍頭，水流就止住了。

以前早晨的工作總是從汲水開始，而現在只要使用這個魔法道具，就能得到新鮮的清水。而且不分寒暖季節，水溫都是固定的。

這個魔法道具稱為湧泉水龍頭（Faucet of Spring Water），據說一天能做出兩百公升的水，造型等等似乎是以前某個國家的賢者所發明的。

聽說這種道具在大都市並不稀奇，視時間與場合，有的城鎮甚至以這種魔法道具的大型款做為水源。

安莉用溼毛巾擦身體。

「嗚！好冰。」

即使水溫是固定的，空氣一冷，還是會從濡溼肌膚上奪去很大熱量。不過，安莉忍耐著，用毛巾擦過身上各個部位。睡前有稍微擦過一遍了，但還要再擦一遍。

安莉只要一天不忘那時——邊抽動著鼻子邊邪笑，跑來跟自己講話的露普絲雷其娜，就一天不會偷懶。

不過話說回來，魔法道具真是偉大。

安莉一次又一次地這麼想。

現在，卡恩村住著很多村民。

村民有九成以上都是由安莉召喚的哥布林大軍，而這座村莊並未打好能維持他們生活的基礎。

首先是居住問題。

這個問題有哥布林們從都武大森林砍來木材，建造了簡易住處而得以解決；然而糧食與水的不足卻無能為力。

起初她想以森林裡的產物補充不夠的糧食，但哥布林一多起來，就弄不到足夠維生的糧食了。為此，她拜託露普絲雷其娜，接受了糧食支援。這些糧食只是借的，將來必須——值得感激地，在某個時候用支付的方式——償還。

接著是水源不足。以前村莊裡人不多，少許幾口井就夠了，但後來人數增加太多，因此必須大家輪班顧水井，整天都得汲水。

而且這樣還是不夠，變得必須前往遠方鑿井。這是因為在附近鑿井，用的會是同一個水源，水井有枯竭之虞。

這個問題後來多虧有移居村莊的矮人們幫助，也獲得了解決。

他們在盛夏搬來，一同度過秋冬，現在仍住在一起，都是自己人了。

（他們現在是不是又在製作新的魔法道具呢？）

就在兩個月之前，還會迸發強光或是發出轟然巨響，不過現在大家相安無事。他們有時會在外頭喝酒吵鬧，但也就這樣而已。

他們這些矮人的存在，如今在村莊營運上已經變得不可或缺。

安莉的村莊原本沒有鍛冶師，必須上街去買，或是委託很少現身的流浪鍛冶師工作。

第二次召喚的哥布林軍團中只有一名鍛冶師，但村莊規模大了起來，很難靠他一個人順暢完成所有鍛冶工作。幸好有矮人們出現，接下了鍛冶工作。

而且最棒的是，他們也對魔導王陛下忠心耿耿，足以與卡恩村的人匹敵。

他們卡恩村好幾次得到大魔法吟唱者——恭魔導王陛下搭救，所以村民都對魔導王陛下由衷感激。在這村莊裡如果有人敢侮辱魔導王陛下，鐵定會被聽到的人飽以老拳。

而矮人們似乎也對魔導王感激不盡，喝酒的時候說過「我們的自尊心都在那場典禮上恢復了。」「看到他們那滿臉嫉妒的樣子沒有！」「你說喝酒的時候吧！」等等，安莉不懂他們的意思，只感覺得到其中含有對魔導王陛下的感謝，所以村民也才能敞開心胸接納他們。

統統都弄好了，安莉整理一下服裝。

丈夫還沒有要起床的樣子，那就趁現在把家事做一做吧。

丈夫之前是跟祖姑奶奶一同開發藥水，現在由於村民增多，安莉要他退出這項事務，幫忙製藥儲備，以備將來不時之需。不只如此，安莉還拜託丈夫幫忙做自己的村長事務。她都讓丈夫為村莊做這麼多事了，那麼自己也得為丈夫多盡點力。

走到屋外，熟悉的光景──各項開發不斷推進的卡恩村──映入視野。如今整個範圍已經超過一般村莊的大小了，因為放眼望去，一排排都是安莉召喚的哥布林的住處。

「好。」

安莉握緊拳頭。

她要從準備餐點開始著手，不過得先從糧倉拿食材過來才行。

「早安，將軍閣下。」

穿黑衣的哥布林從影子中滑溜地現身。

這每天早上都看習慣了，安莉毫不驚訝地回答：

「早安，天氣真好呢。」

「正如將軍閣下所說，根據哥布林天候預報士的說法，今天會整天放晴。」

「這樣啊～」

安莉已經不再對將軍這個稱謂有意見了。

她說過好幾次自己不是將軍，但無法說服他們，最後只好告訴自己，叫村長或將軍其實都差不多。

附帶一提，有一支部隊稱為哥布林後勤支援隊，隊上有稀少職業的隊員。除了哥布林天候預報士之外，還有哥布林軍師與哥布林鍛冶師等等，共有十二種職業。

「啊，將軍閣下，護衛人員似乎來了，那麼鄙人就此告退。」

黑衣哥布林再度潛入影子裡，一如平常地由紅帽子哥布林代替，走到安莉身邊。

安莉個人不是很喜歡紅帽子哥布林，因為臉長得很邪惡，老實說滿可怕的。

以前都是壽限無陪她，但他現在以前任隊長的身分，成為大量哥布林的整合者之一，處理相關事務，因此無法陪在安莉身邊。

原本後來是由銀鎧哥布林擔任護衛，然而又因為某個原因，與這個紅帽子哥布林替換過來了。

（說實在的，根本不需要什麼貼身護衛啊……）

她不認為有人能逃過哥布林們的視線，溜到村莊中心的這個位置，但又不能無視於他們的擔心。

安莉帶著紅帽子哥布林前往鄰接住處的糧倉。

打開門，裡面擺滿了木桶與水缸，架子上排列著好幾只罈子與瓶子，袋裝小麥在更裡面一點堆積如山，梁上掛著好幾串柳枝般的肉乾與香草等等。

有這麼多糧食，都得感謝哥布林們的努力開墾。

如今村莊周圍有著相當大片的田地，雖然還不能償還借用的糧食，但今年不用借，就確保了夠果腹的糧食。而且他們還獵捕到了類似雞隻的魔獸，正在嘗試讓牠們繁殖。順利的話，幾年內就能把借用的糧食全部還清了。

安莉挑好今天做菜用的食材，來到外面。

一堵巨大牆壁映入視野邊緣。

牆壁雖位於村莊內，但不是用木頭建造的，保護著牆內的矮人工房。而牆壁的周圍，有著過去卡恩村遇襲時蹂躪了敵方騎士的死亡騎士當警衛。

這些圍繞矮人工房的牆壁是這個國家的統治者，村莊的救世主，安茲．烏爾．恭魔導王親自建造的，說是「當矮人做實驗失敗時，可將災害壓抑到最小限度」。

安莉很希望能把這種設施蓋在村莊外面，但村莊受到偉大陛下多方照顧，她不可能說出那種不知好歹的話。

「不知道矮人先生在工房裡，正在做什麼樣的道具？」

「要調查嗎？」

「我之前也說過，絕對不可以。」

安莉雖沒被告知矮人工房在製作什麼物品，但說是對村莊無害，所以她也就接受了。哥布林們提過意見，認為應該偷偷收集情報；但安莉就跟現在一樣，毫不遲疑地否決了這個意見。

這座村莊的恩人安茲．烏爾．恭親自前來說過，希望大家接納這些矮人。當時他說研究內容是最高機密。

即使對方是憎恨活人的不死者，但也是好幾次解救過村莊的魔法吟唱者，比任何活人都值得信賴。

這時，紅帽子哥布林敏捷地走到安莉前面，他們只有在一個時候會這樣做。

安莉移動視線，只見一名見慣了的美女站在那裡，被四隻紅帽子哥布林包圍著。

「嗨嗨～小安，最近好嗎～？」

「啊，早安，露普絲雷其娜小姐。」

這位名叫露普絲雷其娜的女性與哥布林們一見面時，總是這個樣子。紅帽子哥布林人數不多，卻總是由好幾人包圍露普絲雷其娜，而且還裝備著平常不會隨身攜帶的武器。

聽說除了紅帽子哥布林以外，四周還有其他人員，不過安莉從沒發現過他們。

做到這種地步，就連安莉也看得出來，紅帽子哥布林們——不對，所有哥布林都在提防露普絲雷其娜這號人物。然而，雖然她的確是個神祕人物，但畢竟是這座村莊中央那尊塑像的人物的屬下，安莉不認為她會對村莊做什麼壞事。況且她還救過安莉與恩弗雷亞的命。

安莉反而有點擔心這樣會惹人家不高興。

她跟哥布林軍師談過，但軍師只說會提醒看看，從沒收到什麼實際效果。

唯一值得慶幸的是安莉也跟露普絲雷其娜說過，而她說她不介意。

「我一過來，他們就用衝的包圍我哩，好辛苦喔～」

「坐那種東西過來，我們會提防是理所當然的吧。」

包圍露普絲雷其娜的其中一隻紅帽子哥布林回答。

安莉發現那語氣雖然平靜，卻含有顯而易見的戒心。

「我……我說啊！」安莉覺得這樣下去不會有好事，大聲問道：「請問您到底是坐什麼來的？」

「嗯，平血鬼航空，FD05航班。納薩力克起飛，卡恩村降落嘍。」

「咦，您說平血鬼嗎？」

「對啊，是負責所有外面移動事務的管理人的稱呼哩。」

「名字就叫做平血鬼．杭空嗎？」

「對啊，基本上差不多。如果遇到本人，可以跟她說是我這樣說的。應該說妳一定要說出我的名字，否則後果不堪設想哩～」

安莉不由得一臉納悶，露普絲雷其娜對她展露笑容。

「這邊這個小安真好玩哩，真的，我超愛妳的……」露普絲雷其娜的眼眸忽地瞇細起來。「我說真的。」

露普絲雷其娜張開雙唇伸出鮮紅舌頭，舔遍她自己的嘴唇。

那動作並不妖豔，然而，安莉卻感到背脊竄過一陣寒意。

霎時間，一旁待命的紅帽子哥布林動了。

他把安莉拉到背後的同時，身體滑進拉開的空隙——安莉與露普絲雷其娜之間。

在一觸即發的氣氛當中，露普絲雷其娜一副罕見的認真表情聳聳肩。

「……我不會下手的，放心好嗎。不過，如果你們不相信我而要動手，那就各位先吧，這麼一來，我也不用客氣。」

紅帽子哥布林目光低垂，回到原本的位置。

「——事情就是這樣嘍，順便一提，ＦＤ是霜龍的簡稱哩。」

「您說霜——霜龍嗎！龍就是傳說中的龍族對吧！好厲害喔！那頭龍也是恭大人的屬下嗎？」

「對啊，在魔導國當中，於空運等各方面大展身手哩。」

「好厲害喔——！」

安莉兩眼閃閃發亮。

說到龍，那可是傳說中歌頌的強大魔物。而魔導王陛下竟能支配他們，這可不是一般魔法吟唱者辦得到的。

「恭大人真是太厲害了呢！」

「……是沒錯啦。」露普絲雷其娜做出困擾的表情。「但那點程度的龍……嗯——比方說我……好吧，算啦。」

安莉本來想問，但既然她本人都說算了，那應該無所謂了吧。大概。

「呃，您今天來有什麼事呢？」

「啊，對了對了。是這樣的啦，我可能有一陣子不能來了，所以我是來告訴妳，你們要自己多小心哩。」

安莉已經認識她一年以上了，但還是第一次聽她這麼說。

「發生什麼事了嗎？」

「嗯~反正小安不是外人，說了也不會怎樣吧。其實是這樣的，安茲大人好像打輸別人，戰死了哩。」

安莉想了想這話的意思，弄懂了。

所以她做出理所當然的反應：

「什麼——！」

OVERLORD
Characters

角色介紹

Character 46

奧拉薩德克·海力利亞爾

異形類種族

olasird'arc=haylilyal

白龍王

職位——安傑利西亞山脈的霜龍王(Frost Dragon Lord)。

住處——矮人舊王都(費傲·伯卡納)王城。

屬性——中立——[正義值：-25]

種族等級——幼年(Dragonling)——10lv

少年(Young)——10lv

青年(Adult)——10lv

長老(Elder)——5lv

古老(Ancient)——1lv

其他

[種族等級]+[職業等級]——合計46級

●種族等級 職業等級●

總級數46級 總級數0級

status

能力表

[最大值爲100時的比例]

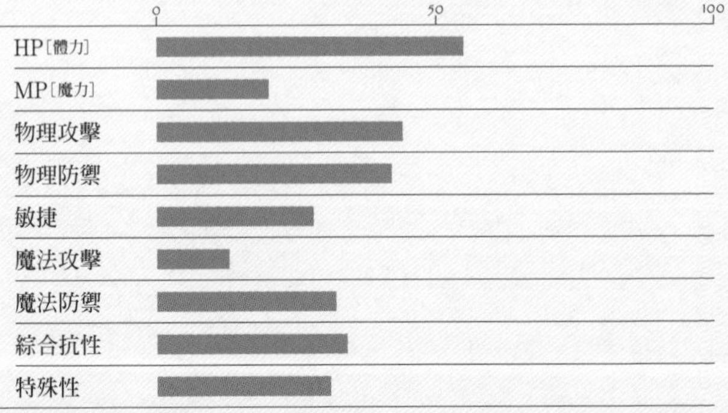

Character 47

貢多·費爾比德

人類種族

gondo firebeard

盧恩開發家

職位——兼職人員。（第11集開始時）

住處——矮人都市費傲·佚拉。

屬性——中立——[正義值：45]

職業等級—武器匠——4lv

鎧甲匠——3lv

道具匠——3lv

盧恩匠——1lv

[種族等級]+[職業等級]——合計11級

●種族等級 總級數0級

職業等級● 總級數11級

status

能力表

[最大值爲100時的比例]

能力 (0 / 50 / 100)	
HP[體力]	
MP[魔力]	
物理攻擊	
物理防禦	
敏捷	
魔法攻擊	
魔法防禦	
綜合抗性	
特殊性	

Character 48

貝·里尤洛

亞人類種族

pe riyuro

種族史上最偉大君王

職位——安傑利西亞山脈
掘土獸人統合氏族王。

住處——矮人舊王都前工商會議所。

屬性——中立——[正義值:40]

種族等級—掘土獸人——10lv

掘土獸人王——10lv

職業等級—皇帝(一般)——2lv

修行僧——6lv

武僧——4lv

其他

[種族等級]+[職業等級]——合計38級

•種族等級 職業等級•

總級數20級 總級數18級

status

能力表

	0 – 50 – 100
HP[體力]	
MP[魔力]	
物理攻擊	
物理防禦	
敏捷	
魔法攻擊	
魔法防禦	
綜合抗性	
特殊性	

[最大值爲100時的比例]

OVERLORD
Characters

四十一位無上至尊篇

角色介紹

7/41

烏爾貝特・亞連・歐德爾

異形類種族

urbelt arraigning odoru

大災厄惡魔

personal character

公會內以魔法職業而論擁有最大火力的一位，
單以短時間內給予的損傷量來比較的話，
這個男人可謂數一數二。
他似乎對「惡」這個字眼有所感觸，時常展現出僞惡嗜好的一面。
這裡有個題外話，且永遠不會爲人述說：
在YGGDRASIL這款遊戲結束的瞬間，他在現實世界中正與某人僵持不下，
而且兩者都是站在惡的立場……

8/41

夜舞子

異形類種族

yamaiko

頭不好壯壯老師

{ personal character }

在生態建築內的小學執教鞭的女老師。
有個天賦異稟的妹妹，常常被拿來比較，
但本人的神經就像樹齡一萬歲的老樹一樣粗，完全沒放在心上。
也或許是一直受到妹妹的尊敬，才使得本人沒有心結。
大家都說她「頭不好壯壯」，那是因為她常說
「我記不住對手的資料，總之先揍揍看再說
（如果很強的話就逃走）」之類的話。

後記

那麼，對於至今篇幅最長的這本第十一集，不知各位是否喜歡？太厚的書捧著會累，所以我是盡量想避免，真不知道怎麼會變得這麼長……如果要刪減，不知道有哪些部分可以刪？順便一提，別看書這麼厚，其實在初校時已經刪了不少喔！記得本來應該還有多了六頁……嗯，其實沒差多少啦。

總之，請大家把這次當成存款，放過我一馬吧。我想今後一定會有哪一集只有三百頁，到時請各位不要嫌書太薄，而是

當作從以前的存款支付了。我想整個平均下來，每本頁數應該還是會滿厚的。

那麼讓我們換個心情——在寫這本書的時候，正值炎熱夏天的最熱時期。房間裡冷氣正在全力運轉，努力捍衛丸山遠離灼熱地獄。

夏天真的很討厭呢，去上班的時候，最討厭的就是滿身大汗，還跟別人碰來碰去。「我不會靠近你，所以你也別給我過來！」我都是在心中這樣大叫。唯一值得

慶幸的是學生減少了，所以車裡比較沒那麼擠。就這點來說，冬天實在太棒了！可以呼呼大睡到捨不得離開被窩！……也許住在北海道或東北等大雪地區的人會有不同觀感，但丸山還是想大聲說：冬天最棒啦！

而聽說在冬天這個最棒的季節，日本將會上映《OVERLORD》的劇場版總集篇！詳細不清楚，只知道丸山好像也得做點努力……我會加油的。事情就是這樣，我想今後應該會有各種情報發布，敬請期待。

話說這次又得到了各界人士的幫助。

應要求重畫了好幾遍封面繪圖，真的太感謝您了，so-bin老師。

校正的大迫大人，下次我絕對會減少頁數的！這次包括特裝版（註：此指日文版）的設計在內，感謝Chord Design Studio。

搞笑部分全部交給芦名先生製作就絕對沒問題，還有全體製作人員。（購買了特裝版的讀者請盡量多看幾遍。）

下次我們多方討論如何減少頁數吧，F田大人。

謝謝你幫我檢查原稿，Honey。

然後是賞光閱讀（這麼厚一本小說）的各位，真的很謝謝大家！

二〇一六年九月　**丸山くがね**

Bar Nazarick
Postscript by So-bin
BEER
亞烏菈與夏提雅
超有茶壺與佩羅羅的
感覺，心都酥了。
好想喝啤酒。
So-bin